唐友明———

著

枫林秋深

文汇
出版社

前言　沉舟侧畔千帆过

　　我给自己起了一个网名叫"城郊农夫"，这是吻合自己生平的。我 1947 年 11 月生于上海嘉定安亭，25 岁之前务农，任生产队长三年。1971 年 11 月进上海市电报局工作。1993 年辞职下海回乡，至退休。说起来人生大约就是这么几行字，人生很轻，轻得不甘心，酸甜苦辣总要寻求喷涌，便有了这些文字，可见写作是生命的精神形式。

　　以小学文化程度踏入写作旅程是艰难的，起点可能是五年级时的作文经常被语文老师在班上诵读，那份天赋没有消失，在我长大后的生活中继续抽芽长叶；进城后敏感到农村与城市之间巨大的文化落差，自知唯有求知若渴，付诸超乎常人的刻苦了。20 世纪 80 年代参加华东师范大学中文本科自学考试，没有毕业却收获巨大。80 年代中期的沪西工人文化宫是我文学创作的发祥地，生活开始付诸文字并见诸报端。作为西宫小说组的组长，我的小说小有成就。《迟到》的发表，是我创作的一个高度，小说在全国邮电系统获得二等奖。小说《驼子》得到了华东师范大学李劼教授的好评，曾被推荐参加上海作协青创班小说组第三期学习（后来该班因故停办）。

　　20 世纪八九十年代，是我思想的成熟期，我在小说中主要关注点有两个方面，一是人在社会中的生存状况；二是生命的价值与存在意义。《迟到》表达的就是环境压抑下的变形人生，普通人无法摆脱逐层压制的权力链。而《缓期执行》表达的是铁饭碗桎梏已破、压制失效后左右为难的写照。人与环境的对峙中，人们总是要积累一些处事经验来调整自己，以获得自我的精神调节。《驼子》的处事知识就是让自己背一个乌龟壳，谨小慎微、谨言慎行，以致变成了公众眼中的残疾人，残疾于环境压迫。在写作中，生命的无常和偶然性特质，引发我内心深处痛切的悲哀，《早新闻》中的女孩"究竟是怎么死的"，突然间变得无足轻重起来。一条别人的生命在别人的眼里是那样的不值得关注，让人感受到了生命的茫然。《乡邮员阿开和他的邮路以及那一片竹林的故事》《二女》都是如此。《姐姐，我永远的梦》，生命随时戛然而止的恐惧，使我不安。由此而迷茫于个体时间在人类时间中的渺小感，精神何处着落？我写《往事新忆》里的哭逝，哭的是曾经的轰轰烈烈，岁月掩埋哭声，也掩埋了哭者；我写《风流逸事》中的离合，想要表达强悍的岁月，曾经山盟海誓的感情可以重新洗牌，谁对谁错的判断随时都在褪色；我写《走过昨天》中的私人记忆，随时会坠落并飘散于岁月的风中……

在表现手法和表现形式上，我喜欢创新，收集在这本书里的小说几乎一篇一个样。我喜欢法国新小说的表现手法，李劼曾经介绍我读过不少西方现代主义的小说，为我的创作增加了新鲜感和动力源。我对文字的追求也一直孜孜以求，简洁，明快。我比较擅长于心理描写。喜欢尝试第二人称描写。我追求形式美，相信形式在某种意义上来说是作品的主体。就像一个人走在大街上，新颖别致的外套也能成为吸引目光的风景一样。

我人生中的重要转折就是辞职下海。那段日子很难（《航海日记》部分记述了我的这段生活），商场比职场水更深更浊，我有文人的骄傲而不肯服输，十分反感"慈不掌兵"的狠辣而须恪守自己的良知底线。多年后，我只能用"迷茫"一词来涵盖辛苦、艰难和风险，这段生活对我的精神和身体都是一个考验。所以我常以白酒来对付商海中的迷茫，并由此付出了代价。肝脏出了问题，一次次的肝昏迷使我的生命走到了死亡的边缘，终于在家人的坚持下做了肝脏移植手术。

养病期间，我重新恢复了年轻时代的创作热情，写了一些沉重的回忆文字（怀念母亲的《母亲的印象》，怀念父亲的《扁担》，还有怀念兄长的《哀悼的季节》《永远的怀念》），这仿佛是时间放在我心里的一块石头，唯有文字可以释怀。与此同时，我也写了一些对故乡安亭历史文化的考证文字。我对故乡怀有深厚的感情，手术后不到半年就去考证我论文中的论据。由妻子扶着，一步一挪，因体力不支而叫侄子用车半途接回。

　　以上便是我的身心之旅，从农村到城市，再从城市回到农村，一生奔波，不计收获，如今已届七旬。时间是河，人生如舟，沉浮不过一个瞬间，大概只有文字可以稍事记录吧，沉舟侧畔千帆过，希望从我身边走过的人，能扬帆远航！

根 （代序）

　　我的奶奶是一个大户人家的帮佣，与同是帮工的男佣唐阿大结了婚。爷爷唐阿大在我出生前好多年就死了。我的奶奶带着两男三女五个孩子艰难度日。奶奶无力为大儿子娶上媳妇。便从太仓育婴堂领了一个女婴回家。奶奶实际上就是一人养着六个孩子。我至今想不明白，奶奶是怎样养活这些孩子的。育婴堂领来的女孩后来就成了我的母亲（我就是奶奶的大儿子唐文彬的小儿子。我上有一哥，下有一妹）。我很爱我的母亲，随着自己年龄的增长，我在对我母亲的爱中越来越多地加入了一种成分——同情。

　　我同情母亲，是因为母亲的一生中没有母爱，她一生中那么多的苦恼那么多的委屈找不到倾诉的地方，这是一种怎样的人生？母亲的一生是值得做儿女的去理解、去同情的！

　　我也爱我的父亲。我的父亲是一个脾气很暴烈的男人。他身高马大，不识一字。因为子女无权干涉的原因母亲与他离了婚。父亲与母亲离婚后两人为了孩子都未再婚。两人同居一屋却视若陌生人。父亲从这一天开始就自己做饭，自己洗衣服。当父亲每天挪过一条小板凳，坐到脚盆前低头在搓板上搓洗衣服的时候，在我心中一直很男人的父亲，他的威风一下子荡然无存！父亲变得渺小而可怜。这样的情景像一道魔咒，深深地刻印在我的心上，成为我成长道路上一根高悬着的皮鞭！在这根皮鞭的阴影下，我立志做一个与父亲不一样的男人！

　　这就是我父亲与母亲的生活写照，同时也成了我成长的背景。

我在我成长的过程中，从父亲与母亲各自不同的悲惨人生中获得了两样非常宝贵的东西。一是同情。二是知道了男人活着，应该像一个男人！

　　我在这本书中所创作的或记叙的那些故事中，所表达的也就这两样东西。做一个强大的同时富于同情心的男人，是我的人生格言！

目　录

散文

随笔

小说

迟　到

　　初春时节，阳光如烟般浸过大楼尖顶，以滑翔姿势飘落地面。马路在建筑群中似深巷延伸，在很远的地方与另一条马路交会。城市人影子般从你身边掠过，每个人都是神色匆匆。由于昨晚的电视与麻将太令人兴奋，早餐便常常被耽搁。汽车站潮涨潮落总是有规律地从七点一刻开始，到八点一刻结束。城市人对天亮后的睡眠历来富于感情。一些新婚的情侣们通常都要在被窝里将 74 摄氏度的体温保持到最后时刻。城市人对上班前时间的计算精确到令人难以置信的地步。起床、穿衣、叠被、洗漱、关门，奔跑中顺便买一副大饼油条，然后候车、挤车……每一个环节都曾经演练过千百次。当上班铃声响起时，他们便会满头冒着热气出现在单位门口。在紧张的一天没开始之前，他们先经历了一场有关适应紧张的演习。他们的演习往往很出色，出色到当头头的无法找到扣他们奖金的理由。城市人对奖金是珍惜的。许多年以来，城市人一直将奖金作为工资的一部分。他们对金钱的使用也已经习惯于精确的计算，煤电水米油盐酱醋菜之外，还要考虑彩电，考虑假日旅游，考虑亲朋好友的婚丧寿礼，考虑万一麻将手气不佳时的必要准备……

　　你是城市人，你无法逃避城市人的习惯。城市人对于时间与金钱的精确计算你在很早之前就已学会了。而且你还是新婚，妻子温馨的鼻息常常使你产生美好的遐想，你对人生之梦做过一百次描绘。在一百次描绘中你少有遗憾，你只是感到仕途太缥缈，其他的你几乎已经满足。你比喻你的人生是十四的月亮，离圆的日子近在咫尺，你有一种期待的冲动，但你压抑着，不使它如八月之潮澎湃奔放。你等待着，你相信一切事物的成熟都应当自然天成，你相信总有一天你会被领导发现……

但是今天你迟到了。你在城市人匆匆的神色中走下电车时，你看到了那幢绿色的大楼，你感到很亲切。与此同时，你听到一阵犹如警笛般的上班铃声在那幢大楼里响起来，那一瞬间你似乎意识到了什么，你拔腿就奔，你的腿很长，正如你妻子说的你是一匹良种马，你有驰骋的本领，但是你跑了两步又不跑了，你知时间已超越了你的速度。你想偷偷地从边门进去，避过组长的眼睛。然后略施小计，说上了一次厕所或者其他什么的，再在签到簿上堂堂正正地签上7点59分就可以了。班里的哥们不会揭短，城市人的心态是近似的。这一点你了如指掌。相互护短对大家有益无害，但你的运气似乎没有你的自我感觉良好。你从边门走进营业大厅时，正好与组长撞了个满怀。你的脸一下子失血如灰白的天空，心却极度有力地搏动起来，频率增高并且增快。那一刻你有一种完了的感觉，灰色的心空密布灰色的阴云。你知道城市人在下一个月初扣罚奖金的名单中将增加一个名字，这名字与你密切相关。十四的月亮回到了初一。

坐定之后你的血液回升了，你拿出信纸、信封、邮票、汇单一应邮用物品，你开始接待第一位顾客时你就带着火气，那是一股无名之火。你用生硬的口气将一位手续不全的老太打发回去，你不让她领款。这时候你执行制度变得铁面无私，稍微的不周你都一概拒绝。用户以看天外来客的目光打量你。他们觉得这个邮电营业员今天的神经似乎有点不正常。他们纷纷离开你，选择你身边的另一位营业员，在那里迅速排起长队……

趁这机会你的目光开始环视整个大厅。你在大厅里追踪你的组长，你凭借积累的经验揣摸组长的脸色，并且从脸色一直探索到组长的心灵。你将你获得的信息综合处理，从中求得对事态结果的正确答案。你失败了，你看到组长站在电信柜前正与用户讲话，组长的脸色如局外人一般毫无表情。你的心平静下来，但随即又悬了起来，你像被人悬在空中，一种不踏实的空落感整个儿俘虏了你。你意识到无表情比有表情更糟。这是一种有城府的表现。你对有城府的人一筹莫展。你无法走进组长的心灵之门。这使你无法坦然……在你的思绪神游之际，一位很年轻很美丽的姑娘走近你的柜台。她以两声亲热温柔的"喂"把你的思绪拉了回来。她是来寄一封去日本的国际挂号信。你突然之间没了火气，但是你依然沉默。你拿过信称了重量，示意她贴足邮票，然后为她办理了挂号手续。这时候你的心像一潭湖水。湖水很清，有倒影清晰可见。你的思绪之湖很美。你想这姑娘很美。你想这姑娘一定在为她出国挣钱的情人写信。这一刻你似乎想到了许多悲剧与喜剧。但你没有深想，你在一声轻柔的谢谢声中把她目送出大门。她的深色裙在阳光中远去，你的思绪追着那深色裙走了很远，直到那姑娘在远远的车站上跳上一辆公共汽车……

你摇了摇头，心空的阴云又涌了上来，你想让自己平静些，却在这时你看到局长走进了营业大厅。你以眼光的余波发现，局长很特别地对你看了一眼。你马上又有了许多联想，你把迟到的事与局长的出现联系起来，你马上产生一系列的演绎推理，并很快获得许多遐想的结果。你意识到了事态的严重性，你觉得月亮整个隐到了云里。你死灰一样的心开始等待某种结局。你在局长不注意你的时候去注意局长，发现局长也走到了电信柜，你看到局长对组长轻轻耳语了几句，然后两人一起走向组长办公室。组长在走进办公室时也用很特别的眼光看了你一下，你马上意识到自己的预测是正确的。你把自己预测的结论重新梳理一遍，你便清晰地在思维空间里看到一道公式：迟到——扣罚一个月奖金——大组会上作检查——月亮沉没。

你站起来，去厕所。其实你并不很急，但你觉得非去厕所不可了。你从厕所回来时，听到组长叫了你一声，你打了一个激灵，心骤然停搏了一下。你朝组长看了看，你想会不会自己神经过敏听错了。你并没有听错，组长又叫了你一声，很清晰的一声"马海云"。是在叫你，没有任何回避和推却的余地了，组长在叫你，组长的目光正盯着你。你迈着沉重如铅的步子走过去，这时候你心里有点横，你想算了，还不是一个月奖金，还不是作一次检查，还不是月亮最多沉没。就那么回事，你想你见得多了。了不起什么？神气什么？你这样想着走进了组长办公室，局长挪过凳子让你坐下，你想不就那么回事，我早知道了，你还摆什么涵养？你坐下来。这时组长对局长看了一眼，出去了，组长出去时局长叫他随手把门带上，你马上又意识到这意味着什么，这是领导找职工谈话的习惯方式：把门关起来，在两个人的世界里制造一个严肃的氛围。这样有利于谈话的氛围和谈话的效果。

　　你将头低下来，你想用耳朵就可以了。我洗耳恭听，你说吧，局长大人我洗耳恭听。你这样想着时局长果然开口了，局长的语气很平静，而且很随和。局长说我最近分了套房子。听说你会电工，想请你休息天抽空帮个忙，排排暗线再装几盏灯，不知你有没有空。局长的声音很轻，你却震动了，原来局长找你不是为迟到的事，局长是请你帮忙，还用了请字。你确实震动了，局长这样了解你？你甚至有些激动，你想局长既然知道你会电工，说不定还知道你的其他许多事，包括你的理想。你抬起头，看着局长，你说你会电工，排暗线装电灯小事一桩，你说你还会糊墙纸铺地板，你帮许多朋友装修过房间。局长笑了，局长说谢谢，局长说糊墙纸铺地板我已经请了人了。局长说着就站起来走了。局长一走，你也站了起来。这时候你心里豁亮了，阴云一点也没有，月亮重新升上天空，是十四的月亮，但比十五的还圆。你在走回营业岗位时，犹如走在月色空蒙的草地上，心头流泻一片宁静温馨的美。这一天从这一刻开始，你的心情舒畅极了。你觉得入局以来你从来也没有这样舒畅过。似乎有一股蜜流过心田，洋溢在心河。尽管后来顾客陆陆续续来了不少，尽管有几阵子也真够忙，但你一个个都待若亲人，你特别宽容，制度在这时候富有弹性了。你忙得轻松，忙得舒畅，你领略了庖丁解牛那种游刃有余的感觉。你一边忙，一边与用户玩幽默，用"拜拜"告别顾客。这样一直干到下班，你觉得时间过得真快，才一会儿功夫怎么一天就过去了。你在大厅关门时开始交班，你准备回家时组长又叫住了你，组长说你留一下小马你留一下。你一点没有奇异的感觉，你想组长叫你留一下肯定有什么事不然不会叫你留一下。在大家都走了以后组长对你说，小马你迟到了马海云你今天迟到了，按规定要扣一个月奖金。你听了，说我知道迟到了，组长我今天确实迟到了。扣奖金是应该的，按惯例还应该作检查，我愿意作检查。组长听了很高兴，组长说你第一次迟到就不用作检查了以后注意些就行。你觉得组长非常通情达理组长很会理解人。这时候你真想唱支歌。你告别组长走出局门口时，你真的拉开嗓子唱起来——

　　妹妹你大胆地往前走哇……

　　马路上所有的人都停住了脚步，齐刷刷用吃惊的目光看着你。你却视而不见。你觉得今天这世界是属于你的，这城市也是属于你的。你要让歌声响彻整个城市，你继续唱你的歌——
　　往前——走。

（原载于 1990 年 11 月 8 日《人民邮电》报）

　　注：　1990 年度全国邮电小说评选在洪湖举办，本文获二等奖。同年发表于专业文学期刊《广西文学》。

缓期执行

一

"同志，帮个忙吧，真的，很急！"

"跟你讲过了，时间快到了，你是聋子？"

"请你无论如何帮个忙，这是鲜蟹呀，死了，几万元钱呐，我必须立即通知他们别装车。"

"几万块钱算什么，你们生意人，亏了可以再赚嘛！"

"这，这……小兄弟……同志，别开玩笑，就我这一份电报，字数不多，请你……"

"谁跟你开玩笑了，你有你的急事，我可有我的急事。喏，七点钟的内部参考片，现在什么时候了？"

"这损失我来补，电影票多少钱一张，我双倍付你。"

"你补得起吗？这是进口电影，今晚最后一场，有光屁股女人，你让你老婆来补。"

"你……你这家伙，你是人还是畜生！"

"你骂人，你这外地佬，看我打你……"

（事情就这么简单，马飞在关门前两分钟，拒收用户电报，造成该用户 36 800 元的损失，被申告到省邮电局。省局认为用户有理，责令该支局局长查清此事并将处理意见汇报省局。）

枫林秋深

二

"谈谈你八月十六日拒收电报的经过。"

"有什么好谈，人家不是在申告信上都写了吗？"

"严肃一点，你说你为什么拒收用户电报？"

"下班时间到了，到了就不收了。"

"营业大厅还没关门，邮电纪律规定，大厅关门以后，留在营业厅里的顾客也要保证他们用邮完毕。你提前两分钟就拒收电报，这是邮电纪律所不允许的！"

"我有急事。"

"什么急事？看电影！还要看人家老婆的屁股！"

"他骂人！"

"你还有理由，你给我坐下！"

"就不坐，大不了你给我个处分，处分值几个钱？开除更好呢，开除了我就去当个体户，赚的钱可不会比你这芝麻官少。嘿！神气什么？"

"请你冷静些，说话留些余地。"

"留什么余地，全民不如集体，集体不如个体，造原子弹的不如卖茶叶蛋的。我早就想走了，要开除，早点儿做出决定！"

（领导与被领导之间的对话，主动权给易位了，这可是新鲜事。支局长姓孙名雷，系复员军人，向来以风风火火办事果断著称。这会儿，他可真火了。）

三

"我的意见，除名！"

"除名是容易，但培养一名电信工人，至少需要三年时间，那可不容易。再说，现在的邮电部门，到社会上招一名合同工都难。我的意见还是慎重点好。"

"这种人留在邮电部门，对邮电事业和邮电信誉没什么好处！"

"我同意老曹的意见。邮电的社会引力早失去了。在职的都想溜，在外的又不想进。听说 S 局招进一名合同工是文盲，信送到用户手里，让人家自个儿认。"

"邮电报上说，全国邮政工人平均每人每年亏本 166 元，我看再这样下去工资也发不出了。"

"我今年就没让女儿报考邮电学校。"

"我对我儿子说，明年考技校，邮电、铁路、师范别去考，其他由你自己定。"

"喂，喂，别扯远了。我们这是支委会，还是集中一些，讨论一下马飞的除名不除名吧！"

"我的意见不除，找他再耐心谈谈。"

"我同意。"

"我也同意，人家肯留，还是对我们邮电有感情呐！"

"别单相思，人家肯留吗？"

"无论如何不能让他走，我看就那么一点事，比人家火车相撞，飞机失事，森林大火要小点吧！何必太绝了。"

"我的意见，我们领导主动上门去，向马飞赔个不是，就说我们领导的态度也不那个，请他谅解。"

"我不同意这样做，我认为孙雷同志的意见有一定理由，像马飞这样的人，身在曹营心在汉，留着没多大意义，有一句话说得好，离心者不留……"

（支委会开得很热烈，争论的结果，支委以三票比二票否定了孙雷的意见。但孙雷一方要求保留意见，获得通过。支委会最后通过一项决议：对马飞的除名问题，缓期执行。由支部书记老曹形成文字，向省局汇报。）

（原载于 1989 年《广西文学》第三期）

　　注：在全国十一省市微型小说"八桂潮"征文中获一等奖，并被大型双月刊《开拓》杂志社收录于复刊号第一期。

卧　室

这屋里没有人，请不要随便走进去，否则，成了嫌疑犯，可麻烦了。——作者声明。

一

门是木板的，一共三块，厚约一寸余。木板呈灰色，隐约可见天然木纹。节孔里塞着纸团。靠锁边的一块，经风雨侵蚀，下端已腐朽。锁扣是一个铁制的"8"字。门开着。

里面有一张床，一张桌子，一只方凳，床以两条长凳为支架，上搁一席竹帘，帘上铺着稻草。一条土布被子有几处露了絮。桌子也是木板钉的。桌上有一油盅，内有棉纱灯芯一支，寸把长。头搁在盅口，似一条虫。一只方凳，三条腿。缺腿的一角，倚墙，以借其力。方凳上有几件衣服，全土布，大都缀有补丁。

墙上有一支猎枪，单管。木柄短了一截。背带是多股棉绳绞成的，有瘦女人的手腕粗。另有一个框架，内有老人怀抱男孩炭笔画照一幅。老者，方脸宽鼻，天庭饱满，胡须飘然。男孩约五六岁，脸型似老者，双目微陷，其间已露英气。

二

门是油漆的，果绿色。司必灵锁。门开着。地板打了蜡。一张双

　　　　　　　　　　　　　　　　　　　　枫林秋深

人床，荸荠色，棕绷。棉被是府绸的，桃红色。两个枕头，白色，绣着一对鸳鸯。两个单人沙发，中间隔一茶几。床边有一盏落地灯，绸布灯罩。三门大立柜，双门五斗橱，小圆桌，四把靠背椅与床一色。靠窗有一写字台，台左侧有一笔筒，筷子似插了许多。墨水瓶有红蓝两种。

墙上有一镜框，金黄色。内有一条幅，书：革命到底！

三

门是油漆的，果绿色。下面三分之一处，有一洞。司必灵锁。门开着，地板打了蜡。一张双人床，半新。被子是绸缎的，桃红色，半条在床上，半条在地板上。两个枕头，一个在床底下，一个在沙发上。茶几上的玻璃板是碎的。落地灯光着一个小脑袋，横卧在墙脚边。大立柜，五斗橱门都开着，衣服杂物都在地上。靠背椅三条躺着，一条背靠写字台。写字台的抽屉拉开了一半，里面是空的。抽屉上没有锁，原来的锁位变成了一个黑洞，像牛的眼睛。写字台上堆满了翻乱的书，一部分在地上。书橱的玻璃碎了，内有三五本书，横着竖着。

近门口，地上有一镜框骨架，金黄色，已断裂。

四

门是奶黄色的，新上的油漆，司必灵锁。门开着，茜红色的地毯，上有壁画似的飞人图。一张双人床，淡黄色，席梦思床垫。一条彩缎被子上，压一条酱色毛毯。三人沙发，套子上有《虎群出山》图。座下是一张长毛兽皮。组合式家具，与床一色，淡黄。中间有一圆台，网眼台布，白色，台玻璃上面放着一瓶绢花，叶翠花鲜，刚摘下一般。临窗有一写字台，台面上有几份画报，封面是几幅不同的电影明星的头像。另有几本《健康》《娱乐》杂志散放在写字台一角。

右方，有一盒装潢精致的麻将牌，牌盒上用中英两国文字写着"中国香港制造"字样。

写字台左侧，有一个书橱，里面塞得鼓鼓的，书橱的玻璃上装有镀克的锁，已泛黄色。锁眼处有模糊锈斑。书橱的旁边，有一小橱比方凳高些、大些，与家具同色。上有一架 20 英寸日立牌彩电。

墙上有一匾额，古铜色框架。内有一图：暮色苍然中，密林近处，清水塘边，一位半裸的少女安然地躺在一块平岩上，皮肤很白，半闭的眼睛似睡非睡，胸脯袒露着，丰满的乳房高高地隆起，显露出初春的风韵。她的一只手枕在头下，另一只手撩着衣裙，似乎为了能使自己欣赏到衣裙上的花纹，却让观画者看到了她大腿很深的部位……

匾额的旁边，挂着一支猎枪，双筒。乌黑的枪管和铮亮的黄杨木柄显示着：这是新的。

（原载于《东京文学》1986 年总第 37 期）

注：这篇小说在上海沪西工人文化宫文学社引起很大的争论，被许多传统写法的作者说成是非小说。

扫　墓

　　你去上丈夫的坟，没有选择"清明节"，而是选在你丈夫的周年。你带着不满周岁的儿子，乘了半天长途汽车。丈夫的坟，在苏州郊外的一座山上，那里，是一座公墓。

　　"妈妈住院了，今天我们一起去看看她。你也好久没去了。"你对丈夫这样说的时候，你脑子里已有了几分火气。你当时想，今天非拉你一起去，不管你有多少理由。你现在想想很后悔，你想你那天对他太过分了。

　　下了车后，你抱着儿子朝山上走去。从车站到墓地有一里多路，你走得很累。你又想到了丈夫。要是丈夫还在，他就一定会争着抱儿子了。那时候，儿子还在肚皮里，他就非常喜欢，常常会把耳朵俯贴在你的脐下听儿子的动静。

　　丈夫答应了你的要求，丈夫说，是该去看看老人家了。可是，上午他还得去一次局里。甲肝流行，病假率那么高，他这个当班长的，有些不放心。你当时听了很不高兴，你不能理解，那么多的休息天他都放弃了，今天是节假日，你不能同意他再放弃。你对他发火，说你父亲去世前那阵，我天天去陪夜，轮上我母亲住院了，你却一点不往心里放。你说不行，今天偏不准你去局里……

　　正午的阳光炙热地照在山岗上，你已经沁出了汗珠。远远地，依稀看到那一片草地了。草地的边缘，有一方已经被青草覆盖了的土丘。你的泪水模糊了视线。

　　丈夫没有与你争执，他带点歉意地耸了下肩。他说他保证去一下就回来，最多不超过两个小时。你受不了他的固执，你委屈地哭了。你赌气说，你去好了，你死在单位里别回来了。想到这，你的心就发噎，多绝情的话呀！

你小心翼翼地拔去坟头上的蔓草，将一束黄花安放坟头。然后，你抱着儿子跪下了，你对儿子说，叫声"爸爸"。儿子对你看看，水灵灵的眸子里充满着好奇与疑惑，小嘴嚅了好一会儿，却怯怯地叫了一声"妈妈"。你再也抑制不住了，泪水涌出了眼眶。

你怎么也没有想到，丈夫出门时那个匆匆的背影，竟然在你的视线中成为永恒。他是带着你不谅解的怅然之情与你永别的。他去了局里，看到电报积压得太多，就帮着去送了。在送一份接车的加急电报时，他遇上了车祸……

追悼会上，领导对你丈夫作了很高的评价，他们追述了你丈夫一生中许许多多不平凡的事迹。那时候，你一句也没听进去，你只是哭，挺着大肚子哭得悲痛欲绝，所有参加追悼会的人都被你感染了，告别遗体时，哭声竟响成一片……

你慢慢站起来，深深地鞠了一个躬，向来路走去。这时候，你发现山下有一群穿绿制服的邮电工人，他们扛着一个很大很大的花圈正朝你走来。近了，你发现，走在头里的那位头发花白的高个子，是你丈夫单位里的工会主席……他们没有忘记你丈夫的忌日周年。

你将脸紧紧地、紧紧地贴在儿子脸上，心一下子纷乱了，委屈和悲伤纠缠在一起，你呜咽地哭出声来……

（原载于 1990 年 5 月 6 日《劳动报》）

错　位

　　早晨上班的时候，不小心将头撞在了门框上，"砰"的一声，好痛。老王见了，在一边笑，笑得极阴极冷。我心里自然老大的不开心。我平生最恨的就是这种人——幸灾乐祸。

　　老王同我一个办公室办公。他搞质管，我搞总务。我们办公室还有一个人，是个小姑娘，技校来的，叫沈红，做会计。沈红还没到。我和老王平时话不多。这会儿更懒得连招呼也不想打了。这有点前因，早两年，我是投递组长，他是营业组长。常常为了一些业务上的问题扯矛盾。当然，并不怎么公开化。双方都搁在肚子里，只是在每周一次的局务会上，你阴一句我阳一句地讲些只有双方明白的话。所以，在面子上一直还算过得去。但谁又能料到对方在肚子里装了些什么鬼呢？人心似海嘛！老王今天的笑，就是一个明证。有位心理学家就说过，人的每一种行为，都是心理活动的外在形式，就像电脑指挥机器人的动作一样。料定了老王笑的含义，我便只顾埋头做自己的事，以不以为然和不屑一顾的神情作为反击。但心里总好像有什么东西在互动，像是许多苍蝇在嗡嗡地飞，叫人又难受又恶心。偶尔用眼光的余波偷偷瞅一眼姓王的，发现那家伙今天的嘴角总挂着一丝笑，是一种忍俊不禁又强压的笑。我立刻感到这笑里藏着无数带毒的芒刺。我再也不想坐在办公室里了。有他在，我就觉得浑身不舒服。

　　我站起来，转身向办公室门口走去。后背也能感觉到，在我出门的那一刻，那家伙冲着我的背影又在极阴极冷地笑了。我可不管他呢，对付这样的人，我只有以平静且昂然的态度去战胜他。我故意地挺了挺胸，昂首阔步地把地板踩得咚咚响。

　　出了局门口，我想起单位明天要停电，还是先去把蜡烛买来吧。这样想着，我去了附近的一个杂货店。店里两位女营业员刚上班，在理货架上的货，我要了两打蜡烛，付了款。当我拎了蜡烛走出店门的时候，我突然听到那两个女营业员冲着我的后背嘻嘻哈哈地笑开了。真他娘的撞了鬼啦！我有什么好让你们幸灾乐祸的。难道你们也知道我撞了门？难道你们也和我有什么宿怨？我可没跟你们俩谈过什么三角恋爱，没有什么缺德的事欠着你们。愤愤的，我又回到了局里。

　　走进办公室的一瞬，我看到老王与沈红俯着身子把脑袋吊在办公桌中央谈着什么。见到我进去，他们立刻就停了话题。老王是背着我的。他装得若无其事地抽出烟来，但我注意到了沈红的眼色，她在我进门的时候，用探见了别人隐私的眼光朝我瞟了一眼，嘴角立即露出笑来，像是我刚从大牢里放出来似的。我心里又想骂他娘的。但我没有骂，沈红这小姑娘刚进局不久，与我的关系还可以，平时林师傅林师傅叫得够亲的。骂他一个毛丫头，不值得。我知道这一定又是那家伙在唆使。姓王的是个老奸巨猾的人。人们背地里叫他"老精"。往时，我还认为这样待他有点过分了。现在看来一点也不过分。这家伙实在太鬼，太精，太老奸巨猾了。

　　于是我开始设想如何对他的这种鬼气以迎头一击，给他来个措手不及。让他知道知道我姓林的也不是好惹的。你动土就去动别人的土，别动到我太岁头上。别看你年龄比我大三四岁，可你是从铁路局调过来的，我可是老邮政了。飞来燕子别欺了窝里麻雀。先进庙门三天大。走路说话可得先量量自己的底气。

　　采用的办法自然不能像他一样鬼里鬼气。君子之腹不装小人的阴暗心理，咱们来台面上的。他有两件事握在我手中。一是局房维修时，他将一块三夹板拿回去做了棋盘，他叫小木匠不要声张，小木匠偏偏就告诉了我。嘿，你身为一名办公室科员，这是什么行为？我要抖出来，你不作检查才怪呢！另一件事是上次全体科室人员大扫除，迎接国庆 40 周年。别人都参加了，他却说有一封用户来信，要去地界上调查。结果呢，这家伙"精"就"精"在这里，他去朋友家下棋去了。别看这是小事，这事可轻可重。说轻是个劳动纪律问题。说重些是对国庆 40 周年的态度问题。这件事我本来不知道，那天他原本打扫厕所。他一走，那差事就轮上了我。那管道塞了，用铁钎一捅，哗啦一声，躲都来不及，弄了一身粪，臭死了。回家被老婆骂了一顿，说我是戆到顶了。我说了个中原委。老婆火更大了，原来姓王的家伙下棋的对手正是我家大舅子，就在我大舅子家里。老婆刚从娘家回来，看到了。

对这两件事，以前，我总拉不开面子。这会儿，可不留情啦，我知道你姓王的在局长脑袋里的分量有多重，到时候你哭丧着脸坐一边去吧！我一定放开喉咙唱支嗨啦啦的歌乐乐，气死你。

主意打定，我装着漫不经心的样子避开老王和沈红的眼光，悄悄地拐到了局长室。刚在门口出现，局长和书记都冲我笑了起来，局长笑得山响。我一下子愣住了，用不解的目光茫然地看着他们。好一阵，局长才忍住笑，说："老林呀，你今天是怎么了，你看你的衣服穿的。"

我看了看自己的衣服，发现衣服的纽扣扣错了两个位置。右边的拉下老长，左边的吊在了胸前。

"他娘的！"这一回，我真的骂出了声。但，是骂我自己！

（原载于 1989 年 12 月 7 日《人民邮电报》）

风流逸事

电信组新分来一位小姑娘，长得细腰嫩肤，挺迷人的。

小姑娘爱笑，不出声笑。遇到人，笑着，一低头走过去。算是打过了招呼。

因为常笑，后来有人干脆叫她笑姑娘。

叫她笑姑娘的人，就是电信组组长。组长姓李，笑姑娘报到的第一天，李组长就做了她的师傅。

李组长是局里的老先进，李组长负责的电信组也是局里的老先进，李组长治业很有一套。

笑姑娘报到时，李组长跟她握手。笑姑娘有点羞涩，浅浅地不出声地笑着。李组长却一点不笑，很严肃地捏了一下她的手，冷冷地说一声"欢迎"。

笑姑娘的心便像被石头硌了一下。

但这是开始的事。没过几天，李组长就显出了兄长般的厚朴慈爱。

笑姑娘喜欢写诗。在工作的空隙，爱拖过一张白纸，在上面划划拉拉。一次，被李组长发现了，竟没有受到批评。

"不错，挺抒情的。"李组长说着，将诗稿还给了她。

尽管没受到批评，笑姑娘还是吓怕了，再不敢在上班时胡乱划拉了。

国庆前夕，局里组织赛诗会。李组长对笑姑娘说："写一首，去试试。"

笑姑娘真的写了一首，李组长亲自为她朗诵。李组长虽不会写诗，却有一副挺浑厚的男中音。结果，得了个三等奖。

　　这以后两人常在一起聊。聊诗，也聊些其他。

　　到了第二年"五四"，局团委也组织了赛诗会，特邀李组长参赛，李组长让笑姑娘再写一首，笑姑娘就又写了一首。笑姑娘在诗里写了一个男人和一个女人。诗名叫《让我们相爱》。李组长很喜欢这首诗，朗诵的那天，李组长倾注了全部的感情，吸引了满场听众。

　　诗是这样的：

点点你的鼻子
摸摸我的脸颊
我们相会　在
常青藤下
风和日丽的日子
我们勾起小指
奔向远方的海峡
你去山岗　　看
漫天的彩霞
我去海边　摘
一串浪花……

　　这一次，竟得了个二等奖。两人都异常兴奋。一个说，诗太美了。一个说，朗诵得太好了。都很谦虚。

　　后来，有了一些变化。

　　两个人开始疏远了，不谈诗了，连其他也不谈了。像是有了矛盾。

　　再后来，亮了相，笑姑娘去医院做了人流。原来两人并无矛盾，只是好得更隐秘罢了。

　　为此事，李组长罢了官，调走了。

过了些日子，笑姑娘也调走了。

　　人走茶凉，李组长和笑姑娘调走后，人们对他俩的事议论一阵后就淡忘了。

　　到了这一年的秋天，有人突然获得了李组长的最新消息，说李组长与他妻子离婚了。还说李组长一通宵一通宵玩麻将。有时还一个人酗酒，有一次竟酗倒在马路上，人事不省。早先，李组长不会喝酒。

　　关于笑姑娘的消息，比较朦胧。只知道她调走后不久就辞职了。早早地嫁给了一个个体户，整天在马路上帮丈夫叫卖。脸上再也看不见笑。大概，诗也不写了。

　　冷却的话题又一度热了起来。有人说，李组长那人，不是好料，把一个如花似玉的小姑娘硬给毁了。有人说，那笑姑娘才是个小妖精。多好的一个组长，栽在了她的裙子底下……也有人不同意那两种说法，另立高论，说人生呢，本来就是缚在命运的风水柱上。栽与不栽，由条件决定，栽于甲还是栽于乙仅是偶然现象。还有人说得更玄，说命运是沾在断线风筝上的一张纸片，悬在空中，随风飘着，是上升还是坠落，无法预料……

（原载于《桂中日报》）

驼　子

　　突然间，听说金科长死了。弄堂里的人都摇摇头，一副不可思议的样子。又听说金科长死后背不驼了。这就使得弄堂里的人在不可思议之后，又多了一副愕然的表情。

　　金科长生前为人很和气，说话脸上总是挂着笑，见着领导更是要点点头，微微地弯一点腰。一副敬重领导又不给人留下拍马屁之嫌。分寸十分到位。在单位里、弄堂里人缘都很好。那时候改革开放还没开始。只有走资派，没有贪官。所以，也不存在用伪装的表象去掩盖行为的污点。听说有一次，弄堂里有人问金科长，像你这样的人，两袖清风，一身清白，做人为何还要如此谨小慎微，金科长笑笑说，发长辫子多，话多失口频，小心点好，小心点好。

　　如此一个中庸的人，怎么会突然就死了呢？更何况，金科长生前微驼的背也不驼了。这不得不让人们唏嘘不已。家属也感觉到了蹊跷，全家人围聚在一起，商量了大半夜，决定到医科大学请专家对金科长的骨髓进行化验，一定要弄个明白。

　　一个星期之后，鉴定报告出来了。金科长的骨头生长良好。他的骨龄与他44岁的年龄吻合。金科长生前根本就不是驼子。

　　这下子，认识金科长的所有的人，都有点紧张起来，说话的时候总是三五成群，声音低低的，神秘兮兮的，一个个都像是变成了神经病。

　　金科长不是驼子？！医科大学的专家弄错了吧，认识金科长的人那么多，那么多双眼睛不会都看错了吧，于是，一场更大范围的议论开始了。有从科学角度展开的，有从病理学角度论述的，还有人从迷信方面入手的。每一个方面都有不少的人参与进去，面越传越广，结论五花八门。这样的境况，一直延续到了来年的春天，才渐渐地散去。

第二年金科长忌日周年，他的儿子在翻阅他留下的日记时，发现了这样一行文字：我看了多年，发觉在这个世界上，满世界的人全是驼子。好可怕噢。

他儿子把那本日记烧了。他没有把这话说出去，他只是似是而非地点了下头，像是悟到了什么似的……

（原载于《建设者》第四期"征文汇刊"）

注：这篇小说发表后，华东师范大学中文系教授李劼对这篇小说给予了极高的评价，并作为推荐作者进入第三期青创班的推荐小说，受到上海市作家协会党组书记赵长天的肯定。

乡邮员阿开和他的邮路以及
那一片竹林的故事

　　这是一个尘封已久的故事，传统的叙述过于乏味，换一种叙述模式，也许会让读者获得一些新的阅读快感！

　　在乡邮员阿开的意象中，他第一次走近那片竹林时正是傍晚，西下的夕阳将竹林映成一幅美丽的晚照，这最初的景象使阿开的脸上绽放出幸福的笑容，这让阿开对他未来的邮路充满了彩色的遐想……

　　以后的日子里，阿开果然看到，有一位俊秀如竹的姑娘常在傍晚的晚霞里，伫立在那片竹林边注视着他的行程，这情景让阿开激动。在一个空气中溢着玫瑰花香的下午，当阿开再次经过那片竹林时，他羞红着脸将一封没有落款的信塞到了姑娘手中，阿开是在他的师傅——一位老乡邮员那里知道了那位俊秀如竹的姑娘今年只有19岁。她是老乡邮员的女儿，名叫村村。

　　之后不久，老乡邮员完成了他一生的事业回归天堂。阿开与村村料理完老乡邮员的丧事便订了婚。

　　老乡邮员在临终前嘱托阿开。村村是他孝顺的女儿，他把她交给他，要他好好待村村，阿开泪流满面，使劲点头。

　　他们商定，婚礼在年底举行。

　　天有不测风云。那年夏季，出现了太阳风暴。阿开在一天的劳累后，晚上却总睡不好觉，他常梦见有一片火烧云飘浮在竹林上空，他对那片火烧云感到恐惧。一种不祥的预感油然而生……

时间的流程很快证实了阿开的预感，以后的日子里，事件果然不断发生，老乡邮员的尸骨被重新挖掘。人们变得越来越喜欢热闹，几乎每天都有轰轰烈烈的故事发生。

　　于是，阿开率先成了那片火烧云的牺牲品，他因与老乡邮员的关系而被迫悄然离开了那条邮路，几乎同时，村村因为对他执着的爱而离开了他，这使阿开22岁那年的冬天变得格外的寒冷……那时节，等待已成为一种不合时宜的幻想。

　　在以后一段很漫长的日子里，阿开一直在梦魇般的幻景中过着另一种生存方式，那是一种无花果式的生存方式。在那样一种生存方式中，阿开感到了时间的漫长……

　　许多年以后，当天空中重新出现人字形雁群的时候，阿开又回到了他的邮路上，那一年，老乡邮员的尸骨被重新埋葬。新立的墓碑上刻着"绿苑红心"四字。

　　但阿开的邮路却不再像以前那样令他神往，因为，当阿开重新走近那片被晚霞染红的竹林时，那儿没有了村村的身影，村村在久久地等待之后，带着绝望将自己交给了竹林边的小河……从此，那片竹林便成了阿开的自恋情结，在阿开的邮路上投下一片浓重的阴影，并以梦的形式在阿开的意象中获得永生。

　　从此以后，阿开以独身者的姿态走向邮路的纵深，他的孤独者的身影被晚霞一次又一次地重复，同时被晚霞一次又一次重复的还有那一片竹林，阿开的情感在这一次又一次的重复中，获得了某些虚伪的慰藉。

　　当阿开的身影不再被晚霞重复时，他已成为一张镶黑框的照片被时间凝固，他是在送一份加急电报时成为邮电报上的一则新闻的。新闻中只说他不小心掉进了河里，但人们在议论中分明加进了新的细节，据说他骑车上桥时，眼睛看着那一片竹林，他是为那一片竹林献身的。

　　许多年之后，当两名编纂邮电志的公务员重温阿开的那条邮路，企图拾取某些历史的片断像枫叶一样珍藏时，一位很会编故事的人在他的电脑文本框内刚刚为邮路写下这样的定义：邮路，是信使走过的留下过信使美好的希望和辛酸的往事的历程，是一片绿叶在春天里对寒冷季节的回忆，是梦的中断和延续，是绿衣诗人未尽的诗行……

（原载于 1986 年《上海邮电》报）

谁能当车队长

今天早上，新河区运输公司三车队的驾驶员们，在快要出车的时候看到上边又来人了。这几天，上边三天两头来人，大伙不用猜就知道是怎么回事儿。车队长老耿退休已经整整三个月了，一直听说要从别的车队派人来，可是派了这么久，连人影儿都没见。这会儿，不为这事才怪呢！

其实人们并没有猜错，今儿上边来的那人，是公司组织科的科长老孙。老孙今年50多岁了，头发也起了霜，但精神还挺好。平日里工作勤恳，待人和善。很懂得和下面的同志搞好关系。他找人谈话，语气总是很随和，使你感觉不到他是你的领导或者上级，常给人以亲切感。

此刻，他正在办公室里与车队支部书记谈论着老耿的接班人的问题。车队党支部书记何作伟，四十刚出头，读过一点书，人很精明。从"文革"那阵子当了支部书记直到现在，上不上，下不下。上面下面的人，他都冷不冷，热不热。如今党政一分工，他名正言顺。一杯茶，一支烟，一张报。闲了，到车队里转转，不说一句话，不表一个态。转完了，就再回到他坐不厌的椅子里去，喝他喝不厌的茶，抽他抽不厌的烟……

"……真的，研究过了。唉，实在难，别的车队也没多余的人选。现有的，如派到了这儿，不成了'救活田鸡饿死蛇'了。所以，张经理的意思，还是在你们自己车队挑选挑选看……"

孙科长遇到难题时，说话总像叹气一样。在他，认为这是争取主动、留有余地的一种好方法。他毕竟是一位老干部。

"挑谁呢？又没人毛遂自荐！"何书记回答得很干脆。

"不是说你们车队有三个高中生？"老孙是做过一点调查再来的。

"高中生能当干部，干部就多了。"何书记吐出一串长长的烟，眼望着窗外一朵飘移的白云。天很蓝，他想。

"都是不可雕的料吗？"孙科长的话不是商榷就是探询。

何书记转过身来，声调稍稍高了些：

"一个电影迷，差不多天天要看一场电影，下班后，想找他，你往电影院跑就得了。一个呢，上班不肯提早半分钟，下班不肯多留三十秒。单位里开什么会，他不是请假就是溜跑。你问他，他说开会不如回家看报。还有一个，更不像话，常常跑到什么宫里去跳舞，就喜欢搂女人的腰，我看这……也值得……"何书记说着说着，似乎有点激动起来。

孙科长怕他把话题扯远了，赶忙又点出一人：

"记得你们单位好像有一个人在青工政治轮训中获得第一名，还留下来当过辅导员，那人是谁？怎么样？"

"嘿！组长都被开下来了，你还选他当队长呀！"

"是缺少管理方法？"

"方法可多哩，找起领导的岔子来，谁也比不上。我们这些人，从他嘴里出来，就不值钱。"他又接了一支烟，以不屑一顾的神色补了三个字："这种人……"

何书记的话里永远有一股说不出的味道，像是傲气，也像是怨气，又似乎二者都有些。

"那位参加自修大学考试的人呢，他怎么样？"孙科长在一个个掏"备货"。他所存的"备货"本来就不多，这会儿不禁心中有点儿焦躁起来，不过面上仍然很平和。

"动机不纯，想跳龙门！"这会儿，何书记回答得像命令一样果断。

终于，孙科长也掏出一支烟来，点燃了。他很少吸烟，只在特别高兴或特别烦心的时候才吸一支。平时，他既不敬烟，又不受别人的敬烟。显然，这会儿，他觉得烦心了。他有点怨恨这个何书记，可他绝不会在脸上表现出来。还没几年要退休了，多留一些熟人、朋友总是好的。这简直成了他近年来的座右铭。不过，他今天既然来了，总应该有点儿收获，回去也可向张经理汇报。他稍稍平静了一下心绪，又开始做新的努力：

"几个组长中有没有合适的人选呢？"他说。语气还是平和的。

"他们能带好自己的组，不给我难看，就已经谢天谢地了。"

"……"

出车归来了的驾驶员们看见党支部办公室的门仍关着，透过窗玻璃望进去，只看到里面弥漫着青幽幽蓝茵茵的烟，在玻璃窗上游移徘徊，似乎在寻找着突破口……

难哪，这个车队竟没一个合格的人选？！

（原载于 1985 年 4 月《交通与运输》）

姐姐，我永远的梦

好多年了，姐姐一直在我的梦中，在我思念的天空里，在我生活和工作的每一个间隙里，燕子般飞翔着……

姐姐总是那么轻盈，那么美丽，那么和气温情，那么一副姐姐的模样。

我的领带结没扣好，她会走过来，笑眯眯地用一根手指指她自己的领口，又指指我的领口。我就慌慌张张地跑去卫生间，笨手笨脚地对着镜子将领带重新系好。我西装上的一颗扣子松了，像蔫了的花瓣似的低垂下来，她又会走过来，用带嗔的口气一字一顿地说："我、的、小、弟、弟、请、把、衣、服、脱、下、来、交、给、我。"

她总是这样，把我当作她的亲弟弟。我一个人在上海，大学毕业后，考进了这家单位，又分进了这个机关，便认识了她。

报到那天，她就说，哟，来了一位小弟弟。我诧异地对她望望，发觉她很年轻，心里就想，她这个年龄，和我差不多吧，怎么就这么肯定地叫我小弟弟了呢，这种口气，好像她倒是一位老姑娘了。

后来知道，她只比我大一岁，但比我早两届进了这个机关，先进庙门三天为大，她先进两年，又比我大一岁，是可以称姐姐了。

"以后就叫我姐姐，知道吗？"

她这样郑重其事地对我说，把"姐姐"两字的字音压到了舌尖底下，显出很认真很当一回事的样子，但她又用了半嗔的口气，使她说的显得一半像真，一半又像是在逗我。

捡个顺水人情吧！反正我一个人在上海，有这样一个姐姐照顾着，也挺不错的。这样想着，也就半真半假地答应了。

姐姐是上海人。

姐姐除了在工作上给予我很大的帮助外，在生活中也一直把我当作她的亲弟弟，周末，她家里有了好吃的，总要拉了我去她家做客。经常去，自己觉得不好意思，有时就故意地找些理由推辞了。每每这种时候，姐姐总以为是真的。姐姐很单纯，我随便扯个谎，她都深信不疑。

（姐姐心底的那个湖泊，看得见鱼儿在水底中游弋了！天呐！我的姐姐！但愿她在人生的旅途中不被人欺骗。）

有时候，我也和姐姐开开玩笑，我讲一些笑话故事给她听，听到开心处，她会爆"百响"似的爆出一串银铃般的笑声。很多时候，她也会觉得自己笑得有点过分，就赶紧用手像口罩似的掩住嘴，回头看科长的表情，这种时候，我们的科长也会大度地一笑，照会她一个开心的示意。

姐姐结婚以后，待我还是和以前一样，她一直把我作为她的亲弟弟一般宠着，就是在她丈夫面前，她也会摸摸我的头，大人似的说："小孩子，吃吧，多吃点，姐姐开心！"边说，边大筷大筷地给我夹菜，大块的肉，大块的鸡，还有大块甚至半条的鱼，也不管你吃得完还是吃不完，也不管你爱吃还是不爱吃。

姐姐最关心的，是我的个人问题。她常说，弟弟的个人问题她包了，她要给我介绍个上海姑娘，要漂亮的，比姐还漂亮，要有文化，至少大专，还要住在市区，还要家有房子，还要性情温和，体贴丈夫。她说，她的弟弟前半生是山沟沟里的乡下人，后半生要变成工作生活在上海的城里人。

呵，我敬我爱的姐姐！

姐姐在我心中的定格，定格成为永远，是在那一年的春节，那一年我已经26岁了，春节来临之前，姐姐说：今年你不要回家了，今年姐姐给你介绍个对象！姐姐这么热心，就依了姐姐吧。正月初三那天。天气格外晴朗，太阳温情脉脉地照在淮海路上，使得那些本来已很漂亮的店面，又增添了几分妖娆。环形的彩灯闪闪灭灭，彩旗在微风中舒缓地曼舞，一副节日休闲的氛围。人群熙熙攘攘，在各个店门中流进流出，无轨电车和公交车及各种牌子的小汽车东来西往，似乎在描绘大上海的祥和繁华。

姐姐说，去买身好点的西服吧，看对象要穿得时髦一点。

我不懂怎样叫时髦，怎样叫流行，我只知道穿着整齐和得体。

姐姐说，你不懂，你这老土，你听姐姐的。

你、你、你，一口气的你。

我就听姐姐的，我只能听姐姐的了！

姐姐真像春天里的一只燕子，在淮海路熙熙攘攘的人群里飞来飞去，她从这家店进去又从这家店出来，她从那家店进去又从那家店出来。

进去时姐姐总是充满希望，出来后她又老是朝我摆摆手，说一声不急，再看看，再看看。一点没有焦躁和沮丧的神色。姐姐要给我挑最好的！

姐姐的热心，让我感动！

（姐姐，你是我心中一叶美丽的风筝，你是我一个永远无法忘怀的梦！）

姐姐突然拽了我一下，说，你等等，她指了指马路对面。顺着姐姐所指的方向，我看到了马路对面的一家时装店。

姐姐说：她去看看就过来。

我点点头，我倚在一棵粗大的法国梧桐树上，眼睛看着姐姐的身影像舞蹈演员般穿行，纤细的身姿在车流中庖丁解牛般游刃有余，姐姐穿过马路，走进了那家服装店，一会儿，才一会儿，她又出来了，她冲我摆摆手，摆摆手的同时，她又朝东西两侧看了看，她开始匆匆地朝我走来，就在这时，就在这时有一辆黑色轿车为避让一位突然从弄堂里冲出来捡球的男孩，一下子驾驶失控了，车辆以加速度向姐姐冲去……

我看到，我敬我爱的姐姐，燕子般飞了起来，轻盈的身姿在空中画出一道美丽的弧线，那道弧线在我以后的岁月中，定格为一道血色的彩虹！

……

我没有在上海成家，失去了姐姐以后，我也失去了对城市的迷恋。我决定回家，回到生我养我的农村，城市给了我希望也给了我迷茫……

我暂时还不想结婚，我要将我思维的空间，情感的空间，记忆的空间全部腾出来。那里，只属于姐姐……

姐姐是我的全部。

姐姐是我永远的梦！

（1986 年 4 月完稿）

花 河

在上海西郊，一个叫鸡鸣塘的地方，有一个高家村，高家村里养育着一位好姑娘，好姑娘的名字叫作三妹子，三妹子 17 岁了，眼睛老大老大的，白白的脸，一头披肩长发，总之是很漂亮的。三妹子是村里唯一一名初中生，回乡务农还没到三个月。村里的小伙子们，总喜欢拿三妹子开心。

三、妹、子。
三妹子——
三妹子！

不同的声调，古怪的语气，经常弄得三妹子东南西北找不到方向。三妹子喜欢唱歌，她从她奶奶那里学会了许多山歌，每每吃过了晚饭，三妹子就将家里的长凳子一条一条地搬到自家的场地上去。一会儿，那些长凳子上就坐满了人，不够时，连三妹子家的小矮凳也搬了出来；有的，干脆捡块板，两边搁几块砖，也算凳子坐下了；还有的会从自家屋里带了凳子过来。大家来这里，只有一个目的，来听三妹子唱歌。

三妹子，来一个！
三妹子，来一个！

到了差不多的时候，自会有人起哄似的带头喊起来，于是满场子的人热闹起来了：

三妹子，来一个！
三妹子，来一个！

三妹子也落落大方地来到了人群中间，扯开了嗓子，唱了起来：

结出私情东哎东
（郎）浪打快船风打篷（帆）
一路好顺风
……

三妹子刚唱完一个，哄声又四起：

三妹子，只有郎打快船，妹在做什么啊！

于是，三妹子脸一下绯红起来，幸亏光线暗，谁也看不见。

过了没多久，村里要办一所小学，于是，作为村里唯一的初中生的三妹子，被推荐去当了小学的民办教师，全校有十多名学生，但师资就三妹子一人，村领导说了，以后一点点壮大。

三妹子很认真，八点钟上课，她七点不到就站在了校门口，等着家长们一个一个地把小朋友送来。有时候，有些家长有事，无法将孩子送到学校，三妹子就骑着一辆父亲刚为她买回来的女式凤凰牌自行车，一家一家去接。她把先到的学生关在围墙之内，拿一个皮球、几根跳绳让大家玩，她锁上大门，骑上车就去了。高家村不大，三面被鸡鸣塘围着，只一面通往外边，就像他们的学校，四周围墙只开一扇大门进出。这种一夫当关、万夫莫开的结构形态，是很有安全感的。

等学生全部都到齐后，三妹子就开始教大家排队、立正、稍息、再立正，排着队进了教室。之后，她开始教大家汉字，做加减法，还唱歌、学跳舞。有时，还带小朋友去田头，看农民伯伯在深秋季节里收割稻子，看那些年轻的小伙子挑着拖地的稻叉小跑似的走向打谷场，衣服早已经被汗水浸湿，在汗水干湿交替的地方，围了一圈凹凸不齐的盐白。然而，他们的嘴里，却还在哼唱着三妹子的那些山歌，"结出私情南呦南，担担稻谷拖地连，妹买糖糖娘买烟，哥与妹妹心相连……"三妹子看着，不笑，回到课堂上，她就给小朋友们讲"谁知盘中餐，粒粒皆辛苦"的故事。

三妹子爱美，经常要求她的学生在上学时摘一朵鲜花，男生将鲜花插在胸前，女生将鲜花戴在头上。在农村，鲜花几乎四季都有，鸡冠花、凤仙花、月季花、野菊花、油菜花、荠菜花，到了五月，就满田野开满了一种叫"红花草"的花，外形圆圆的，造型平平的，颜色略带粉红。可以单独佩戴，也可以将几朵花用一根线串成一个球，真正的绣球一般，非常好看。这是一种专门用作农肥的红花草的花。

那一天是5月28日，也就是儿童节前的最后一天课，三妹子特别要求大家在上学时带上鲜花，她像往常那样在校门口等，一直等到8点钟，有一位叫小军军的小朋友还没来学校，父母也未委托人请过假，她心里想不会是感冒了吧？三妹子这么想着，一下子担心起来，我得去看看，三妹子将孩子们照例锁在围墙里，让大家玩皮球、玩跳绳。自己骑上那辆她心爱的凤凰车，急匆匆地往小军军家赶，谁也没想到，三妹子这么一去就再也没有回来。

小军军家在鸡鸣塘的南边，屋后是一片茂密的竹林，穿过竹林是横跨在鸡鸣塘上的一座小石桥，桥面是两块大石头拼接而成的，中间有一条长长的缝，三妹子就是在过那座石桥的时候，将自行车的轮子嵌在石缝里……

当小军军的父母发现时，为时已晚，她们看到在不深的鸡鸣塘中央，有一条粉红色的连衣裙漂在水面上，流水静静地从她身边流过，正在为她梳理那一头美丽的披肩长发，她的胸前扎着一朵很大的红花绣球。

看到这样的情景，大家都哭了，她的父母、她的学生、她学生的父母，以及那些一吃过晚饭就想来听她唱歌的小伙子和老人们……大家不约而同的一起帮忙处理起三妹子的后事，然后又一起来到出事的河边，每个人都在这里向三妹子默哀，并将各自摘来的一朵朵鲜花抛往河里，不多的时间里，小河上漂满了各种鲜花……

从今往后，每年的"六一"前夕，这段河上面都会有无数的鲜花漂着，不管认识与不认识三妹子的人，凡是经过这里都会有意无意地摘一朵鲜花抛向河心，日子久了，人们就将鸡鸣塘的这一段河叫作"花河"。

（原载于 1989 年 5 月《东京文学》）

呼唤激越

一

我很悲哀。

我守望着森林，森林里没有虎狼出没。

我守望着草原，草原上没有狮群追逐。

我守望着一池碧水，碧水中没有鱼儿在游弋。

我渴望，在阵阵惊雷声中，贝多芬的C小调第五乐章《命运》会重新奏响……

二

认识他是在一次听大课的时候，华东师范大学的教育楼礼堂内，每逢周二和周五晚上都有中文系的老师上大课，华师大的中文系是中国的名牌，自学考试难度特别大。据说北全国统卷要难出20个百分点，就是说你参加全国统卷能考75分，属于中等分数了，在华师大你只能考55分，属于不及格。它也不搞"专转本"那套模式，即先读三年拿大专文凭再读两年换本科文凭，它不搞。至少我们那几届都不搞。我们的每一门单科结业证上都盖有"本科"的长条形印章。

这样的难度系数逼着我们不敢懈慢，每一次听课我都准时到场，而且，还专门买了一台小录音机。好多听课的学生和我一样。我们生怕笔记记不全教授授课的精华，用录音录下后回家可以反复琢磨，把重点要点整理后用于应考。

我记得那是星期五的晚上，我走进教育楼礼堂，把书包放在听课桌上后便去接录音机的电源，就在那时候，我发现我忘了带空白磁带。

三

出门的时候，我曾经提醒过自己，途经新华书店或音像商店时，别忘了买两盒空白磁带。可自行车骑到中山西路曹阳路交叉口时，那里刚刚发生了一起交通事故，事故不大，是一辆黄鱼车将一名小女孩撞倒在地，小女孩脚上擦破了一点皮，印着红红的血痕。可是，小女孩的父亲就不买账了，跟骑三轮车的人吵得很凶。那架势像要拼命似的。争吵的嗓音一个比一个高，引来了许多的围观者。那地方是交通要道，晚饭前后，又是人流量和车流量的高峰会合时期，一下子，路就被堵塞了。我被两个男人的争吵声一搅，思想就偏上了小道，想，这点小事，有一方让一下就得了，干吗要吵这么凶？上海这个城市本来就是地方小，房子小，马路小，加上人的心眼儿再一小，什么事都变得难办了。那时，上海正在倡导什么"海派"文化，"海派"，就是要有大海的气派，大海的肚量，看这些小男人，为那点儿小事争得关公甩大刀似的……

脑子就那么往边上歪了一歪，买磁带的事就压根儿给忘了。

授课的教师已经走进教室，再出去买已经来不及了。我赶紧拿出笔记本，匆匆在笔记本上写上了今天授课的课目，那是自己事先知道的。

老师还没开始授课，他在授课之前，先要将授课的大纲写在黑板上，这是他的习惯。趁着老师在写大钢的空隙，我稍稍打量了一下我座位的左右，我发现，我的左边什么时候坐了一位脸挺白净又有着几分俊气的小伙子，他冲我微微一笑，说："忘了带磁带了？"我点点头，没吭声。又看我的右边，右边坐的是一位30来岁的妇女，一副干部模样，我估摸着她是在某个机关里工作，也许是内定的干部吧，那时候兴第三梯队什么的，有张文凭对她的将来有许多好处。当然，也有可能她是搞宣传工作的，文学对搞宣传工作的人来说，可以增加宣传的色彩，甚至可以佐证宣讲者的论点。有许多宣传干部都在自学考中文系和新闻系。也许什么也不是，她像我一样，只是为了增加一点知识而已，这样想着，老师已写完大纲，开始讲课了，我记得很清楚，那天给我们授课的是许子东先生，那时候他还不是教授。他是华东师范大学中文系的一名优秀教师，已经结婚，他的妻子是上海电视台少儿节目主持人，名叫陈燕华，人称"燕子姐姐"。

我听说许子东先生后来去香港某大学授课去了，还听说陈燕华后来去了法国留学！

那时候，我对他们好生敬佩之情，心里暗暗地下着决心，要努力呀！

四

也许是许子东先生那天的课讲得太精彩，也许是我没带录音带神经过于紧张，两个小时的课转眼间就结束了。当我收拾好书包准备站起来离开桌子时，坐在我左边的那位小伙子突然将两盒磁带推到了我面前。

"带回去翻录一下吧，下星期二我还是坐这个位子。"

他说得很随意，好像我们本来就认识似的，他的嗓门带着男中音的厚度。也许是我确实很担心自己那天会记录不全，也许是小伙子给我的第一印象不错，我内心毫无设防地接受了他的这一"善意之举"。

回家后我有点自责，我想我干吗要接受他的录音带？他这一善举的后面有没有阴谋隐藏？女孩子到了22岁这个年龄，怎么骨头就会变轻了呢？见了顺心顺眼的男生，怎么就一下子没了任何防线了呢？

女人啊女人，你这是怎么了？我脑子里忽然开始留意起下个星期二来，这个周末的时间似乎也特别长，这还不算，到了星期二，吃过晚饭，我竟化起妆来。平时，只有遇到同学聚会或者参加亲朋好友的婚礼，我才会化些淡妆。今天算什么，今天不过和许许多多个星期二或星期五一样，很平常的听大课的日子，凭什么我竟要化妆了呢？

是因为他注意到了我吗？

还是我的春心萌动了呢？

如果，这只是他很随意的一次热心相助呢？

我有点迷茫了。

当我跨进教育楼礼堂，我一眼就看到了他，他没食言，他就坐在上星期五我们坐的那个位子上。

我把磁带还给他时，我面带笑容说了声谢谢，我尽量装得很平常，装得像学生与学生之间常有的那种借本作业本抄一下一样不当一回事，但我又分明觉得自己的心跳加快了，我的脸也热了起来……

这以后，我们经常坐在一起听课，还经常交流自学中的一些难题或领悟到的一些个人见解。我发现我们之间很谈得来。在一次又一次的接触和交流后，我知道了他姓马，叫春生，住在静安区铜仁路上一条弄堂里。他的工作是电报局里的一名译电员。他读书纯粹是因为对文学的爱好。他一直在做着文学梦，他说他最敬佩的是苏童，他说苏童的小说，故事好，叙述也好。我知道他对绘画也挺喜欢，是个唯美主义者。那时候我觉得他的理想很崇高，对他产生了仰慕之意。

继后，我们谈起了恋爱。

再后来，两家人之间有了来往，虽还远未到订婚的地步，但双方父母都已在各自心里承认了我们在彼此家中的地位了。

我体会到了恋爱的滋味。

恋爱的滋味真好。

他让我未来的生活充满阳光。

五

好景不长，一件突发的事使我们的恋爱发生了意想不到的转折，那天下午，他打电话给我，邀我去他家吃晚饭，我记得那天也是星期五，他在电话中说，吃过晚饭后一起去听课。我记得好久没去他的家了，他那天既然约我，我也就答应了下来。我没料到那天会出事。

那天的小菜很丰富，有虾，有蟹，还有鸡和鱼，满满的一桌子。我们都喝了酒，他的脸喝得红红的，显得很兴奋，酒喝到一半，他母亲搬来了一个大蛋糕，原来，那天是他的 25 岁生日。

晚饭后，他约我去他的小房间，那是他的书房兼卧室，他给他的小房间起了一个好听的名字，叫"幽微阁"，实际上是间亭子间。

进去后，他说他要给我看一幅画，我不知道这就是他的阴谋，我还以为是他自己画了一幅什么画，在他轻轻地关上房门并插上门塞时，我仍然认为他是在为两人世界制造一些特殊的氛围而已。我没料到这其实是他阴谋的一个"引子"。他问我知道不知道铁相，我说不知道，他说铁相画过一个女人，是世界上最美丽的女人。说着他就从被窝里拿出一本翻开的画册，一幅全身赤裸的维纳斯画像呈现在我面前，还没等我反应过来，他就一下子揽住我的腰，把我拥到了他的床上。他用他的嘴压住我的唇，说我就是他心中的维纳斯，一边说一边用力解我衣服的扣子……

我拼命反抗，却又不敢声张，他的父母都在外面。难道我的处女的防线就要在今天被他突破？不！我没有丝毫的思想准备，太突然了！我用力反抗，不出声地反抗着，但没用，他像是疯了，力气大得让人难以置信。

无奈之中，我成了一只被征服的可怜的羔羊，我泪流满面，感到从未有过的悲哀和迷茫……

我狠狠地给了他一个巴掌，捂着脸冲出了他的家门……

六

第二天，他打了个电话给我，向我表示歉意。希望我能原谅他的酒后冲动，第三天，我接到了他的一封长信，16 页纸，他在信中除了要求我原谅外，还回顾了我们从认识到恋爱的整个过程。他说他很爱我，他承认他的鲁莽行为是有预谋的，他说我们之间发生这种事是迟早的事，他说，他早有这想法了，他要体验第一次，但他一直很胆小，他不敢，他就怕我拒绝，就怕我反抗，所以，他那天喝了好多的酒，用以壮胆。他在信的最后说，如果我和我的家人同意，他希望我们能在年底结婚。看了他的信，我更加悲伤，我常常一个人落泪，又不敢将这种事告诉任何人。我不知道别的女孩在恋爱中会不会碰到这种情况。如果碰到了，她会怎么办？我拒绝回复他的一切来电来信。自然，约会也取消了，我甚至还停了两次大课的听课，那段时间，一个人忧伤得死去活来，不知道怎样才能走出这样的阴影。我的内心充满了激烈的矛盾，我想回绝他，又觉得舍不得他。只要他不在，我半个身体就像是空了一般。我又恨他，恨他用阴谋和暴力来占有我，这哪里是恋人，这简直就是流氓。然后，我也平心静气地想过，恋人间的第一次到底该是怎样的模式呢？难道一定要双方协议、订好条约，那还有什么情趣呢？男人是激越的，唯有激越才有情趣，才有浪漫，他到底错了吗？他说的，恋人间发生这种事，是迟早的问题，他说得不对吗？

我无以回答！

七

这样的日子是痛苦的，这样的心绪让我的精神备受煎熬，我不给他回信，却希望能每天收到他的来信，我不给他电话，却每时每刻都盼望着他能给我电话。一天又一天，两个多月过去了，我以为我们之间真的要断了，我感到了恐慌，情绪变得十分烦躁，无端地经常跟母亲生闷气，弄得母亲老是叹息不已。恰好就在这时候，他来了。

那是个星期天，太阳出奇得好。他来得很早，还买了许多菜，母亲很开心，围着他前前后后地转，问这问那，问长问短。母亲是过来之人，她知道我们之间一定发生了什么矛盾，但她不知道究竟发生了什么矛盾，作为母亲，她在用她的热情用她的方式为我们的重归于好作着努力。

我却装作什么也没看见，一扭头，进了自己的房间，要在往常，他一定会跟进来，但今天，他没有，他不敢。他在外面帮母亲一起洗菜，还帮母亲一起下厨，像是对母亲热情的回报，在母亲面前，他显得十分殷勤，一直到把所有的菜全部烧好，又一个一个端到客厅里的饭桌上，等我出去一起吃饭。

在母亲的再三催促之下，我出去匆匆扒了两口饭，几乎没吃菜就又回到了房间。

见未来的女婿受到了冷遇，母亲疼爱有加，一下午陪着他又嗑瓜子又唠家常，好像跟他谈恋爱的不是我而是她。

下午四点不到，他就说要走，母亲执意要留他吃晚饭，他不肯，他说晚上还有事，一定要走。临走时，他在我房门口踌躇了好一会儿，他想和我打个招呼，但他终于没有推开我的房门，

我知道，他是怕他的主动伤了我的自尊。他变得谨小慎微起来。

八

不知为什么，他在的时候我虽然待在房间里不和他说一句话，但心里很充实，甚至有种暖暖的甜甜的感觉。他一走，心就空荡荡起来，寂寞和怅然又笼罩了我。尤其是吃饭时看到，仅仅隔了两个多月，他竟变得憔悴和老相了许多，心里更有一种说不清是爱还是怜悯的滋味。

我承认，在内心深处，我还深爱着他。

终于，在双方父母的干预下，我半推半就地和他恢复了来往，来年春节，我们结婚了。

然而，我们的婚姻并不美满。尽管我们之间没有争吵，没有口角，甚至比恋爱时更多了礼貌、谦让和尊重，但是，总觉得生活中似乎缺了些什么，像一池碧水没了鱼儿的嬉戏。每天到了晚上，只要我

不提出来，他决不会有主动的要求，更别说那种激越的、亢奋的甚至野性的冲动了。

我不知道，一座没有虎狼出没的森林算不算还有生气？一片没有狮群追逐的草原算不算还有活力？

我渴望着贝多芬的 C 小调第五乐章《命运》重新响起，因为那时，我的意象中，就会有激流中的木筏、荒漠中的猎人、草原上空的雄鹰、汹涌浪涛中的海鸥……

（原载于 1989 年 7 月《家庭》，后被《解放日报》转载）

二　女

一、珊　珊

珊珊躺着的时候最美丽。

珊珊躺着的时候曲线起伏似海中波浪，形体优美如卧着的维纳斯，无声无息，宁静醉人，有沉鱼落雁、西施醉酒之美。

珊珊现在就躺着。

现在躺着的珊珊没有视觉，没有听觉，没有感觉，不知道人间冷热世道辛酸，洁白的连衣裙青云托月般已将她的灵魂送往天国的归途。

天国的归途非常遥远，非常迷人，如梦如幻，到处是星星，到处是月亮，珊珊在神话般的世界中频频回首寻找她自己心爱的月亮。

珊珊的月亮有两个：一个叫宗宗，一个人叫虎虎。宗宗和虎虎从小就是珊珊的好朋友。从小学到中学他们三个人的友谊一直像月光像清泉像春天的和风。

宗宗身材矮小，脑袋聪明，虎虎虎头虎脑，力大无穷。两人互帮互学，友谊诚笃，虎虎做不出作业宗宗就去帮助，宗宗受到同学欺负虎虎挥起虎拳立即仗义相助。珊珊见了心里高兴，又香又甜的笑靥如一汪春水。

中学毕业后，他们的命运并不一样：宗宗的父亲要宗宗读完高中，虎虎的父亲要虎虎跟叔叔学木匠，珊珊没有出路进了镇办厂。

时光流逝友谊不断。两年后，宗宗读完高中又读电大，读完电大去了全民工厂，还当了工会干事，整天抄抄写写。当然他们三人还是经常在一起。

在一起最多的就是看电影。珊珊喜欢看电影，电影票一买就是三张，宗宗坐在左边，虎虎坐在右边，珊珊自然坐中间。看完电影还恋恋不舍，于是又经常去镇上唯一的一家双羽咖啡店。虎虎现在富了，坐咖啡店自然他掏钞票，一开口还一定要正宗雀巢。

喝咖啡的时候就会说话，说话总是宗宗滔滔不绝，源远流长，有声有色，娓娓动听。珊珊越听越有劲，不住插话，不住询问，卿卿我我，情意绵绵。虎虎坐一旁想不出话，插不进档，干喝着咖啡。终于有一天他想起我付了钱请了客，却让你们甜甜蜜蜜亲亲热热情人一般，我干坐一边算什么玩意儿？

于是虎虎愤而起身不打招呼径自出门。珊珊猛地感觉到了什么，一阵脸红，忙追出店门拉住虎虎，泪水涟涟，赶忙道歉。留宗宗一人在咖啡店里，他自己掏钱又买了一杯，忽而味苦，忽而味甜，他自己也弄不清到底是什么滋味。

不知是否受了这次事件的启发，还是三人都到了那个年龄，反正各人都想起了各自的心事来。珊珊想的最复杂，她觉得宗宗好，虎虎也不错，左右难如愿，就去请示她母亲。母亲是过来之人，经验丰富，深谋远虑。她说日子要幸福经济是根本，虎虎自然比宗宗好得多。

珊珊于是就和虎虎结了婚。

珊珊与虎虎夫妻恩爱，如胶似漆，难分难舍，形影不离，宗宗却从此不说不笑，不婚不娶，精神恍惚，常常彷徨街头，独享黄昏。

珊珊见宗宗这般模样，便于心不忍，想当初都是好朋友，宗宗待她不错，如今却如痴如呆。她又怕又惊又爱又怜，终于趁虎虎远出干活之机叫来宗宗，以身相许，尽了一夜妻子义务。

珊珊没想到这义务不好尽，原来肉体之交是因情感之源在作祟。这以后一发难收，只要虎虎不在，珊珊就叫来宗宗或者宗宗自己走来，关起房门发出许多泪水，许多言语，许多情爱……

又于是，珊珊与虎虎的月亮开始残缺，与宗宗的月亮却日渐圆满。事情终于败露。虎虎怒不可遏，拳头木棍耳光上来，差一点还用了斧子。珊珊讨饶求情写字据表决心，但是更加惦着宗宗。每到黄昏面对月亮长叹不息。

虎虎见珊珊嘴上保证心却不死，便对她越来越粗暴，三天两头拳脚交加，想用武力征服，他想到暴力革命想到枪杆子里面出政权，想到希特勒征服全世界，日本军国主义偷袭珍珠港……

珊珊满身青紫不堪忍受，到法院提出离婚。法院通过调查了解采访开座谈会，知道珊珊与虎虎从小要好，感情诚笃自愿结合，虎虎打珊珊纯属第三者插足，结论为珊珊道德败坏，因此判决不予批准离婚。珊珊感到绝望，上天无路入地无门，一口气喝下两瓶敌敌畏，像男子汉喝美酒、英雄豪气壮志凌云……

就这样，珊珊躺下了躺下了，以后她没有爱没有恨没有留恋没有遗憾。她对宗宗对虎虎曾经给予她的情感两清了。两清了的珊珊睡得很安详，高高的乳房平平的腹部像山脉像平原……

山脉和平原都是有情之物，它们以博大的胸怀容纳了珊珊的身体，并把这个美丽而忧伤的故事留给了百姓和他们的子孙后代。

二、玉　　玉

玉玉有一个如意郎君。

玉玉的如意郎君叫宝宝。

宝宝身材颀长天庭饱满地阁方圆英俊潇洒。

玉玉似春日桃花体态窈窕与宝宝天生一对。

宝宝在街道厂任副厂长，玉玉在小学任副校长。他们一个如春天阳光，一个似夏天凉风，有文化有志向，工作认真学习刻苦科学持家。

玉玉孝顺公婆亲嫂嫂爱小叔，四面平稳八面玲珑。邻里关系调节得泉水淙淙……

一年后玉玉有了一个儿子，儿子长得一半像父亲一半像母亲，白白胖胖娇娇嫩嫩全家欢喜视若掌上明珠。镇上评比五好家庭，她家自然名列榜首。

　　如此欢欢喜喜和谐和睦风调雨顺，一晃就是三年。

　　三年里头墙上年年挂着五好家庭奖状。

　　三年以后突然黑云压城风狂雨猛大祸横生，宝宝在厂里值班发现暴徒窃金，奋不顾身与之搏斗终因寡不敌众英勇献身。玉玉哭得死去活来活来死去，时年她才28岁。

　　活着感情深死了恋情重，玉玉心里想着宝宝悲悲戚戚孤独凄凉，夜深人静时几度哭断柔肠。她立下誓言为了宝宝决心不嫁人。

　　玉玉把五好家庭的奖状挂满了房间，有镇委的县委的工会的妇联的有一张还是市里的。镇里的县里的领导经常派人来慰问，慰问中熨平了玉玉许多心灵创伤，还认识了县里的小王。

　　小王家住附近农村，人长得不怎么样却知识渊博思想深邃能说会道循循善诱，使玉玉对生活又生出许多灿烂的希望；但玉玉将希望看成奢望，不敢想不敢问只是工作更加发奋。

　　为了报答小王，玉玉也经常去小王家里帮他洗被子洗蚊帐擦窗子，把房子收拾得干干净净。小王受了鼓舞，更加频繁到玉玉家里讨论哲学讨论文学讨论人生讨论家庭伦理，并且重温大学课程。

　　不知不觉两人有了感情。玉玉知道小王因为人长得不怎么样几度失恋内心也有创伤，于是常以言语抚慰。小王非常感激，鼓起勇气鼓励玉玉走出樊笼迎接新生活的曙光。

　　小王的话启迪了玉玉，玉玉以前不知道现在知道了，原来一个人的生活还有这么多思想这么多道理。慢慢地她在心里淡化了宝宝而又重新竖起一座山岗，但她还是犹豫还是彷徨，不敢走向自己的目标。

　　初一没太阳十五没月亮树欲静而风不止。就在玉玉犹豫彷徨的时候，镇上传出一股冷冷的风，说玉玉变了不再是原来的玉玉，她常常偷野汉子作风不正道德败坏。这消息不胫而走从镇里传到县里，又从县里传到市里。

第二年玉玉的五好家庭奖状就没有了。

没有了奖状，玉玉开始想不通后来就想通了，没有了包袱反而解放，她心一横干脆嫁给了小王。

心一横也不过如此，闲言碎语存活了一阵便相继死亡，玉玉却心情乐观精神开朗，虽然没有了五好家庭的奖状，但玉玉不在乎。她站在自己的山岗上纵情歌唱，歌唱自己的太阳自己的阳光……

生活中的故事很多很多，二女的故事又极其普通，普通的故事不宜太长，像平凡的生活一样随便开始也可以随便结束，二女的故事就这样结束。

（原载于 1989 年 7 月 5 日《太原日报》，获《太原日报》副刊年度评比二等奖）

走过昨天

一

夜色诱人。韦一木拿起电话拨通肖兰时，肖兰正好拎起提包准备上班去。犹豫了一下，肖兰放下了提包拿起了电话。

"喂？"

"你今天别去上班！"

"为什么？"

"不为什么！"

"我没有请假。"

"你现在就可以请假，你有电话嘛！"

"但是……我们单位规定请假都要隔天请，单位可……"

"我管不了那么多，我叫你别上班你就别上班，你听谁的……"

"你……"

"你等着，我这就去找你，我有事找你。"

"那……好吧！"

韦一木搁下电话时，听到肖兰在电话那头轻轻叹息了一声。

路上，韦一木想，女人，真不是个东西。对她凶一点，她就软了。要在平时，他哪敢以这样的口气与肖兰说话。放下电话时，快感如阵雷从天边滚过。他从中获得了某种类似从沉重中解脱的感觉。他说不清自己是一种什么心态。他觉得今天特别轻松。他狠下决心。要损一回肖兰。如今目的几乎达到。他为此感到自豪，感到扬眉吐气了。获得心灵快感的原因还源于另一种感觉，肖兰居然在电话中表现出了懦弱与顺从。这种懦弱与顺从表现在肖兰说话时带着明显的委屈语气。韦一木认为这样的效果是合理的。他并没有因为自己的粗暴感到内疚与自负。这使他自己也感到奇怪。

推开门后，韦一木感到略略一惊，他没料到肖兰仍然穿着那身夏装。问题的严重性还没到此为止。见到她时，他一下子失去了重心，他感觉到自己正在跌入一个旋涡。快要被旋入海底，进入一个混沌可怕的世界。他有点站不住，他感到他的腿很软，他知道今天的强硬没有丝毫底气，他意识到自己必须抓住一块木板来拯救自己。他反插上门，将身子挺直，仰起头靠在门上。他闭上了眼睛。这时候出现了那幅图景，他在图景中看到了庄明与肖兰。那幅一再浮现的图景拯救了他。他鼓起勇气睁开眼睛时，看见肖兰端了两杯咖啡放在茶几上，人已经埋进了三人沙发里。

肖兰朝韦一木看看，朝边上靠了靠，做出一个让出位置让韦一木过来坐的动作。

可韦一木这时候正处于一种尴尬状态。一方面他想发作，他怒火中烧，一方面他的感觉世界中雾海苍茫。似乎满世界都是在雾气里的，使他积郁的怒火像受潮的柴火难以燃烧，他感到自己很压抑。他恨肖兰，内心里却又不想放弃肖兰。

接下去他觉得自己进入了一种如梦状态。他听到自己说，不，我不坐。随即就被肖兰用一条柔软的手臂挽进了沙发。他虎着脸，嘟起嘴巴，不理睬肖兰。他想象他那时的模样跟一个淘气的男孩没有丝毫两样。这使他感到无限伤感，他体会到了什么叫不堪一击的真正含义。但转机很快来了，他发觉肖兰沉默了，沉默之后，他听到了肖兰嗡动的鼻息声，并且有一种气味，一种不是香味但比香味更好闻的气味正渐渐逼近他。他预感要发生什么？终于他听到肖兰轻轻地说了一句，"那，不是我的错。"

他感到有一张湿漉漉的脸，靠到了他的肩上。

她，哭了？

那一刻，韦一木的愤怒没有了，心如羽毛被风鼓起，徘徊于九霄之上……

韦一木一下子把肖兰抱了起来，抱得很紧很紧。韦一木发现肖兰突然变得很温顺，那种女性特有的柔软躯体让韦一木一下子失去了控制，开始，他有点不知所措，当他的手无意间触摸到肖兰的乳房时，韦一木突然像触电一样，全身颤瑟了一下，立刻，他全身发烧，世界一下子没有了。他把肖兰掀翻在沙发里……

韦一木知道，自己这时候一定很疯狂。他看见一头公牛正荡开四蹄，将尘土踢得如滚滚浓烟。公牛低着头，尾巴拉直如一根钢鞭，嘴里发出沉重的喘息，公牛正将一头母牛顶进一片泥沼，母牛哞哞叫着，挣扎着，泥浆飞溅……

韦一木第一次感觉到，生命会有如此的灿烂……

重新在沙发上坐定后，肖兰捋了捋凌乱的头发，不无埋怨地说："早晚是你的，看那急相，不能温柔一些！"

肖兰将一杯咖啡端给韦一木。韦一木抿了一口，他觉得咖啡很苦。

他问肖兰："没放糖？"

肖兰冲他献了个媚眼，回答："你什么感觉？我快死过去了。"

韦一木不无好意地恨声答道："我不知道。"

离开肖兰家时，韦一木捕捉到了一种全新的感觉，他的收获远比预想的要多得多。他觉得他的报复十分成功。而肖兰还完全被蒙在鼓里将罚酒当成了敬酒。

肖兰的目光一直追踪着韦一木的身影，直到韦一木在远处一幢大楼的转弯处消失……

返回屋里时，肖兰突然扑进沙发里哭了。像是要从这哭声里找回点什么，她哭得痛快而淋漓。她莫名其妙地总觉得自己的生命似乎走到了尽头，日常生活中的诸多感受在那一刻都能成为哭的理由。一位日本心理学家曾经说过，女孩子的禁果第一次被心爱的人摘去以后，多数情况下都会哭，这是一种青春祭。哭并非就是痛苦，就是悲伤，而是一种纯情绪的宣泄。肖兰那时确实说不清她与韦一木在青春的追逐中是得到了还是失去了……

　　她在走进厨房做饭时，已经完全成了另一个人，她动作轻捷，将厨具弄得乒乓有声。

<h2 align="center">二</h2>

　　韦一木听到敲门声时他正在看一本书。那本书里有一篇外国小说颇幽默，以至庄明走进来后他的嘴角还漾着微笑。庄明问他看什么书高兴得一个人乐。他说你看，他指着书让庄明看。庄明将书拿过去看了一会儿也笑了。韦一木原以为这很平常。书里的故事很幽默，这不是坏事。他没想到故事会重演。

　　庄明是给他送两张灯展的门票来的，五一节，西郊公园有灯展，庄明叫他与肖兰一起去看，庄明是韦一木的好朋友。庄明说，他自己也留了一张，到时他也去看。

　　五一那天，韦一木去肖兰家等肖兰时发生了一点摩擦。肖兰磨磨蹭蹭地换了这套衣服又换了那套衣服，每换一套都要问他一声好不好看？他每次都说好看。但肖兰每次都对着镜子照一会儿又说不好看。说不好看又再换一套。韦一木问肖兰，你征求我意见又不听我的，你还征求个啥？肖兰笑笑说品评一下就多一个参考意见。但参考意见不等于决定意见。韦一木本来就是有口无心，在他看来，肖兰穿什么样的衣服对他都无关紧要。他只希望肖兰快一些。在他的感觉中女朋友与妻子的界限已经淡漠，很难再找出区别来。所以在肖兰换上那套宽袖袒胸夹克和黑色皮裙的夏装时，他颇带埋怨地说，不好看不好看你把所有衣服都翻出来试一遍吧！肖兰对他看了看，缓缓地转身在镜子里照了一下，然后说好吧就这套。她说我知道你不耐烦了，那就穿这套夏装好了……

　　跳上公交车时，已夜色朦胧。灯展在西郊公园展出，中途要调一次车。也许由于韦一木在等肖兰时因为肖兰的婆婆妈妈而窝了一点火，也许是肖兰在换试衣服时征求韦一木意见对韦一木那种事不关己的敷衍有想法，反正在路上又发生了一点小小的口角，以致在换车时肖兰赌气了。韦一木从中门挤上车后返身想拉肖兰，却发现肖兰故意避开他从后门上了车。

乘客很拥挤，从嘈杂喧嚷的人声中能知道大多数都是去西郊公园看灯展的。韦一木想从中门挤到后门去，试了几次都没成功。人实在太挤。车速很慢，每一站都有人吊车。韦一木被人挤着，像遭了绑架似的。他只能探着头从别人的肩膀缝隙中间看到肖兰。肖兰由于过早穿了夏装显得有些鹤立鸡群。她的夏装为她的魅力增添了几分夏季的浪漫，给人以太多的遐想……韦一木直到到了车上才发现肖兰这身夏装显得多么扎眼，扮演着真正领导时装新潮流的角色。但他对肖兰所充当的角色并不十分满意。他不希望肖兰以这种打扮在公众场合卖弄风骚。他对所有打扮入时或超时的女同胞始终感到她们有卖弄风骚的嫌疑。他知道这是一种心态，是由情绪决定的掩盖了审美视角的心理活动。

这样的心绪使韦一木对此刻的肖兰抱有一种不安全感。透过晃动的脑袋，他时断时续看见肖兰在不停地变换位置。似乎在她脚下堆放着什么东西，也许是小贩的货吧！韦一木想现在的小贩子也真厉害，哪里有生意就杀向哪里，无往而不胜。怪不得车子这么挤。这时候他看见了一个人，很像是庄明。肖兰就站在他侧面。他奇怪他们为什么不打招呼。他们互相认识。虽然光线很暗，但有路灯光不时晃进车厢，总还是认得出的。很像庄明的人紧靠着肖兰。韦一木想喊，他基本上认定那就是庄明。他的票就是庄明送来的，今天是灯展第一天，庄明极有可能也来看灯展。庄明那天送票时说过他也去，也许他恰巧乘的也是这班车。这种可能性完全存在。他真想喊时却又没喊。他并非怕喊错了人在车厢里闹出笑话，除了肖兰他谁也不认识。他不怕被人笑话也不会有人笑话他。他是在想喊的一刹那，借助射进窗内的灯光看到了一个动作。一个肖兰在尿憋急时的动作。别人不会在意这动作，他却一看就知道了。在与肖兰谈朋友的过程中，他无数次见到肖兰的这一动作。她总是喜欢拖时间，拖到憋急了时，将双脚绞起来，身体微微往下一埋。刚才他看到的就是这一动作。他想说这女人活该！干吗要养成这样一个习惯呢？一个多么不文明的习惯！但韦一木马上对肖兰的这一动作起了怀疑。肖兰出门前已经小解过了。他记得很清楚，肖兰换好衣服同他走到门口时又返身了，她对韦一木说你等一等，她说公园里人很多用厕的人肯定也很多。与其在那排队等用不如在家用好。她常将小解称为"用"。从家出门到现在，不过半个小时左右。他不相信肖兰仅半个小时又想"用"了。他蓦然想到了那本书，庄明进屋时他看的那本书。那篇外国小说中所描绘的情景一下子异常清晰地出现在他的眼前……

青年军官雷德姆头上扎着绷带，眼望窗外绵延的群山，心潮起伏……他刚打完仗就收到了母亲病危的电报。他不能不回去探望母亲。上司要他开完授奖大会后再回去，上司说胸前挂着军功章母亲会更高兴，他却说军功章像鸡巴子似的，有屁用？他踏上了归程。而此刻，他又被一个叫纳柯的女大学生吸引住了。俄罗斯的五月，天气依然很冷，纳柯却穿着一条呢裙，修长白皙的大腿晃得他眼睛发晕，他身不由己地用抓枪柄的手伸向了纳柯的腿……他眼望远山却心慌神乱。这时候纳柯回眸冲他一笑。雷德姆觉得这一笑远比十枚军功章荣誉得多……

……

韦一木那次正是看到这里时庄明进来了。韦一木担心肖兰现在所处的环境，雷德姆摸了纳柯，纳柯后来成了他的妻子。那篇小说写的就是一个英雄加美女的故事。故事很简单，描写却颇具精彩之处。但肖兰现在所处身份不同，肖兰是他的女朋友，他当然不允许现在车厢里也出现一个雷德姆。他努力注视着那个方向，慢慢地不动声色地向前挤，他像庖丁手里的牛刀，整个车厢就是一头牛。他的刀在牛的肌肉骨骼间徐徐深入。车过一个弯道，路面不平起来，随着车辆的颠簸，人与人的缝隙增大了。一家地处郊野的工厂将厂门前一排灯光慨然投进车窗，车厢在一瞬间亮了一下。就在这一刻，他看见一只手，正迅捷地从肖兰的皮裙中抽回来。他的脑袋嗡地响了一下，预感被证实了。他如坠云里雾中。他一把将肖兰抓了过来，肖兰被韦一木抓住的那一刻，像某种物件失去了重心似的在别人的胸前背后撞磕着移近。那一刻她很狼狈，同时她也很清醒，她知道有一场不可避免的格斗将要发生，而她便是格斗发生的原因所在……

车子驶过厂区，车厢里又是一片黑暗。韦一木没能认出那双罪恶之手来自哪一具躯体。他无从下手，他只是将肖兰往车门推去，推到车门时车子刚好靠站。售票员打开车门的同时也打开了车厢内的车灯，韦一木在跳下车去的那半秒钟里回过头来，他突然想抓住车门不下车，他发现他回头的那个瞬间他看到了一双眼睛，那双熟悉的眼睛迅速逃离他的视线。他知道了那双罪恶之手来自哪具躯体了。他想返回车厢却没有成功。下车的其他人将他拥下了车，没等他站稳车又起步了……

他指着起步后牛一样滚动的公交车骂："我操你娘的庄明！"

三

韦一木没有去看灯展，他冲着肖兰发火，他无限窝囊，他后悔，懊恼，窝火，肖兰则一声不响，偶尔发急时也抗争一两句："车厢这么挤，我往哪里躲？我又不敢叫。"

找到庄明时韦一木的火气基本平息。这真是一种很奇怪的现象。韦一木自己也弄不清楚，后来，他满脑子就是纠缠一件事，果子被虫叮咬后不再新鲜。他要弃掉这颗果子。但在弃掉之前，他必须狠狠地咬一口。原因很简单，肖兰原本是他的，咬一口，也理所当然。他在拨通肖兰电话时，心中的底气就是这么来的。他形容他那时的情感犹如十颗太阳戏弄干裂的土地。他有一种冲动，一种毁灭玉器的欲望……

后来的事实无法证实他是成功还是失败。他将肖兰压翻在沙发里，他动作粗鲁，他将她扳平又放直，又将她翻转弯曲，他像猫在玩弄老鼠。肖兰在那一刻没做任何反抗，也许她认为这是对韦一木的某种补偿。但韦一木那一刻想的是什么？韦一木有一种杀人的冲动。他血如潮涌。他想象那时他正用一把匕首对着肖兰的腹部扎下去，他会看到一幅草原上的油井发生井喷的景象。那景象颇壮观。他想肖兰一定会挣扎，但那是绝望的挣扎。他想象肖兰含着委屈的泪，双手勾住他的头颈，声音凄婉而又茫然，她问他，这是为什么为什么呀？说完她头一偏就死了……她死在他怀里，眼睛闭着，十分安详……

韦一木眩了，他突然眼前一黑，他跌跌撞撞走向沙发时，他犹如走进了梦境。

肖兰说，你来吧我知道你想来，你已经好几次想对我这样了，我一直没答应让你来，来吧今天我给你了你就来吧！他这时候完全进入了梦境，他看到了两头牛在沼泽地的追逐并陷进了泥沼的图景……

现在，韦一木的心境如十五的月亮，一片光明。他在去找庄明的路上灵魂在说你算什么东西，你在公共汽车上摸女人你充其量就是一个小流氓。我韦一木不干那一套，我韦一木要干就干大的，干到彻底不留遗憾。现在我要走了，远走高飞了，远离这座城市，去天的一隅，那颗果子让你去吃吧。你喜欢你就拿去，我不在乎！

庄明蓦然见到韦一木进来，心里一惊，他知道一场风暴不可避免了。但他决心忍耐，他在心理上处于弱势。他对不起韦一木。所以当韦一木紧着脸出现在门口时，他反而显得出奇的平静。他说一木我错了，我不作解释你想打就打吧，打完了我再作解释。庄明见韦一木高扬起拳头，就闭了眼等待拳头的降落。但拳头没有落下来。庄明睁开眼睛，发现韦一木已横在他床上，一双脚交错搁着。韦一木说庄明你这畜生我操你娘，你不够朋友你太下作你他妈的不是人。庄明说是的我对不起你，我当初并没想到她就是肖兰，他说真的猪骗你赤佬骗你，他说她站着我坐着我没有仰头看。我只看到两条白皙的腿我就想到了你上次让我看的那本书。他说那时我想到了那个青年军官与那个女大学生，我产生了一种实践的冲动。说实在的那时我并无邪念，我只是想寻找到证明，证明那名大学生在青年军官摸她时的心情是否真实。那本书里说一名成熟女子对一名相貌不劣男子的抚摸除了产生快感不会有太多的感想。实践的结果证明那本书里的说法是很有道理的。我由此猜想那本书的作者也有过类似经历。我没想到我闯祸了……这时候庄明听到韦一木哭了，韦一木反勾了头将脸埋进庄明的被窝里呜呜地哭了……韦一木一边哭又一边骂，他说庄明我操你娘我操你十八代祖宗我恨你恨你恨你！庄明坐到床对面的沙发里等韦一木停止发作。他大口抽烟，将房间弥漫得朦胧不堪。韦一木哭了一会儿不哭了，他突然站起来对庄明说，你跟肖兰结婚吧。他说我已经把肖兰干了我恨她我更恨你我没有办法……说完他抱住庄明扑在庄明的肩头又哭，庄明一把将韦一木推开，庄明说你说什么你疯啦你说什么浑话呀！说完庄明给了韦一木一记响亮的耳光。韦一木受了一记耳光清醒了，他不再哭了。他的眼睛渐渐明亮起来，一丝火种由远而近，逐渐布满他的视野。他高高地扬起手，对庄明说，你别动，我也想揍你，说完他就对准庄明的脸颊啪一声印上了五条指印，然后，他转身，大步走了出去……

韦一木走后，庄明与肖兰四处寻找，找遍了这座城市所有的地方，每个街道每条里弄都找遍后，他们相信韦一木真的离开了这座城市。

两年后，肖兰自然地与庄明结婚了。

时间很快流逝往事渐渐淡忘。那一年庄明与肖兰带着两岁的儿子庄亮一起去看五年一度的又一次灯展。一切都如故事重演，临出门时肖兰又开始一套又一套地换衣服，不同的是这一次肖兰最终拿出那套夏装——那件宽袖袒胸夹克与那条黑色皮裙，庄明才微笑着说好。肖兰走进了五年前的故事之中，她挽着庄明默契地从后门上了车。灯展依然在西郊公园展出。公交车依然缓缓而行。驶过那个弯道后，当年颠簸的路面变得平坦了。厂门前的那排灯光仍然慨然地将光束投进车窗，一切风景依旧。肖兰不知是否想起了五年前的往事，她安然回首，冲着庄明嫣然一笑。她看见庄明正将两片宽厚的唇印到儿子庄亮的脸上……

四

突然，庄明眼睛一亮，他看到了什么？他没看到什么，路灯匆闪着晃进车厢，一明一暗中，庄明有些恍惚，他明明看到有一只蛇一般的手，在黑暗中游弋。"流氓！"突然间，一个愤怒的声音尖尖细细地响彻整个车厢。没有回声，这时候，车灯刷一下亮了，拥挤不堪的车厢里灯火通明。"臭不要脸的！"又一声尖细的声音。庄明看清楚了，是一个弱小的女孩，一米五五模样，她侧着身，双手紧紧抓着中门旁边的护杆。头侧向后面，在她的后面，有四五个男人。显然，女孩不知道是谁，售票员是个中年妇女，她看上去什么也没听到，一切若无其事，她连看都不看一眼车厢，见没再有什么动静，售票员又把灯关了。过了不到一分钟，尖细的声音又叫起来了："救命！"这一回，声音急促中带着明显的惊恐。售票员又打开了灯。庄明看到女孩身边的那几个男子嘴角露着微笑，一副淡然无事的模样。女孩突然一手抓住了四五个男子中的一个个子不高的光头男人，男人约三十五六岁模样，穿一件咖啡色衬衫，戴一条蓝黑相间的领带，一脸紧得可怕，双目怒视着女孩，不说话。女孩好大胆，伸出另一只手想去打他的耳光。没想到反被光头反剪了手，女孩被反剪后身体不自觉地弯了下去，光头突然面目狰狞起来，嘴巴也肮脏起来："臭婊子，谁摸你了？这模样，摸你是看得起你！"边说边更加流氓起来，行为极其张狂。女孩被彻底征服了，佝偻着身体蜷成一堆，嘴里发出凄厉绝望的呼号："流氓，流氓！救命啊！"旁边的那几个家伙依然一脸无事地一动不动，庄明坐不住了，他本能地站起来。他离他们不远。两步就到了，但人很多，挤得很紧，整个车厢鸦雀无声。庄明想，过去把女孩拉下车吧，女孩斗不过他们的。他想他乘下一班车，肖兰肯定会与儿子在终点站等他。他终于挤到了车门口，他叫驾驶员停一下，驾驶员停了，驾驶员很默契，这种情况他见多了，大事化小，小事化了。矛盾不能激化，自己也不能出面，这世道，要看得懂，学得会。驾驶员在停车的同时把车门开了，庄明先下车，他在一只脚跨下车门外的同时，一把将女孩拉了下来，庄明怎么也没想到的是，那几个男的也一下子都下了车，果真是一伙的……

后来的事情肖兰不知道，她看到庄明下车后也想下车，但车已起动了，她赶忙叫司机停车，连叫几声后，司机停了，等肖兰抱着儿子赶到庄明那儿时，她看到丈夫倒在血泊中，鲜血从庄明的衣服内向外流出来，慢慢地向周围洇开……周围一个人也没有。肖兰一声尖叫，扑倒在庄明身上……

韦一木是在新闻中知道这件事的，电视和报纸都播了！他再三考虑后决定去看肖兰！五年了，他与肖兰的心结一直没有解开。

五

韦一木没有想到他见到的肖兰会是这样一副神态。他有点惊讶，五年没见，肖兰一如既往，半长的头发刚好齐肩，白晳的鹅蛋型脸上依然红润丰盈，一双双眼皮还是那样醒目，所不同的是双眼皮下面的那双眼睛，不再像以前那样鲜亮水灵。而肖兰见到韦一木时，反而没有一点惊讶，没有一点突然和意外，她像是早在意料之中，没有热情，没有冷漠。当然，也没有再为他泡咖啡。她拥着儿子庄亮，坐在五年前那张他一生不会忘却的沙发里。韦一木站在门口，愣了一会儿，他像是在试探肖兰的反应。他不知道五年前，他突然的离开，突然的叛变给肖兰带来了怎样的打击？他恨自己，恨庄明，也恨肖兰。他又觉得这恨有点莫名其妙。庄明是他多年的好朋友，庄明对他有过错，但庄明是无意的，庄明在无意间伤害到了他。不，不是的。庄明是冒犯了肖兰，但也是无意的，庄明不知道那是肖兰。韦一木知道，他们都是无过的，是他的那本书，那本书才是这一切的罪魁祸首。但他又立马否定了这一切，不是的，不是，是他的内心太狭小，容不下东西，好像也不是，是他的心太干净？对，是他的心里太干净。容不下不干净的杂质。他想过这些，但他还是摇了摇头，不是的，都不是，是他对肖兰的爱，他太爱肖兰了。他虽然与肖兰只是恋爱关系，但在心里他早把肖兰归属于自己了，正因为此，他才容不下庄明的行为。但他又扪心自问，他真爱肖兰吗？他要真爱肖兰，他会离开肖兰吗？他会一点也不顾及肖兰的感受吗？这三年里，韦一木一直在责问自己，反省自己。他后悔，他恨，他骂自己是混蛋！他真是个混蛋！而此刻，他站在肖兰家的门口，百感交集，他害怕，他觉得自己这时候像个罪人。他怯怯地站了一会儿后，见肖兰没反应，他就走了进去，他先在庄明的遗像前深深地鞠了一躬，然而他紧盯着庄明的遗像注视起来，他看到庄明比他以前认识的庄明精神多了。在他的印象中，庄明一直是他的跟屁虫。不仅比他矮小，还远没有他长得帅气。但在此刻，他像突然发现自己错了。他看到庄明头发很蓬乱，但眼睛很大，很清澈，甚至很亮，很深邃。他的鼻梁很高，挺直如线。略带小胡子的嘴唇抿成一副严肃端庄的模样，看上去很英俊，尽管没有多少表情，但依然让人觉得他是一个值得信赖的朋友。韦一木觉得他有点对不起庄明，他又觉得庄明好像很伟大。他不由自主地又对着庄明的遗像深深地鞠了一躬……

韦一木从恍惚中醒来时，他想跟肖兰打声招呼，他想说，兰，我对不起你，我错了！但他没有，他希望肖兰先开口，哪怕简单地一句"你来了"，或者一句不带感情色彩的"你好"，他就可以接着话头说下去，嗯，我来了，你还好吗？以前的一切都是我的错，我不好，我混蛋。从今以后，我不再要小孩脾气了。我们一起过，我用我的行动向你道歉，向你认错，赔不是。我错了，我会改的。我在内心里没忘记你，我爱你，一直爱着你。从今往后，我不会伤害你。我会十倍百倍地爱你……

然而他却一句也没说出来。他倒是听到肖兰说了一句，很轻，语气很平静，但很清晰，肖兰说，你来了，你坐一会儿，我出去一下。说完，肖兰从沙发里站了起来，她用双手习惯性地拢了拢头发，俯身在儿子庄亮的脸上吻了一下，就说不清是自然还是木然地走了出去。也许，她出去买点菜吧，他知道，只要她不赶他走，他会留下来吃晚饭。韦一木没多想，他坐在沙发里与庄亮玩，虽然他们彼此第一次认识，但玩起来很投入，庄亮与他熟得很快，最初的一点陌生感很快烟消云散。韦一木想，庄亮这小家伙很可爱，很活泼，也很调皮，才一会儿工夫，就叔叔长叔叔短的，动不动还要爬到他的背上，肩上，他爬上去，滑下来，爬上去，滑下来，将韦一木的肩背当成了滑梯……

六

过了好长时间，肖兰回来时，她不冷不热地丢给韦一木一句话，你明天来吧，明天我有话对你说。说完，她抱起庄亮，做出一副要出门的样子。韦一木有些诧异地看了一眼肖兰，轻轻说了声，"好吧，我明天来。"说完，就出门走了。

七

韦一木没有离开，他就近找了家旅社住了一夜，第二天一早，他就去了肖兰家，肖兰说明天她有话跟我说，说什么呢？韦一木虽然想过很多，但还是无法确定肖兰会跟他说什么，是祸是福？他不知道，他想早点去，早点知道，他渴望有个结果。

令韦一木没想到的是，他虽然去得很早，但肖兰比他更早。韦一木到肖兰家时，见门半开着，就推门进去了，他发现里面没有人，空气冷冰冰的。走向沙发时，他发现沙发上有一封开封的信。他展开信时见到了肖兰熟悉的字体：昨天，我给了你三个小时，让你与你的儿子尽情地进行了一次相聚。今天，我们走了。我们去一个你不知道的城市。记住，我们的儿子姓庄，我喜欢他姓庄。你不配做他的父亲。昨天，已经过去。以后，不会再有昨天！

韦一木大脑嗡的一下，涨得老大，他正一头乱麻，忽听得外面响起哗哗的声音，侧身一看，门外下起了大雨，他走到门口，看着空旷的马路上，一片白茫茫，马路在白茫茫的雨帘中前伸，在一片白茫茫中消失得无影无踪。

雨顺着风，越下越大……

加急电报

那一天，
我真想。真想悄悄地告诉你
在心灵的夜空，在夜空的深处
有一颗为你燃烧的天体
……

大概是她太兴奋了，竟在睡梦中念起诗来。念得那样动情，嘴角一牵一牵的，简直不像在梦中，而是真的对着她的丈夫。

咯咯咯……她又笑了，笑醒了她自己甜美的梦，一看表，呦，快四点了，她一骨碌翻身起床，匆匆地穿好衣服，匆匆地拿起篮头，又匆匆地赶到菜场。

半只鸡，一斤蛋，两条活鲜鲜的鲫鱼，三刀香菜，四块排骨，够了吗？似乎还不够，匆匆赶回去时，在集市贸易看到了小贩子桶里的蟹，眼睛又亮了。她拣了五只又肥又大的。虽然小贩子要价很高，她却连价也不还，顾不得了，他是最喜欢吃蟹的。

回到家里，她又匆匆地吃过了早饭，匆匆地将被子拆下，连同床单一起按进脚盆，泡上肥皂粉，然后又匆匆杀鱼、刷蟹、洗香菜……一边点上了煤气。

她不停地忙着，像是在发泄，又像是掩饰那一阵又一阵涌上心岸的兴奋和欢乐。三天前，她收到了丈夫的来信。带给她的消息，使她

枫林秋深

欣喜若狂，他被批准探亲了。他在罗布泊国防工地工作。就在今天，他将回到她的身边。她查过列车时刻表了，他所乘的火车将在晚上八点零七分进入上海站。他关照她不必去火车站接，只须在家里静静地候着，候着他给她 1 460 个吻。他总是那样内向，又那样幽默。

今天，她特地向教导主任请了假，她几乎一年到头不请假，她觉得请人代课，总会有什么地方衔接不好。然而，今天是例外，他要回来了。这对于她来说，不啻是新婚之喜。她当然很激动，他们结婚才五天，他就走了。一别，便是四年。"相见万余里，各在天一涯"，鸿雁传书，情意绵绵。她已撕下 1 460 张日历，想到就要到来的补度蜜月的幸福，她沉醉了。四个星期的假期，她仔细安排过，筹划过：第一个星期在家，这期间不通知任何亲友，他们要好好谈谈。她有许多许多话要向他诉说。春纵在，与谁同？四年来，她太寂寞了。她还要听他讲讲大西北的沙漠和骆驼，讲讲卫星上天时的雄伟场面……第二个星期，走访双方父母、亲戚和昔日的同学。第三个星期，外出旅游。先去无锡，再回游苏州，然后乘游轮直达杭州，游罢杭州再去富春江、千岛湖……第四个星期，仍然在家。她将把双方父母、亲友、同学请来，叙叙友情，享享天伦之乐……

四年呵！多少次，她对镜梳妆，将自己打扮得似鲜花一朵。但一想到自己形单影只，便百无聊赖了，将项链、戒指以及做新娘时的新装一并锁进箱底……

中午 12 点，除蟹以外，菜都烧好了，被子、床单也洗好了。她胡乱地扒了几口饭，出门去买酒，一连走了好几家店，都没能找到一种她认为满意的酒。最后，她来到一家新开业的农工商联合百货商店。这真是名副其实的百货商店，吃、穿、用样样俱全。酒瓶架上，千姿百态，五彩缤纷。她很快被一只造型有点笨拙的白瓷瓶所吸引，那只像一截竹筒似的瓶身上，醒目地突现着"茅台"二字。她不会喝酒，但也知道这是世界名酒。她立即掏出两张"大团结"，往营业员手里一塞，说："买那瓶，茅台。"

营业员找过零钱，将酒递给她时说了句："你也会喝白酒？"

白酒？她犹豫了。听人讲过，白酒就是烈酒，又苦又辣，闻名遐迩的名酒为什么是烈酒？她有点遗憾。

"能不能换……换瓶好些的……不……换瓶甜的……最好是没有度数的……"

她语无伦次，脸色绯红。

"葡萄美酒夜光杯，来一瓶新疆葡萄酒吧？"年轻的营业员举起一瓶装潢精美的带点茄红色的酒。"四元八毛，价廉物美，怎么样？"

对，她怎么没想到，家中玻璃橱里还有一套他们结婚时买的夜光杯呢！葡萄美酒夜光杯，唔，太好了……

"好，好。"她很感激这位热情中带点调皮的小伙子。

回到家时，她觉得有点累，靠在三人沙发上，想休息一会儿，视线落在床上，才发现床上还是乱糟糟的。并且，只有一个枕头，她脸微微一红，赶忙起身，将隆起如小山包的棉花胎收进被头橱，重新拿出一床绣着银色龙凤的粉红被子，配上印着合欢树的水绿色床单，两个五彩鸳鸯的特丽纶枕套，又转身将书架上的书理整齐，将墙上的结婚照和一幅大西北戈壁滩的风景画框架擦了擦，摆摆正。接着，她开始拖地板，橱底下，墙脚边都一一擦过。今天，她要使这房间一尘不染，就像她们的爱情一样……

拖好地板，她提掉煤气灶上的热水，将五只蟹捆结实，放到隔水锅里蒸。她调了微火，趁这当儿，洗了一个痛快淋漓的澡……

在穿衣镜前，她细细地端详自己：乳白色的高跟牛皮鞋，素花白丝袜，牛仔裤，高领子衬衫……秀颖的体态仍然保持着姑娘时的柔美。她将散披的头发绾成一束"马尾巴"，打开还未曾启过封的化妆盒，淡淡地抹一层唇膏。又从箱底拿出项链、戒指——佩戴好，她不无欣赏地端详自己的脸庞。

"你的脸蛋儿，是一幅自然天成的美人儿脸蛋。"她记起了在那个充溢着甜蜜的，令人神往的新婚之夜，他对她的夸赞。忽然，她感觉到自己的这身打扮似乎太武气。于是，她又换了一件真丝白衬衫，一套驼色西装马甲裙，配上玉色长丝袜，觉得这样更文静些。

她把小方桌移到中间。平时，它总靠着墙，既作餐桌，又作书桌。拿出新的网眼勾花台布，铺好。对面放上两把椅子，忽然觉得对面坐隔得太远，又把一把椅子挪到侧面。摆弄好后，她端出小菜，将蟹放在中间，四周放上鱼、排骨、鸡蛋、白烧汤鸡。又将学校发的 15 个皮蛋取出 4 个，洗净、剥好、切开，倒上麻花酱油，放在炒蛋旁边，又将晾干的香菜放一些在排骨上。一切就绪了，呵，刚五点零七分，还有整整三个小时，180 分钟，10 800 秒，好长呵！

　　她又靠倒在沙发上，沙发很柔软，大概这回是真的疲劳了，她觉得这沙发正在传递给她一种温馨、一种难以名状的舒适感。她环顾四周，墙上的条幅、风景画、结婚照、挂历，似乎都在静静地、像她一样地等候着远方归来的主人。她闭上眼睛，开始数数：一、二、三、四、五、六……

> 那一天，我真想。真想悄悄地告诉你
> 在心灵的夜空，在夜空的深处
> 有一颗为你燃烧的天体
> 以炽热的光波，吻过你的裙裾
> 向着拂晓，匆匆离去
> 仅仅留下了永不返还的希冀
> 连接着一声悠长的叹息
> 哦，去吧！带上春雨
> 让焦渴的沙漠恢复生机……
> 那一天，我真想。真想悄悄地告诉你
> 在精神的地狱，在地狱的入口
> 有一首为你奏响的乐曲
> 以急促的节拍，掠过你的足迹
> 向着寂静，翩翩飘去
> 仅仅留下了永不消逝的惆怅
> 连接一瞬热烈的欣喜

哦，去吧！带上鲜花

为辽阔的画面增添美丽……

这是谁的诗？这样熟悉，这样亲切！她记得第一次读它的时候，她哭了。似乎这诗正是为她写的。

怎么，他要走了？她依恋地偎着他，送了一程又一程，长长的柏油马路，弯弯的乡间小道，千岩万转的峡谷和沙海茫茫的戈壁……呵，汽笛响了，他说了声"再见"，匆匆向列车奔去。她追上去，想着说一声"珍重"，可火车已经起动了，轰隆——轰隆——她握住他从窗口伸出的手，奔着，喊着："伟新，伟新！"终于，她跑不动了，跟不上了，她望着远去的列车，绝望似的举起双手，高声呼喊："伟新——我离不开你呀！"

"203 电报——"她从梦中惊醒，蒙眬中，好像听到谁在叫电报。她的心马上紧缩起来，像一道闪电，掠过她的脑际。"莫非他……不回来了？"她的心似乎停搏了一下。

"203 电报……"这一回，她听清了。203，那是楼下张妈家，张妈的儿子在宁夏工作，有时也有电报来。她松松舒了口气，又拥进了沙发。仲秋的傍晚，室内已开始昏暗起来，窗外的梧桐树上，还稀稀地传来几声蝉鸣，那声音，就像是远远的列车的鸣号。她按亮了壁灯，一看表，已六点多了。她站起身，在穿衣镜前整了整衣裙，揉揉惺忪的睡眼。呵，腮边还挂着泪呢！她记起了刚才的梦，多丢人，还是振兴中学的优秀教师呢！要不是刚才那位送电报的投递员，睡过头，就糟了。

七点一刻，她关上房门，踏上了去北站的路，几片早落的梧桐叶，在人行道上轻轻翻飞，发出沙沙的声音。斑驳的树影遮掩着昏黄的路灯。幽暗处，几对情侣偎依着，悄悄地说着话，她匆匆地走着，赶到车站，买过站台票，忽然发现自己还是第一个候车人。

四年前，也是这样一个季节，她在这里为他送行。火车启动了，他似乎没有多少离别的伤感，只是热烈地和她挥手告别。可她却怎么也举不起手来。她望着他，努力想笑一笑，可嘴角一动，却滚下了两滴热泪。

月台上的人渐渐多起来，她身边一位青年女子手拉着一位两三岁的小女孩，转来转去。那小女孩穿一条入时的筒裤，上身穿一件开丝米背心，鲜红的小皮鞋，雪白的小袜子，头上两个绿白相间的玻璃珠子随着她的蹦蹦跳跳上下摆动着，很是可爱。

本来，她也早该做妈妈了，她和所有的女性一样，结婚后便向往着做母亲。孩子是夫妻感情的结晶，也是母亲的化身。可是，他们分离得太急促了。他接到国防部要他按时报到的通知后，硬是要连夜起身。她求他："还有三四天时间，多留一天吧！或许会有孩子。"然而，他走了，走得那样匆忙，那样急迫。记得他嚅动着嘴，只说了句："理解我，兰兰。"她理解他，送他走了。

或许，多留一天，真的会有孩子。有了孩子，她就不会再这样寂寞，也不会有如此强烈的思念和难以名状的惆怅了，"寻寻觅觅、冷冷清清、凄凄惨惨切切，乍暖还寒时候，最难将息……"她没有将自己比作李清照，但对这种相思之苦，她体验得很深。眼下，他终于要回来了。下一次，说不定她会带着他（她）们的儿子或女儿，像眼前的那位年轻母亲一样，到这儿接他。那时，她那深藏的热烈，将由孩子的一声"爸爸"表达出来。她只消在一边用微笑的眼睛看着他，轻轻地点一下头，说声："回来了！"

再过五分钟，火车就要到了。感情的微火正在她心灵的深处漫延，她心跳加快了。为了掩饰内心的慌乱，她来回踱起步来。站台的两旁，铁轨笔直伸向前方，左边的一辆客车正在下客。出口处，人声嘈杂，十分拥挤。待会儿，咱们慢些走，她想，不急，留在最后也无妨。反正到了家里，也只有他们俩。晚饭都已准备好了。哎呀，见面后第一句说什么好呢？她极力思索着，"你好！"不行，太一般。"辛苦了！"更不好，像接单位同事。她慢慢地踱着步子。时间在一分一秒地接近。可她还没找到最合适的词儿。

"兰芳，兰芳——"她忽然听到有人在叫她，回头一看，咦！是张妈，噢！大概是她宁夏的儿子回来了。对了，刚才不是有她家的电报吗？她想，真巧，还是同一班车。

"嗳！张妈。"她热情地回答她，"你也来接……"

"不！兰芳。"张妈气喘吁吁地走近她："电报，你的电报。电报局将302写成203了，这种事我又弄不清楚。等我孙女回来一看，说是你家的，我送上楼，敲了半天没人开，我估摸着你是到车站来接小伟了。怕误了什么急事，就急急忙忙拉了孙女到车站来找你。"张妈用手指了指站台门口说："我回去了，小丫头还在门口等着呢！"

她的心又一次收紧了，一封302写成203的电报，意味着什么？她异常清楚。一份薄薄的，轻至毫克的电报此刻却是如此沉重，沉重得她几乎拿不动，她浑身没有一点力气，两条腿发酥，要不是站台上这么多人，她真想坐下来哭一场，失望将她从兴奋的顶端摔下来，她的欣喜与热烈一下子被一份电报打进了冰窖……

电报的报封右上角，贴着一小方红纸。红纸的下面用图章盖着"加急"二字，收报人竟是她丈夫的名字。她奇怪了：他人还没来，电报却先到了。她迅速拆开电报，一行机译方块字呈现在眼前：十万火急，速回。电报发自他的基地。这么说，他真的回来了，就在这趟车上。一种相见的喜悦即而马上又要离别的愁苦聚成了一股又苦又甜的潮水，冲击着她的心灵。她的眼睛湿润了……

"既相逢，却匆匆……"她依稀记起了苏轼的词。

"呜——"随着一声长长的笛鸣，列车终于拖着疲惫的身子缓缓进站了。她本能地向前急奔几步，目光像梭子一样来回扫视着各道门里向外簇拥的乘客。尽管人多又乱，但她敢肯定：只要他的影子进入她眼帘所及的任何一个位置，她会立即认出他来。他的宽宽的前额，直挺的鼻子，透着俊气双眸，一米七八的身材，军人般的步履……

月台上，人群在渐渐地稀释，可她还没见到他的影子。她又紧张起来，莫非他还没乘上火车，就被单位派车追回去了。倏地，她所熟悉的身影出现了，在远远的列车的尾端，在一位老大娘的身后，她看到他了。

"伟新！"她喊着，急急地赶过去。就在这一瞬间，她下意识地把电报塞进了裤袋。她要不顾一切地留住他，哪怕只一宵。她知道他看到电报后，会家也不回就转身往回走的。

"等你好久了。"她不知不觉说了这么一句，像是埋怨的话。

"对不起！"伟新笑了，可她没有笑，她笑不出来，心里老想着"十万火急"，一点都轻松不起来。唉，四年不见，原来多么高兴的事，可是……她帮他拎过提包，低着头，默默地走。

"身体不好？"他问。那兄长般的关切和心爱的人特有的抚慰语气，使她感到一阵温暖。

"不，没什么。"她说。

"等久了，累了吧？"

"嗯，不……"

"看你，像有什么心事。"他伛下腰看看她的脸，"你知道，四年来，我也是天天在想你呀！当然，白天不能想，那工作可来不得半点茬儿。晚上想，想死人了……"他想逗她笑。

她真的笑了，一个浅浅的笑。

"就你忙！"

"不忙！这不回来了？领导上说让我多住些日子，补度咱们的蜜月。"他又笑了，还用肩膀轻轻地拥了她一下。

她没有吱声。

"怎么了？"他站住了。

"没什么，快走吧！"她加快了脚步，几乎在小跑。

他跟在后面，一步不离。他觉出她的情绪有点反常。但他没有作出任何反应，他习惯于用感觉去感知别人的情绪脉搏。

回到家里，洗过后，他们开始用餐，他与她依次坐着。他拿起一只最大的蟹，放在妻子面前，一边用目光探究着妻子的神色。妻子将这只放到他的碟子里，自己挑了一只小的，轻声说："你回来时，单位里可好吗？"

"很好，也许就在这两天，中央电台又要发布重大新闻了。本想，再过段时间探假，领导们说：'再拖下去，怕兰芳要同你离婚了。'"他笑着举起酒杯，畅畅地喝了一口。她没有喝，两眼望着丈夫。丈夫永远是那样内向而幽默。与他在一起，她觉得充实而又满足。可此刻，她的脑海里老萦绕着子瞻的那两句诗："既相逢，却匆匆。"眸子里贮满了泪水。

作为大学生、人民教师，她懂得事业与爱情在天平上各自应占的分量。但今天太晚了，再说，漫长的旅途，他也太累了。等明天，天亮后，她就告诉他，她再送他去车站，这也不能算过分。

"你怎么不吃？能告诉我吗，你好像有什么心事？"丈夫终于正面探询了。

"我陪你坐会儿，看你吃。我不想吃。"她强作笑颜，竭力不让泪水流出来。

"兰兰，你脸色不好，身体不舒服吧？"他放下筷，"要不，我陪你去医院看看？"

"不……我很好……你吃……你，你……有一份电报。"她终于憋不住了，说了。两颗囚禁着的泪珠如临大赦，蓦地滚落下来。

"什么电报，谁来的？"

他像条件反射似的站了起来，脸色异常严肃。

她说不出话来，将电报递给了他。他飞快抖开电文，目光像黏在电文上。

她不再踌躇了，慌忙起身，把昨天买的一串香蕉，8 个大苹果和剩下的 11 个皮蛋全部塞进了他的提包。一转身，又去箱子里取他在路上需要换的衣服……

"谢谢，兰兰，真谢谢你……"伟新此刻显得异常激动，他为妻子的理解感动了。妻子是高尚的。他走过去，搂住妻子的双肩，目光中饱含着感激。

"302 电报——"又是电报，她猛地跳起来，她几乎不相信自己的听觉，跌跌撞撞冲下楼去。她不知道这电报会给她带了什么？或者，又是错写了地址。

电报是她的，她迅速抽出电文，只见写着：接前电伟新速回，并请你与之同往，来疆小住。请假事宜，已去函联系。

她的心田宛若蹦进了一只小兔，她兴奋地奔上楼去，将电文递给丈夫，丈夫看毕电文，一把将她紧紧地搂进怀里，大概是搂得太紧了，她和他都能感觉到对方的心跳。

爱，在升华！他们沉浸在幸福之中了。突然，她又触电似的抽出身子。怅然地对丈夫摇了摇头，说："我，不能去，那么长时间，学生怎么办？"说完，又以祈求原谅似的眼光望着丈夫。丈夫被她突如其来的举动惊呆了好一阵，但随即他明白了，也理解了。他拉起她的手，贴到自己的心口上，调皮地说："听听，同意了。"

她高兴了，孩子般的用双手勾住他的脖颈，她认真地说："我给你念首诗。"没等丈夫点头，她又转身了，走到窗前，望着幽蓝的夜空，饱含着情感，深情地念起来：

那一天，我真想。真想悄悄地告诉你
在心灵的夜空，在夜空的深处
有一颗为你燃烧的天体
……

散文

母亲的印象

　　母亲站在门前那条大路的一侧，把手抵在额头上，远远地看着我，等我慢慢地走远。大路在转了弯后进入另一个村子，在那里，母亲就看不见我了。我总是在进入另一个村子前，在母亲快要看不见我的地方，停下脚步，回首去看母亲。这时候，我会看到母亲高举着手，向我轻轻地摇摆。我也高举起手，向着母亲用力地摇。我知道，这时候，母亲和我都会有一种分别的怅然……

　　那时候在上海市区工作，每一周或两周回来一次，然而，每一次短暂的分别，却依然会在母与子的心中产生诸多的牵挂。

　　这样的场景，回忆起来，有点伤感，但它却一直像一颗颗钉子，钉在我记忆的扉页上。不管时间过去了有多么遥远，我却永远也不会忘记。

　　母亲离开我们已经有十多年了，但每当我想到母亲，我就会想到这个画面。

　　我的电脑里依然保留着母亲生命最后时刻的一段摄像。那是我和妹妹及几位姑妈一起去看望母亲时我用手机拍摄的。哥嫂也都在家，很热闹。母亲坐在椅子上，穿上了很厚的衣服，妹妹把她安排在客厅门口晒得到太阳的地方。母亲已经不太说话，一切听凭别人的摆布。我叫她招招手、笑一笑，她轻轻地、缓慢地举起手来，向我做招手的动作。脸上的笑有点勉强。我对着她摄像，心里却突然涌起一股酸酸的滋味。

　　母亲慈祥的脸上已经没有了生命力的风采。我的心沉沉的，像烙了一块铅。那次拍摄后不久，母亲就离开了我们。随着时间的随行随远，有关对母亲的记忆却永远那么清晰。母亲，我亲爱的妈妈，您在天国好吗？我祝福您在那里永远幸福安康！

(2015 年 4 月 15 日)

两情依依

　　站在阳台上，看夕阳依依地归去，心里滋生出许多的怅然来。屈指一算，又有三四个月没有去看母亲了。那次哥打电话来说："该挤点时间啦！"然而，一个月过去了，愿望仍然没有实现。

　　决心是常常地下，就是下不死。妻总是那句话："好好的，看啥啦，难得一个星期天，儿子功课总也该管管。"

　　细细地想自己，是有不少债欠着。在上海工作，家在郊区不过三四十里路，却不通月票的。每星期回去一次，除了难得买一次煤饼，整天就在格子上爬。

　　有时也想帮上一点忙，故意地说，今儿没写的了，悄悄地拿起搓板，还没将衣服按上去，就被剥夺了。说没出息的，大男子，还干女人活。为了让儿子与我更亲近些，星期六总会去买点小吃，或是儿子喜欢的小玩意儿。当着我的面，对儿子说："爸买的，拿着，快跟爸一块去玩玩。"于是推了我们父子出门，再晚回家也没意见的。她就这么个人。

　　星期天的我，好像是她的。一切得由她调遣，管着了，自然就不能信马由缰。但心里，仍然总想着去看母亲。那张经年累月都忧忧郁郁的脸，老在脑海里凸显。30岁与父亲分了手，直到现在。母亲心里盼的，做小的怎么会没有体会？好在哥还在她身边，嫂子又是难得的好脾气。大的吵闹是从没听到过，偶然有了一两句口角，母亲总默默的缄了口。一连好几天。于是嫂子便先开了口，喊一声："姆妈！"愁云自然地很快飘散了。出嫁的妹妹，极是孝顺，又离得近，常常去看她，填补了母亲许多的空寂。只有我，算是不孝之子了。其实，母亲待我是最疼的，见我一人在上海工作，又没亲戚，总怕我吃了亏似的。听说上海交通事故多，又老为我担着心，难得回家一次，总叨叨地叮咛上老半个时辰，在她眼里，我是永远长不大的孩子。除了在心的深处，常常祷告一句母亲平安，除此再没有办法，来求得内心的平衡了。

北风乍起的时候，又下了雨，细细的，密密的，伴着凉凉的风，更让人受不了。妻大概终于明了我的心境，那天，竟主动说了："明，看看姆妈去吧！这里买了一点蛋糕、水果。还有，我为老人家编结了一顶绒线帽，天快冷了，你带去试试大小。小刚要愿意，你带他一起去。"我是说不出的高兴了。妻，还是明白人。

踏上行程的那时刻，我心里直唤："妈，我来了，来了……"

（原载于 1987 年 1 月 31 日《上海邮电报》）

哀悼的季节

　　下午去老街走了一圈，拿了四幅画去裱。50 元一幅。老婆不放心，陪着同去。十分钟的路，走了半个小时，慢慢地，更慢慢地，边走边看，终于到了，终于完成了任务，终于要回家了。不足千步的路，在我心里却是如此漫长，肝移植手术已一年了，然而，体能还是这么弱。于是，又慢慢地，更慢慢地回家，走啊走啊，好累，找了两个地方休息了两次。进了小区的大门，又找地方坐了一回，终于，可以一口气走回家了，却累得瘫了似的。于是，老婆让我在沙发上休息，闭着眼睛，深呼吸了一会儿，似乎好点。病弱如残的身体，常让我想到死亡，脑袋里突然地就想起了哥哥，哥哥离开我已近一年了。去年的 4 月 23 日。哥哥满怀着依恋，满怀着遗憾，满怀着……离开了我们。哥的死，是与当前的社会风气有关的，医德的堕落，漠视生命，结果就是草菅人命。把一个生命体态不是很差的人活活给医死了。这世界少一个人是微不足道的，没有人会关注，邻里乡亲在唏嘘一阵后也都复归常态。然而，对于亲人，对于我，却是那么的刻骨铭心。说我们是兄弟，但我们也是朋友，志同道合的朋友。我们有太多的共同话题，共同的爱好，人文、历史、时事、政治、文学，还有象棋、扑克牌斗地主。他最喜欢斗地主了，我也亦然。如果他还在，我想我们一定又斗过好几场了。前两天我还在想，什么时候叫上几个表弟，好好玩一次。却终难如愿。如哥在，一定是玩过好几次了。哥的骨灰现在仍在家里，亲人们是希望他在家多待一些日子的，放到墓地去孤零零的，总会在心中产生一种苍凉的感觉。

　　眼下，清明快到了，这是一个哀悼的季节。我已经因身体原因三年没去祭扫双方父母的墓地了。今年，我决定去一次，看看自己父母的照片和岳父岳母的照片，点一支香，磕一个头。逝者已逝，活着的总该去看看他们吧！尽管哥还没有墓地，我还是要去他家里看看他的照片的。人总是会死的，我的这次去扫墓，顺便，也去再仔细地打量一下我未来的家乡，到那时，可以和哥一起斗地主了。哥，你说好吗？我相信，你一定很高兴是吧。什么叫手足情深呢？不过，哥，你再耐心等等，弟在你曾经待过的世界上，还要待一段时间，可能三年五年，可能十年八年。你等等，再等等……让你的弟弟在世间再做一些他喜欢做的事。在这段时间里，我们共同守候每年的清明，这是个哀悼的季节，在这个季节里，我们虽然阴阳两隔，但我们能按时相会。

　　永远怀念着哥哥！

（2016 年 4 月 15 日）

永远的怀念

　　今天，儿子叫了一辆两吨卡车，把一些不是每天常用的东西都搬走了，搬到嘉定新城的一幢 90 平方米的新房子里。那是儿子为我们两老安顿的晚年养老的地方。实居面积不比现在大，但有电梯。这是充分考虑了我术后身体的状况的。再过一个月，我们就要搬过去了。但不知道为什么，在感激儿子一片孝心的同时，有一种强烈的远离故土的怅然和失落感骤然升起。虽然嘉定其实还是属于故乡，离开出生地只是远了十多公里，然而，那种远离的感觉依然浓烈。距离，像一把锯子，锯割着我内心那一份柔弱的乡恋之情。距离越远，锯割得越厉害！呵，故乡！故乡究竟是什么呢？那么魂牵梦绕地缠着我！

　　故乡，是父母亲生我的地方。那里，盛开着血光之花；那里，盛放着父母祖辈的辛劳和血汗，有祖祖辈辈的足印和被足印环绕的那三间茅屋；那里，有我童年的记忆和记忆中那些一起玩耍的兄弟姐妹和朋友。但，比这一切更为难忘的，是那里还有我的哥哥！

　　啊，不，是哥哥的灵魂。

　　离开故土，我就会想到离开哥哥，心里就会有一种撕裂，一种刻骨铭心的痛，眼泪就会止不住盈满眼眶。我克制着，在一个并非节日的时段里，不要让自己过于悲伤。但心依然地痛。那一种失去了哥哥以后的心的撕裂，已成为我的一种痛苦的酣畅，那是一种歇斯底里式的寻求对痛苦释放的冲动！是一种用粉碎对压抑进行撞击的痛快！是一种淋漓尽致的呐喊的欲望！

　　哥哥是我的兄长，在家里最有文化，事业上也最为成功。文盲的父母造就了哥哥的早熟，很早就成了一家之主。他在不该担当的年龄有了担当，他是名副其实的"长子似父"。我和我妹妹的成长，离不开他的抚育。那些往事和细节，如今依然历历在目……

他是不应该这么早就走的。他的走，并非是"间质性肺炎"直接导致，而是在医院里被感染了病毒后抢救不及时导致的。他的去，有太多的冤。我给他介绍去中山医院。我术后也感染了肺部病毒。由于免疫力差，很多术后病人都有这种可能。医院用四种氧气抢救我。旁边的病友都在说，这个人危险了。我只在氧气罩里不停地喘气，每分钟150次的呼吸让你有生不如死的感觉。就觉得胸闷，喘不过气来，张开嘴巴要空气，却吸不到空气，一阵一阵就晕了。那时候，妻子背着我经常哭。我心里知道，我要死了。没想到我被救了回来。我跟哥哥说，去中山医院吧，医生我都给你联系好了。那里的医生认真。他还是喜欢他常去的肺科医院，那里的院长，是闻名全国的肺科权威。他说，下一次，下一次去中山医院。谁能想到，竟没有下一次。

我忘不了在安亭医院里我们之间的最后一面。你已在弥留之际，你睁着眼睛，却已什么也看不清。我叫你闭上眼睛休息一会儿。你真的闭上了。在弥留之际，你还能听见我的声音，说明你心里还是清醒的。你一定知道是你唯一的弟弟在喊你，弟弟一辈子都听你的，这一次，你该听弟弟的。你很听话，你闭上了眼睛。我无法控制自己，在你病床边号啕起来……

我知道死亡一定是恐惧的，我握住你的手，说："哥，坚强些。"此时此刻，没有安慰的语言。面对那条黑暗孤寂的小道，我只能鼓励你，坚强勇敢一些！可是我自己却无法坚强，面对生离死别，谁能坚强？我无法接受现实。然而，第二天下午4点45分（别人告诉我的时间），那个最不愿意听到的噩耗还是传了过来……

轻轻地你走了，不带走一片云彩！

呵，哥！在家人和妹妹的安排下，利用中午客人都去吃饭的当儿，儿子用小车接我去见你最后一面。你很安详，静静地躺着。我也静静地在你身边坐下，近在咫尺，我们却已天各一方。除了内心的伤痛，我已无语。

哥哥，我好想你！

扁　担

　　扁担，是农民的饭碗，也是农民的半条生命。靠着扁担，农民把秧苗挑到田间；靠着扁担，农民将稻谷、小麦、棉花从农田里挑到打谷场上。很难想象，一个农民的家里如果没有扁担，这一家人怎么种田，怎么生活。扁担，还是农民的武器，用于防盗防贼。到了晚上，将扁担放在门背后，像当兵人手里的枪。以前，农民起义，手里拿的就是棍棒和扁担。后来，打三大战役，解放军在前面打仗，老百姓也是用小车、用扁担担着战备物资组成了浩荡的支前大军……

　　扁担，有不同的造型、不同的材质。造型有大小长短、扁平和翘梢几种。材质有毛竹与木质两种，木质的细分又有很多。一般的扁担，普通杂木都可以做。但一家男劳力天天扛在肩上，早出晚归靠它吃饭的那根当家扁担，材质不能马虎。好扁担一定要挑好的树材，而且是长得刚好碗口粗的树最好。太小，树嫩，经不起弯压。太老，木质坚硬，没有弹性，用着不舒服且容易折断。材质不一定要名贵的，但要适合的，我们上海江浙一带，基本相近。我知道有三种树材用得最多，樟树、杨柳树和合欢树，这三种树都有弹性。樟树长果子，一粒一粒形似葡萄，不能吃，可入药。它的特性是有一定韧性，也有一定弹性，树木也多，用它做扁担的人也最多，断了，再做也容易。杨柳树的韧性和弹性比樟树要好得多，但杨树最大的缺点就是弯曲的多，节疤也多，所以较樟树，杨树扁担反而更少见。最好的扁担当数合欢树材质。我们乡下叫它乌绒树，它开的花花瓣很细，一丝丝的，粉红色，很细腻，也很娇艳，到了满树开花的季节，若是一片成林的，那是十分妖娆美丽了，像一大群青春少女在风中起舞。

合欢树的材质是韧性特好，弹性也特好。如果这树型长得弯一点，带 30 度左右的弧度，就可以做成翘梢扁担了，我父亲用的那根翘梢扁担，就是用合欢树做的。我经常看到父亲用那根翘梢的扁担挑着两箕草泥，在乡间的田埂上小跑着，肩上的扁担，随着父亲迅捷的脚步，一上一下地跳跃。如果在微风细雨中，更像一只鸥鸟在翩翩起舞，那根扁担就像是活了一样了。当年的父亲，是很珍惜那根扁担的，每年的三伏天，他总要用烧热的桐油将扁担擦上几次，那扁担被桐油和父亲的汗水染得深红如紫褐色。后来父亲老了，就经常有人来借他的扁担，日子一久，那根扁担就不知哪儿去了。假如父亲能将那根翘梢扁担留到今天，我一定把它作为传世之宝收藏起来。它，是父亲的象征！

(2016 年 9 月)

记父亲的一件小事

　　28 岁那年，我有一次从上海电信局回家休息，家里分到了棉花，在小队的最西边，有一里多路，好远。我帮父亲一起去挑。父亲那年 61 岁，他一担足足有一百三四十斤，我只能挑八九十斤。结果，他一口气挑回了家，我却停了三次，还是他回过头来接了我一程。这种小事，很遥远，却依然清晰。一直以为，父亲对家里的人事不闻不问，其实，父亲的心里，还是很关心我们的。

（2016 年 4 月 1 日）

二姑夫

　　我有三个姑夫，二姑夫是我最想写的一个人，虽然他很平凡，不识字，一个地地道道的农民。他有一点点并不成熟的手艺，砌墙。他还会的手艺是编草篮，就是背在背上出去割羊草的那种背篓。我们上海郊区的人叫它草篮，但它却不是篮子。二姑夫做草篮很内行，不但自己家用，也帮别人家做。农村里家家有竹园，就在自家屋后。很多年后我曾研究过，为什么家家人家屋后都有竹园？研究的结论是：防风。以农耕为生的农民都很穷，盖的房大都是泥墙，用两块板夹住，中间填上泥，用很大的木槌打实，一点点往上，一堵墙就成了。这样的房子是经不起风的，台风一来，就会倒。这在我的童年里就经历过一次。风很大，父亲用门板护住风口上的墙，护住了这里，那里的墙就倒了。手忙脚乱，团团转，根本忙不过来。父亲把我叫到屋外，宁可让我淋在风雨里，也不让我待在屋里。那房子随时要倒呀！真是糟糕极了，记忆犹新。所以，为了防风，几乎家家农家屋后就都有了竹园。成为一道农村的风景，也成为一种民居的文化。可惜现在越来越少了。不过中央的政策还是很保护农民的竹园的。拆迁的时候，对竹园的土地补偿要比自留地高得多。这大概也是考虑到了竹园与农民的生存关系的密切度有关吧。二姑夫家的竹园也蛮大的，且种的又多是蓑竹，竹的品种很多，根据用途不同选择移栽。捕鸡竹一般用作锄头柄、铁耙柄，燕生竹是吃竹笋的，它个大、量多、口味好。农民常在这季节把吃不完的竹笋去卖掉，换回一些油盐酱醋。孝娘竹一簇一簇的长，却不能吃竹笋，只能用来结篱笆。捕鸡竹和燕生竹还是晾衣竿的上好用材。蔑竹主要用于抽蔑条、编篮子篓子之用。在下雨天、收工后或出工前，二姑夫就喜欢在家编竹篓子。我很小时就喜欢跟他学，慢慢地就也有了个三脚猫本事。没编过菜篮子，那家伙对蔑的要求很高，每条蔑的宽度与厚度都要基本一致。我没那手艺，但我能编草篮、竹篓子，还能编比草篮小一点的鱼篓。黄梅天雨水多，水稻田里的水从沟里往河里排，河里的鱼就会逆水往上蹿，我在这节点口子上安上一个鱼篓，哇，一晚上，鱼篓里鱼都满啦，许多都已挤死了。回家往脚盆里一倒，足足有十多斤，喜煞也忙煞了奶奶。但队长却把我骂了一通，因为鱼篓阻了排水的顺畅，农田里的水排不出去了。不过，心里高兴，挨几声骂，当是耳边风。

我写二姑夫不是为了写他编篮子的手艺，这只是带一笔，写点农村的风情。

二姑夫值得写的是他的脾气，很好玩的脾气，可爱得很的脾气。二姑夫烟瘾很重，一支接一支，抽最劣质的烟，八分钱一包，生产牌，有时卖掉几个鸡蛋，二姑妈会为他买一包劳动牌，那要一角三分钱一包，逢年过节，买上一包光荣牌或前门牌，他要揣出揣进抽好几天，还会另备一包生产牌，自己平时抽，将一角七分一包的光荣牌分享给他认为身份比他高一点的人抽。拿一句时下的流行语叫摆谱，用古一点的说法是给自己装一点面子。就像鲁迅说的，家里再穷，也要有一条毕叽的裤子，每晚在枕头底下压出线来，好让明天穿着显得笔挺。穷人的心思都差不多。穷人要面子也有穷人的方法。二姑夫很少说话，却很能干活，队里打谷时挡大筛是技术最难的活，一栲栳稻谷倒进去，转呀摇呀的就把垃圾（泥巴碎砖之类）筛到了一起，把垃圾捧掉，往边上抖一抖，然而一个用力，顺势一抛，几十斤重的干净的稻谷金黄金黄的就到了旁边的囤里了。全队没几个人会，有时，他还会被借到别的小队里帮他们挡大筛。二姑夫很单纯，只要有烟抽，他一天到晚总是乐呵呵的，见着人总喜欢用一笑代替打招呼。二姑夫最可爱的地方不是他喜欢用笑来打招呼，而是他的发怒。二姑夫光火99%是因为没有烟抽。断烟，就会犯烟瘾，这时候他就会光火，他会跟二姑妈吵，声音不高，沙沙的，但近于怒吼，沉沉的，闷闷的发泄。这时候，二姑妈如果不让，顶他几句或说他几句，他就会拿起铁耙把小屋的墙一阵猛砸，把墙推倒。然后他躲到灶后烧火的小板凳上，闷着，不说一句话，这样，他可以闷上很长时间。第二天，他会起得很早，去挖可以砌墙的泥，捣烂，再把倒了的墙清理好，把可用的砖拣出来，重新把墙砌好。一次，两次，三次，次数多了，大家都记住了他的这个脾气。知道他什么时候在什么情况下要光火。二姑妈是很有心的人，有时就买了烟偷偷放着，不到万不得已时不会给他。那时真的好穷，家里养几只鸡，下几个蛋，换回的一点点钱都是要用在正当的生活上的，一个家庭，三个儿子两个女儿，都还小。当家不容易。其实，二姑夫也不是不知道家里的困境，我经常见他一支烟抽了一半就卡掉了，然而装进烟盒，等会儿再抽。许多年以后，二姑夫一直这样保持着他的节俭，一种无奈的节俭。我进城以后，休息日回家，偶尔也会给他一两包烟，当然，这时候的烟好多了，光荣牌是打底的，有时也会将自己抽剩的半包牡丹给他。这种时候，他总会说不要不要，但最后总是收下的。他会变得很开心，吃饭时，他会端了个饭碗过来，当着我父母说我好，说我是个有良心的人。这就是他表达感谢的一种方法了。记得有一次，我在路上遇见他，悄悄塞给他五元钱，他诚惶诚恐不肯收。我硬塞进了他的口袋。我看他显得很局促。这么一份薄薄的礼，他在内心却是如此的不安。二姑夫，是个多么善良可爱的人啊！二姑夫的名字很好听，叫姚德兴。这名字很好，德，兴。我怀念二姑夫，还因为在我下海后，他为我的小工厂砌过墙。他砌墙的手艺虽不如正式的泥工，但在农村，已经不错了。村里谁家搭间小屋，弄个披头（一种倚墙而建的小房子），都会请他去帮忙。二姑夫很热情，每请必去。村里人帮忙，都是只留饭不付钱的，直到今天，仍然这样。这样的一种情怀让我感怀至今，这种传统是应该得到传承的。二姑夫去世已好多年了，二姑妈今年已89岁高龄了，仍很健康，每天还要打打小麻将。我祝我的二姑妈长寿，活到100岁。也为天国的二姑夫祈祷，我们现在富裕了，你的儿女们也都很富裕，希望你那边的生活也富裕起来，不再抽那些劣质的香烟，希望命运在那边给你多一些关爱，希望你的日子过得像我们一样好！二姑夫安息！

（2016 年 6 月 20 日）

洪湖感怀

洪湖有 50 万亩水域，与这个城市的 53 万人口几乎相等。浩渺的水面一望无际。都说千岛湖的水色好，任你用青绿碧蓝都可以形容。然而这洪湖的水，却是另一种绿，绿得又凝又厚又稠，是只能用玉来比喻了。据说雾天，八九点钟之际，雾散而未尽，那时游洪湖，极目处，是一片真正的烟波浩渺。那景致，入诗入画，都能令人心醉。举目远眺，水天交界处，隐现着一条青色的眉线，满湖立着捕鱼的栅栏，有渔船守着。那是真正的水上人家。于是在湖风习习中，又有了那些有关水上人家生活的联想……荷花是难得再有了。只在近港的岸边，偶有片片荷叶，星星点点寥落着几点红，早没了《洪湖赤卫队》电影里见过的那些令人神怡的荷姿了。原以为在洪湖能找到宋代杨万里所书的"接天莲叶无穷碧，映日荷花别样红"的壮景，没想到所见的只是"碧水千里"，使人联想到未曾开发的洪湖老区，仍如僻村的乡姑，保留着素净的本色。

穿过洪湖，便是瞿家湾。当年成为洪湖之魂的那位贺老总，就住在那儿。不知是为了保留古迹，还是无钱开发，瞿家湾从 1929 年成为洪湖革命根据地的指挥中心到现在，景旧当年。一条百步小街，歪斜着几间矮房。在其中一间门楣上，赫然写着"湘鄂西革命军事委员会"字样，着实让人吃一大惊。在又暗又湿的一间偏房里，存留着贺老总当年睡过的一张破床，印刻着他当年斗争的艰辛。据展览馆的人介绍，洪湖人为革命做出的牺牲是巨大的。反侵略战争中死去的不算，仅左倾路线就错杀了一万多人。李淑一的丈夫柳直荀就是其中之一。怪不得归程中重见的那些寥落的荷花，觉得红得异样的惨烈……

洪湖是革命老区，初来乍到，自有一番感慨。与上海相比，洪湖留给我的印象是一片空寂的苍凉。然而这苍凉里却透着一种力度。一种期待开发的紧迫与正在开发的壮烈。历尽劫难的洪湖人，自有不拔的意志和毅力！

（原载于 1992 年 6 月 6 日《解放日报》）

生命之轻

　　那是个阳光明媚的秋日的下午，我与安亭师范的一位女教师朱元春相约去探望一位身患绝症的病人。那是位比我还小三岁的小干部，她的丈夫是乡政府里的领导，夫妻俩都是我的同乡、同学和朋友。我们在同一个生产队里，从小一起长大。突然听到这样的坏消息，我的心里很沉。决定去看看她。

　　她姓付，小名就叫阿妹。住在安亭乡一幢新公寓的三楼。二室一厅。住房是很宽敞的。我们去的时候，她正躺在躺椅里休息。一见到我们，显出很高兴的样子，坐起来要为我们倒水。我们止住了她，自己动手倒了水，就听她讲她的病历。她已经知道自己患的是肺癌，并且已到了晚期。我们听着，有一股说不出的感觉。这感觉除了同情、感伤之外，还有一种任何劝慰都将显得苍白无力的窘迫。她的神情没有英雄式的洒脱，也没有沮丧者的绝望。她毫无顾忌地撩起衬衫指指点点。我的思维努力去追随她的思想。我想象一个人到了这分上大概是可以减少许多顾忌的。她雪白的肌肤依然富有弹性。但我却已经想到了另外的一幅景象，我看到她躺着，身上盖着白布，周围放着不少鲜花。这是一幅我曾经多次见到并还要继续见到的景象，不同的只是白布下盖着的人，不仅仅是她。我的眼睛有些湿润。但我很快自抑住。脆弱的情感之门是不能在这地方随便打开的。我的脑海里反反复复跳跃着四个字：生命之轻。

　　她还这么年轻！

她领我们看她的房间，壁橱、浴室、厨房、阳台……看完了，她浅浅叹了口气，不无感伤地说："这房子确实不错，但不知将来谁来接替我做这房间的主妇。"同去的朱元春听了，禁不住摸出手帕来捂鼻子，一个人躲到阳台上去抹泪了……

时间是无情的，一个月后，我听到了她的噩耗。据说她临死前坚决要求回乡下的老家去，她不愿为未来的女主人在新房子里留下不祥的阴云。她的丈夫拗不过她，用车子送她去乡下，刚抬到车上，她就走了。

她到底还是实现了自己的遗愿。

我的那位当乡干部的同学，如今又续了弦。那二室一厅的新公寓有了新的主妇。每个星期六，当我从上海回安亭休假，下了车走过那幢公寓时，我总会不知不觉抬头看一看那栋公寓，想到这公寓三楼那二室一厅里的先前的女主人的那句话："不知将来谁来接替我做这房间的主妇……"

现在，接替的人有了。那个"将来"，这么快就变成了"现在"，并且很快又将变成"过去"。岁月、时光、生命，这是一道怎样的哲学命题呵！

我们每一个人，是否该紧紧地抓住生命的尾巴，趁着健在，多做一些该做的事情呢！

生命之轻，但事业是重的！

（原载于 1989 年 5 月 23 日《西宫报》）

三个"右派"

　　大孃孃家里来了三个下放干部，村里人都这么叫。大孃孃是上海市的三八红旗手，老干部。大姑夫也是党员，好像还是党小组长，反正是一个什么小干部。三个下放干部安排在一个夫妻都是党员的家里是组织上有意安排的，这样有利于改造。三个下放干部中我记忆最清晰的是一个大个子叫老黄，一个姓吴，还有一个记不起来了。因为他们会讲故事，村里的小朋友喜欢到大孃孃家跟他们玩，老吴抽烟，但生产队里没小店，隔开一个村落有小店，来回要20多分钟，老黄不抽烟，但老黄常常叫我们去帮老吴买香烟。小孩们都高兴乐意，一去就一大帮，热热闹闹，说说笑笑，你追我赶。很快就回来了。老黄不会让我们白跑，买烟时总让我们买点橄榄、糖果让我们分享。有了这份报酬，大家自然都乐意去。时间大多数是在下雨天和晚上。不下雨的白天要干农活呀。老黄他们不会干农活，队里尽量派他们与妇女一起干，所以，老黄他们跟队里的女人也搞得很热络，不过，倒是没有传出过什么绯闻。有时候，我们去拾麦穗或稻穗，老黄他们就跟我们一起拾，拾多拾少，按分量记工分。有时，没有轻松的活，也会叫他们挑担子，比如挑稻，一个稻把子约两三斤重，农民们教他们一个一个码成堆，用一根带钩子的绳子捆起来，捆成两堆，数量相同，重量也就差不多了，这样，挑起来就不会一头轻一头重，但老黄他们不会挑，挑起来时还是一头轻一头重，其实，只要肩膀往前往后耸一下，就能让两头的重量平均起来。但老黄他们不会，挑一点点，两手压住扁担，稻田里走路歪东歪西，一副很吃力的样子。农民们都会笑他们。老吴个子不高，力气也小，挑稻尤显得吃力，我记得有一次他真的累得不行，满头的汗，衣服全湿了。挑稻的季节是深秋初冬了，还流那么多汗。农民们见他个子小，让他慢一点，别人挑两担你挑一担，可他要面子，不肯在农民们眼里显出自己不如老黄。所以，一直很努力的样子。其实，三个人都很要面子，但好像对工分无所谓得很，从来不计较。还经常请假回上海，一去就好几天。

每一次，我们都盼着他们早点回来。然而，他们终究是要走的，他们的劳动改造结束后又都回到了上海。在我童年的记忆中，上海，就是现在的市中心，那是一个很远很远的地方。不过，老黄和老吴后来好像又回来过几次，他们跟大嬢嬢一家好像是攀了亲戚，大嬢嬢也很高兴地招待他们，这种时候，我们也会去，纯粹凑热闹。农村就是这样，大路朝天，哪家来了客人，没到家都全看到了，整村的人都知道，于是必有许多人跟了去，打打招呼，听听新鲜，农村人干活时全谈一些男人女人之间的事，没有新闻，有外人来，带一些外面的消息或故事，就全是新闻了。

右派分子老黄在上海有好多房子，他常常跟着他爸去收房租，有时候还去苏州、无锡那么很远很远的地方去收房租，老吴与另一位我记不住姓也记不起模样的人好像都是读书人，或者是老师，也记不清了，他们的年龄比我大约大十多岁，这三个"右派"分子在我的记忆中已经好几十个年头了，却从来没有提起过他们，也没有写过他们。今天，以回忆的形式来记录他们，也是还原一段我亲历的"右派"分子改造的历史过程。如果他们现在仍健在，我希望他们能看到我的这篇短文，那确是一段值得怀念的历史。

(2016 年 6 月 2 日)

我的三家邻居

　　我们14号三楼朝北门里共住着四户人家。除去我一人住一间我们邮电的集体宿舍外，另外三户都是"三合一"家庭。夫妻两人加一个孩子。三对夫妻三个孩子再加上我，正好10个人，有趣的是，三家人家的孩子都是女孩，加上三位夫人，10个人中就有6个女人，真正是"阴盛阳衰"。

　　三户邻居中一户是老邻居，属于"老土地"一类了。两户是新搬来的，其实也有七八年光景了。"老土地"这一户户主姓雷，在上无三厂工作，他的爱人姓倪，是我们邮电的退休工人，楼上楼下的人都将她自己的姓给剥夺了，叫她雷阿姨。实际上这是一种亲切的替代。我们搬进14号时，他们的女儿正是"今年二十明年十八"的妙龄时期，在静安寺附近的一家军人招待所当服务员小姐，如今早已出嫁了。生了一个孩子也是女孩，寄托在外婆处。所以"老土地"一家是三减一加一还是三。只是本来雷家在"三合一"中他们的女儿最大，现在女儿变成了外孙女，最小了。另两户邻居一户姓陈，一户姓刘。姓陈的一户搬来时他们的女儿还在读大班。有一次她晃着小脑袋对我说："唐伯伯，我明年要读书了，先读一年级，再读二年级，再读三年级，一级一级升上去，眼睛一眨，初中就要毕业了。"当初，我听了直笑。笑她这么一个毛孩子竟然如此老嘎与天真，如今，她真的读初中了，真的"眼睛一眨，初中就要毕业了"。多快啊，时间！姓刘的一家是一对小夫妻，男的在政法学院工作。搬来时还没有孩子。现在，也是"眼睛一眨"，女儿五岁了。刘姓夫妻颇有"望女成凤"的凤愿，请了一位很著名的钢琴家做家庭教师，让女儿学琴。在清晨和黄昏，我每天都能听到五岁的小琴师在弹奏乐曲。声音虽然单调，却可听出导师的严格。

一个总门里关着四个小家，10个儿女，长年累月合用一间灶间，一间卫生间，却从未红过一次脸。非但如此，还很有些"大户人家"的韵味。白天，大家上班去了。四户人家只留下"雷阿婆"与她的外孙女。这时候的"雷阿婆"，就成了"孤独的看门人"。到了晚上，大家回来了，一下子又热闹开了。一间10平方米的灶间里，汰的汰，烧的烧，极其融洽快乐。谁家有了好菜，大家就一起地嘲，嘲的结果是"风水轮流转"。因为家家都隔三岔五要买次好菜，于是"结帮"就成了无规则的临时凑合。这样轮流地攻击与被攻击，常常将气氛推向高潮。

小刘常帮助妻子洗衣服、刷碗，我们都叫他"爱妻牌"。小陈炒几手好菜，竟然能上酒席台，大家便封他为"三级厨师"。他却大言不惭，称自己当"三级厨师"是"绰绰有余"。雷师傅是钓鱼迷，喜欢钓却不喜欢吃。钓鱼纯粹为了乐趣，加上他的年龄又少了一份架子，一套腔势，人际关系平民化了。没有了虚伪的客套，没有了知识阶层和当官阶层那些被钱钟书先生称为"不痛不痒"的语言。多了一份自然与真情。陈家装了一部私人电话，几乎从装好的那一天，私人电话就成了"传呼电话"。兴致所至，有时也一起玩一两回"围城"打，但决不来输赢。

四户家庭中，我是唯一的"既得利益者"。因为是集体宿舍，没有煤气供应，用热水就成了问题。早先附近有一家老虎灶，现在早已为一幢高层建筑代替。"雷阿婆"在我困难之时，不声不响地将我的热水瓶天天冲满。我亦干脆将钥匙交给她，好让她赶在我下班前将水冲好。有时候，我的一些棋友文友来消夜，一瓶水不够。我可以用任何一家的热水瓶，都放在灶间里，自己拿就是了。这是他们三家给我享受的"特区待遇"。他们还在背里联合起来定下一条规矩：月底结算水费时"去掉我的用户资格"，他们说我用"那一点点水，少吃一口茶就解决了"。弄得我到月底，就惶惶然多了一桩心事。

在我行将搬走之际，我写下这篇短文，谢谢他们。我的三家邻居都是好人。好人一生平安，我祝福他们！

（原载于《上海邮政》）

枫林秋深

重庆人

　　列车一头撞进歌乐山的怀抱，吮的一声刹住后，我才意识到：重庆到了。

　　出门之前，妻曾殷殷关照：外边很乱，要小心！使我忽然想起了荆轲的易水之别。首次去那么远的地方，心的天空总是飘着一片阴云，好像预示旅途的前方有什么不祥……

　　我是去重庆参加一个会议。地点是在大坪，大坪处于何方？我一无所知。正当我站在火车站前惘然不知所措的时候，一位出租车司机为我作了热情的引导，顺着他的指点，我乘上山城独特的缆车上了山，又经两位摆摊老人的介绍，我上了403路汽车。售票员是位看上去只有十六七岁的小姑娘，圆圆的脸蛋带几分童稚。她听出我是一位外地人后，主动招呼我站在她的旁边。车到站时，又热情地帮我将行李送到车门口。我想记下她的工号，但重庆的售票员似乎没有统一的标志服，也不佩工号牌。只给我留下一张带稚气的圆脸蛋。

　　重庆人，是热情而且好客的。

　　下了车，我又找不着开会报到的电信招待所所在地了。刚巧一位穿邮服的中年男子从我身边走过，我向他打听。那位同行犹豫了一下说："这路……这样吧，我带你去。"他毅然返身，我却站着没有动。对他的盛情，我心理上承受不了。素昧平生，我何以答谢他？然而，夜幕已临，雾色茫茫。谢绝了他的热情，我又要走多少弯路呢？盛着满腹的感激，我只有让他带路了。他一直将我送到招待所门口才告别。我歉意地掏出了一包上海带去的"牡丹"烟，他无论如何也不肯接受。这使我想起另一件事，我在上海的一位重庆朋友告诉我，他的母亲有一次从重庆到上海去看他，在火车站问路时，给敲诈了五元钱的"问路费"。我的脸不由红了。

重庆人，是侠义的。

整个会议期间，重庆人都表现出了与众不同的热情与周到，使我们这些来自全国各地的与会者都有宾至如归的感受。

然后，我还要追述另一位重庆人。会议期间，我的打火机坏了。抽空我来到招待所门前的一个鞋匠摊，他那里有许多工具，我求助他帮我修理一下。这位三十左右年轻人见我有求，他二话没说，放下手里的活就摆弄起来。也许不是专业老手的关系，也许打火机本来就不容易修，他在摆弄中，一会儿弹簧跳了出去，一会儿打火石不见了，左弄右弄，约摸 20 分钟以后，才把打火机修好。不用说，我该付钱了。对个体户，我心中有底，他不敲你这个外地人，至少也得要个平价。我取出两元钱，问"够不够"？他一看，笑了，说："不用钱。"我怕没听懂他的重庆话，又问了声："多少钱？"他很认真地打量了我一眼，摆摆手，一字一顿地重复了一遍："不、要、钱！"我愣了，世上竟有这样的个体户？他似乎看出了我的疑惑，笑了笑说："咱重庆人，怎么样？！"语气中带着一名重庆人的自豪！我被他的这种自豪感动了。

重庆人，驱赶了我心头的那一片阴云！

后来的几天里，我常常琢磨这样一个问题，在世风日下的今天，重庆人何以能保留下这种可贵高洁的品质呢？重庆，毕竟也是人间的一角！后来，会议组织我们参观了中美合作所——白公馆、渣滓洞监狱，当我纷飞的思绪越过歌乐山莽莽群峰、苍苍山林，仿佛又看到了当年革命烈士前仆后继的壮烈画卷时，我似乎找到答案了，这里是革命的摇篮，这里有无数烈士用鲜血染红的红岩，重庆人没有忘记重庆的昨天。也许，正因为如此，他们才格外地珍惜重庆的今天。

呵，重庆人，真诚向你致敬！

（原载于 1990 年 2 月 15 日《重庆邮电报》）

　　　　　　　　　　　　　　　　　　　　　　　　枫林秋深

年　轮

会唱戏的喇叭

一到晚饭时间，稻田里的那根毛竹上的喇叭就响起来了。天气预报之后，就开始唱戏，有锡剧、沪剧、越剧。喇叭里一唱，奶奶就要端上粥碗，匆匆夹两根萝卜或酱瓜，三步并两步地赶到毛竹下。每天那个时分，都会聚集许多人，早去的还会搬个小板凳坐着纳鞋底。

"没有人，里边怎么会唱戏？"奶奶指着喇叭不止一次地问过这个问题。

奶奶的时代早已远去，但她对会"唱戏"的喇叭好奇的神态，让我悠远的记忆变得沉重。

扁　担

父亲专用的农具很多，有粪桶、钩绳、掘锹，但父亲最珍爱的，是那根被汗水染成灰褐色的老翘梢扁担。

父亲挑担的样子很好看。高高的个子，挑着两担泥，他走着碎步，近似小跑。扁担在他肩上，一上一下，翩翩起舞，像一只海鸥，贴着海水，奋力飞翔……

读　书

25 岁时我以"优秀贫下中农子弟"被上海电信录用，一个小学毕业的农村青年，一夜之间进入十里洋场南京路，瞬间就被厚重的文化所击倒。电报局里一个普通工人的文化水平，远胜于农村一个大队长；一个没有任何职务的译电员，竟会说三国外语。当时，我唯一的感觉就是自卑。

于是，我开始读书，先以自学的方式选修了初中到高中的课程；然后报考了华东师范大学的自修中文专业，从大学语文、现代汉语到古典文学、外国文学，从逻辑哲学到历史学、政治经济学，我一门一门学起。我用了 15 年时间，读完了本科所有课程。其间，我边学边用，在各地报刊上发表小说、散文和诗歌等。

在文化提升的同时，我从一个修车工到连任 17 年部门工会主席，是书本教会我许多东西，带我不断认知自我，获得成长。

升 值 的 时 空

2005 年，儿子结婚，媳妇的嫁妆是一辆红色的 POLO 轿车，我家从此成为有车族。2008 年，儿子又买了一辆帕萨特，我家于是升级为双车族。从无车到有车，经历了几代人；从单车到双车却只隔了三年。

岁月也有贵贱之分。好的政策，让时空也升值了。

书　包

今年 9 月 1 日，3 岁的小孙女到托儿所报到。第二天，她要求妈妈给她买个书包。妈妈说："托儿所又不读书，你没有书，要书包干什么？"孙女又去求奶奶，奶奶没有拒绝，马上买好了书包。

枫林秋深

书包是红色的，上面有卡通图案。

"好看吗？"奶奶问。

"好看！"孙女回答。

我心里想，孙女从家进托儿所，实际上已开始进入社会。这个书包是她踏上社会的一个标志。书包很漂亮，虽然里面没有一本书，但我却已感觉到了它沉甸甸的重量！而孙女一生将奋斗的，该是我们这一代人未尽的使命吧。

（2008 年 4 月 18 日）

注： 本文获安亭镇征文一等奖，刊《安亭报》。

晨　曲

　　今天天气好，出门晚了些。朗朗的高天悬着几片云，初起的太阳又急急地给她围了金色的裙边。空气出奇地清新，深深地吸一口，有一股凉凉的气流直达胸腔。

　　嘉定的新城，与周边的城市，拥有一样的马路，沐浴着相同的阳光，却有着不一样的景观。别墅成群，大楼成行，门前的小河里，却是成片的芦苇荡！相对独立的小区，让人想起远古的部落。楼群间隔的大片空间，全成了绿化景观。数公里的鹅卵石小道，以曲线的姿势伸展绵延。小河的旁边疏疏地藏着几座木板小桥，它们带着些许的孤独，折进芦苇深处，在那里另辟一片小天地，给那些年轻的男女设计了一方露天的场地。那边的广场上，许多的身影在急速前行，一条宽宽的跑道正承载着速度的考验。这一边，一些退休的老人们，正在舞枪弄剑，硬是把娴静的晨曦也弄得翩翩起舞。

　　嘉定新城，没有 AAA 级的旅游景区，却处处都是绝佳的景点。就在刚才，我用手机拍下了几张照片，这是新城之一隅，供喜欢嘉定的朋友们看看。来吧，嘉定只有欢迎，只有热情，还有的，就是迷你的风景！

（2015 年 10 月 25 日）

旧书之悼

　　整理旧书的感觉，就像在为祖上的亡灵烧纸钱，心情哀哀的，灵魂的远处，寄存着一份绵绵的薄奠。那些旧书，就要离我而去。它们，曾经是我的师长，也是我的朋友。与它们在一起，我们常常心灵相通，心神一致，感慨，感动，好奇，醒悟……有时候，我们一起快乐；有时候，我们一起忧伤，你给我知识，教我做人，你启迪我的心智，安抚我的灵魂。你是大度的，我只给了你时间，你却给我太多太多！然后，今天，我们要分别了……

　　每次搬家前，都是这样，有件事总叫人十分揪心，就是旧书处理。

　　天长地久，在一个地方住久了，总会有许多新的书要进来，不同的内容，不同的版式，厚的薄的，宽的窄的，高的低的，本来放在书柜里也很难分类排列，许多书干脆平放着，有些书就在随便的一个地方搁着，平日里，有时也想处理掉一些，可总觉得每一本书都是要么还没读完或者就是还没读透，有些书虽知道不会再去读它，也不舍得扔掉，觉得还可作为资料存放，万一写点什么时，还能方便查阅。省得老远的花半天时间去跑图书馆，有时还不能查到。比如有一次想查宋词的一些韵律与格式，就乘车到嘉定图书馆，在里面找了半天依然没查到。倒是借机在里边看了半天其他的书。谁知道，这次整理时，突然发现家里一本宋词研究方面的书，就在一个自制的木箱里躺着，颜色都变黄了。

　　书多了书就杂，除了格式参差不齐之外。内容也五花八门，有育儿的，有编织的，有烧菜的，有保健养老的，还有炒股票的，更有许多的围棋书，有全套的定式大全，死活大全，手筋大全，全是砖头般厚。但最多的还是文学类的和科教类的，各种词典就有不少，除了汉语词典外，这有英汉对照词典、古汉语词典、历代名句词典、全国名胜词典等不一而足。书籍的内容更加五花八门，有思想类的如西方哲学书，中外名著类的文学作品就更多，而且丛书也多，如艺术人生一套五本，外国文学史一套四本，西方现代派文学作品选四本，红楼梦一套四本。另有一些自己特爱的单行本，如戴厚英的《人啊人》，昆德拉的《生命不能承受之轻》，孙甘露的《访问梦境》，王朔的《我是你爸爸》。这些书，在我的人生中都打下过深刻的烙印，我是永远不会处理掉的。

用一个字来概括我的书柜，就是一个乱字。现在要搬场了，旧书新柜，总得淘汰一批。淘汰谁呢？老婆关照，尽量多处理掉些，不要劳命伤神又去污了新的柜子，犯不着的。听着有理，理书的时候却本本是宝。一遍整理下来，老婆问淘汰半数没有？我说，20%。她说，不行。通不过，就整理第二遍，优中选劣，其实书无优劣之分。只捡旧一点的挑，第二遍下来。又淘汰了10%。加起来有30%了。老婆还是说不行，无奈，我想我是下不了手了。就说，你看着办吧。你想扔哪些就扔哪些，我眼不见心不烦。后来又扔了哪些书，我也不知道。反正肝移植以后，记忆力是不行了。这反而有好处，记不起原来有哪些书，也就不会知道现在少了哪些书。人老了，看的书也不会太多，况且现在有网络，网络上有电子书，还有微信上也有许多可读的文字。心想，一切作罢，随缘随时了。

但心里总是耿耿于怀，那些被淘汰掉的一本一本的书，像一个一个老弱的病人，被人从病房里拉到了殡仪馆去，满脑子的悲剧意识。是我亲手杀死了他们，从此，我的书柜里再也找不到他们了，他们死了。我悼念我的那些旧书，就是哀悼即将远逝的生命，我对它们的离去心存悲怜之情。别了，我的旧书；别了，我曾经的师长和朋友。我会记着你们，尽管也许会忘记你们的名字，但你们永远是我心灵中的一份难以割合的情缘。

我相信你们会有来生，当这些旧书重新打成纸浆，造成新纸，印刷成新书的时候，你们就获得了重生。我在牵挂和恋恋不舍之际也祝福你们，希望你们重获新生之后，继续陪伴在与我同类的人群身边，展现你们的光华。

善哉善哉。鸣呼！阿弥陀佛！

（2016 年 9 月 11 日）

惘

　　晚饭后，我准备去曹杨新村一位朋友家杀一局围棋。天气很热，几朵叫不出名的小花，孤零零地在绿化带里吐着淡淡的芳馨。偶尔，有几只野雀子从文化宫围墙内的一片林子中飞出来，像一组游离了五线谱的音符，啁啾着掠过头顶，受惊似的消失在前面的一排五层楼房之中……莫名地，心底竟升起一股淡淡的怅然来。

　　"同志，去'梅香旅社'往哪走？"

　　蓦然回首，见一位中年男子站在身边。听口音，像是湖南人。他两手提着两个沉甸甸的提包，一副飞鸟觅巢的焦急模样。

　　也许我穿了一身邮服的缘故，走到哪儿，总会遇到一些问讯人。然而，我是干内勤的，对上海的单位路名并不怎么熟悉。但事情也有凑巧的，这位外地朋友问的"梅香旅社"，却就在我要去弈棋的那位朋友家的楼下。那是一家街道办的地下旅社。这些当年为了"备战备荒"挖的防空洞，如今几乎都成了旅社。

　　"乘 63 路公共汽车，到终点站下，再走三四分钟就到了。"

　　他反而显得迷惘起来。他对我说，他问过一位年轻人，人家先是要他付 15 元钱的带路费，他谢绝后，那人就指点他乘到了这儿。说这些话的时候，他的目光里，始终带着疑虑。

　　"唔……不！也许……"

　　我明白了，我无法说出"也许"后面的潜台词。

　　我知道，有人捉弄了他。

　　不久前，一位在部队医院工作的朋友告诉我，他的母亲从江西乡下来沪探望他，一路上问了好几个人也没问到真实地址，害得她白白花钱乘了半天的汽车。直到天快黑下来时，她才遇到一位"热心人"，硬是要了8元钱的价，才把她送上一辆公共汽车。其实，才不过乘5分车钱的路。

部队医院的那位朋友每跟我谈起这件事，气得就要骂娘。他说，经济社会里的人哟，都他娘的只吃铜不吃饭的！

我知道，眼前这位湖南的朋友，无疑遇到了同样的麻烦。于是我告诉他，我正巧也去"梅香旅社"那个地方，我们同路，我可以送他到"梅香旅社"的门口。"跟我走，不会错！"

也许是他对我这身邮服的信赖，也许是他从我的口气中感觉到了我的真诚，他不再持怀疑态度。这时，正好一辆63路汽车靠站，我们就一起上了车，一路上，他跟我介绍了许多有关他的情况。他是湖南一所中学校办厂的负责人，他们厂生产一种新型的电冰箱稳压器，据说性能不错。他这次来沪，就是想联系一些商业部门，争取把产品打进市场。

我很喜欢他的直率，十来分钟的路，我们已经像老相识了。正谈得起劲，窗外啪的亮起了路灯。整座城市顷刻间映在灯光里了。透过车窗，灯光里看夜景，反而朦胧了。我想，这也许与外地朋友看上海是一个样了。

终点站到了，我要帮他提个提包下车，他却显得有些慌乱用手按住了提包，一边客气地说："自己来！自己来！"一边提起两个大提包故意避开我从中门下了车。匆忙中，都忘了道别。

车站的旁边，是一家烟杂店，我进去买了包烟往朋友家走去。在一条弄堂的转弯处，我又看到了湖南的那位朋友，他两手提着两个沉重的大提包，正晃前晃后吃力地向西走着。我一看，知道他走错道了，去"梅香旅社"应当往东拐，便冲他喊了一声：喂，同志，去"梅香旅社"请往东去！没料到，他回头匆匆看了我一眼，竟小跑起来。我怕他没听清我的话，一边喊他一边也小跑着追了过去……

"救命——"

突然，在越来越浓的暮色中，传来一声呼救声，在宁静黄昏的空间，弥漫扩散……

足足有三分钟，我像遭了电击似的，站在原地没再挪动半步。我为时下人情的淡漠所编演的眼前一幕荒诞剧感到无可名状的悲哀和耻辱。我喟然长叹。无论如何，今晚，我是再也无心弈棋了。

（原载于《桂中日报》1989 年 11 月 28 日）

与诸友书之嘉宪

　　宪者，友也。其文以理见长，善辩，入其髓。常有新出。诸友中，以辩理见长。每每共聚，言无多。喜酒，不狂，其诗亦以思辨为长，弱景情之抒。为人随和未见有怒，性温，处世淡然。

　　宪家居真如镇，古寺之西，小区傍河，六楼。东墙有一小窗，常开。站寺阳之桥上。呼之，能应。

　　予在沪时，单居，寂寥时，常往之。宪父母尚在，小家五口，父母妻女同居。予至，必先其母出，健聊，身不福，声若亮钟。其母亦喜与予谈，常被宪挡回。其父印象不深，不善交，见予，在门口，一笑，点点头，即回。数十年后，知其善画，办过画展，出过画册，始欲崇之，却黄鹤已远，惜之无限。其母而今也去矣！回想当年，历历在目，悲乎痛乎！

　　宪小予七岁，然为人厚，识又博，虽小于予，予尊若兄，蔽其荫，不胜温暖！

　　予与宪交，其因于文，其缘于棋。入其屋，必先黑白各执，你死我活一场，痛快之余，再言其他，后便是小酒大碗，畅胜鲁公吴郎。又天南地北一番，常半酬回宿，一觉天光，甚是痛快。宪亦偶有至予家，予家在远郊安亭，傍古江而居，宪至，予未及归，宪拿一报读与岳丈，岳丈往在江宁路群众印刷厂工作，退休多年，已入耄耋。宪读报，岳丈喜极，常与予叨之。悲岳丈亦作古久矣！时至今日，予亦入古稀，宪与予尚神往于微信之中，每岁亦有一二回聚，此谓人之福矣！人生得知己，一二为足，三四为福，予既足亦福矣！

（2016 年 9 月 25 日）

与诸友书之任曦

任曦者，自号旷野。观其号，知其性，放达不羁，有豪气也！观其人，反也。高逾米七，偏瘦，一副厚片半边脸，眼小。看非属大气之徒。然人不以貌相。读其诗，烈度震人，情之激越，近乎呐喊。放达豪然，气逼天庭。令阅者捧卷，不能自持。近汉刘过者，气高，意远，情烈……予早与其识，同为西宫文友。

曦不善言，言则易极。且固守己见，不易移。

曦早年在普陀区住宅公司当泥瓦工，后至某厂任工会宣传干事。文友之间，少来往。予常至其家，原因乃因单居孤寂，予喜交，且喜串门，故予亦为曦家长客，识其妻，姓夏名惠娟，一贤惠之妻，少与曦吵。温和持家，众友称之贤妻良母。待客热情真诚。毫无虚意，一扫沪上妇人之习。不及见浮。予至，必饭之。曦有一子，小名露露，曦令其幼习书法，有长进，小学即夺冠，曦管之甚严，每天数小时不息。不从之，怒而摔之。曦之性，可见一也。与曦交，久之，知其性，不常语，心交意会之间，各达彼岸。

曦喜网交，诗友众多，常聚游，过诗仙生活。一日，予与家人游西湖，不期而遇，见其与众诗友其乐融融，不胜慨然！为人存世，有此情此景留存于记忆，足矣！

曦亦喜远足，作浪迹天涯状。文人之性，诗人之性无移也！近闻曦作十万言长篇小说。甚为钦佩，曦不及耳顺，尚有为，人瘦体强，仍运动强体，予仅望之叹之！吾之三友，曦最年幼。性也最僻。朋党一族，性各异与予有补，且全为至交，幸哉！

（2016 年 9 月 25 日）

与诸友书之小刘

小刘，刘全华。与予准忘年之交，少予二十有余，予在普陀武宁邮局时，与其识，刘在一汽配公司任职，为食堂一员。

刘所在公司门口有一邮亭，卖书报。常有邮工上班。刘常至亭，与亭邮工熟。予亦常至亭，查岗。亦与刘识。日渐，更熟。去其食堂用缮，必招待有加，刘好棋，胜于予，予亦乐意与其下，浸润于氛围，不计于胜负！

刘年幼识世，惠且慧。性厚朴，善于人交，待人以诚。与之交，胜入佳境。

予称刘为风景人也！与其处，性情如诗，心远意静！

后又与周围一帮棋友相识。有科协老夫子于津仁，棋、古文尽佳，张艺谋约其稿，后未成，获酬两万元。当时，岂非了得。后予子拜其为师。又劳动服务所徐高荣者，亦有六段之称。又区政府胡建培，时为秘书，后为区长，棋力互差无几。常明之暗之聚，乐此不疲，不顾纪律。小刘亦其中，予不胜，盼子胜，能者为师。子常受教其中，长进不菲。今已棋力等同，且不喜麻将，此慰吾也！

小刘棋力虽胜于予，然逊于其他。找同等级的如任为民、嘉宪等另成一党。亦常乐之，后又有加入者，如施明良兄、孙红卫小弟。孙后失联，甚可惜。

小刘后因公伤休养，至安亭玩，其时予已去职，在家乡开一小厂。刘至，同宿厂内，白天有暇，摸鱼捉虾，甚是高兴。有"人与自然"之乐。后刘与予同在安亭镇上盘一小店经营，不善，大败而归。

后曾失联，曾动用市公安局户籍档案找到过。再失联，偶又微信中偶遇，真是天助我也，之前，数度失而复联。天不断其友情也。予盖私宅，刘慨然相助，且不要借条，更不计息。令予感怀至今。

　　刘与予，虽属忘年之交，予视其为弟也，其心之深处，胜于弟也，尚惜之珍之。数度寻访，不敢将其疏也！

　　予另有一友，任为民者，系单位同事，予在沪工作数十年，志同道合者，唯一也、其身体不舒久矣。吾半命残躯，力不逮也，数十里之遥，不及相聚。仅此遥祝，相互珍安！

　　予生之挚友者，唯其四位。虽有其余，或不经时磨，或自断音讯，唯其四先生者，留守至今，皆为兄弟。但愿吾等，天长地久共婵娟！阿弥陀佛！老天佑我！

（2016 年 9 月 25 日）

我的家乡——安亭

很多年前的事了，每个星期六，我都会从市区乘末班车往安亭赶，我的家就在安亭江的西畔，当年的汽车站址是现在的农行楼址，下车后，由东往西沿昌吉路走完整个"一条街"，有一条细细的、长长的小河兀然横在面前，那就是已有近 2000 年历史记载的安亭江了，顺江北拐，三五分钟，过严泗桥，北侧，就是家了。

工作在市区，妻小在安亭，周末是必定回家的。

当年的安亭，犹如我记忆的碎片，零乱而不成方圆。号称"一条街"的昌吉路，除了一家"安亭饭店"，其实是没有什么商业可言的，供销社属下有几家小店，星星点点散布在几家沿街的屋檐下，算是安亭的商业网点了。

家务由岳母"包"着，星期天就成为了真正的休息日，闲着的我，喜欢沿着老街东南西北走走，总希望在那不经意的漫步中发现一点有关安亭的历史影踪。我不想对安亭的起源作什么考证，历史总是在延伸中演化，演进的过程中不断有风云人物驻足，但很快又像驿站过客，不能久驻。那些星星般在历史长廊中起着照明作用的伟人才是物华天宝。而安亭的历史中少有伟人，这不免让我这个安亭人有点遗憾。这也说明安亭的历史虽然久远，但文化的底蕴并不厚重。安亭，应该是属于那种在历史自然演进中演化而成的小镇。我并非要抹杀推动安亭历史发展的有功人物，而是我认为一个城镇带有蜕变性的变革，往往需要历史大背景的支撑。变法、变革和战争都是蜕变的基因。而安亭的历史过于平静。

我在没有出生的时候就没有了爷爷，对于爷爷的模样我只能通过我对父亲的了解进行推理想象，尽管这有点荒唐，但也别无他法。对于历史上的安亭，我的好奇总要甚于安亭的历史。前者给我无限的想象，而后者却留给我诸多的遗憾。记载安亭历史的《安亭志》，老志已成孤本，如今仍静静地躺在安亭师范的图书馆里。作为孤本，具有珍藏的价值，已不对外借阅。凑巧的是图书管理员陶女士是老妻的同学，在一个人情比原则更看重的小镇人眼里，开个方便之门是件举手之劳的小事。我如愿以偿。然而，《安亭志》并没有给我带来多少惊喜。有两处古迹原本是颇能让安亭的后人感到骄傲的，一处是三国东吴孙权母亲吴国太（赤乌二年）建的菩提寺，它由金刚殿、大雄宝殿等建筑群组成。距今已有1 800多年历史。其建筑歇山双檐，斗拱重叠，犀脊层翘，风铃四垂，非常壮观。据说，建筑完整的菩提寺在全国只有两处，我查阅了《中国名胜词典》，其中以"寺"命名的佛教圣地就有337处，名声流传较广的如少林寺、灵隐寺等。其中却没有菩提寺。我不知是编者的遗漏还是菩提寺的知名度不够，上海地区列入其中的只有玉佛寺、静安寺和松江的清真寺，所幸的是我们嘉定地区有个真如寺也在其中。但真如寺在旧上海属于北海地区，与安亭相隔甚远，很难引以为自豪的。更为可惜的是，这样一所连一片瓦片都可以称为古董、极具宗教文化价值的庙宇，"文革"时竟被拆掉了。这是安亭人的愚昧铸成了安亭人的遗憾。另一处是明末的归有光先生的故居，在《安亭志》中有一幅图画，虽是素描，但草堂翠竹、疏篱菜园，也很形象。南北有细细一线安亭江，东西有面面相对金银浜。然而，归有光的遗址，如今已荡然无存。归有光一生好读，文采斐然，九上公车，60岁考中进士。他在安亭办学13年，朋党众多，他多次考察沪水利，书《三江水利录》，疏浚吴淞江，"救灾民无算"。他的王姓妻子的家庭，更无片言只语提及。他在昆山率众抗倭，表现勇敢。但都几乎无文字记载。归有光在历史上留下显赫名声，他的散文风格极具个性，他反对"后七子"的复古主义文风，倡导简洁平淡的文风，对清代桐城派影响很大，被后人捧为"明文第一"。他的散文《项脊轩志》，被收录于《中国历代文学作品选》。然而，安亭人似乎有点厚今薄古，新编的安亭志对归有光的介绍寥寥无几。安亭人喜欢另一位当代人——谭正璧。

谭正璧（1901—1991）也是我敬仰的安亭人之一，他21岁经邵力子介绍，进上海大学中文系就读，23岁编写《中国文学史大纲》，26岁主编进步刊物《怒潮》，27岁任安亭师范语文教师，32岁到36岁，四年时间编著出版数十种著作，其中著名的有《国学概论讲话》《文学概论讲话》《新编中国文学史》《中国小说发达史》《中国文学家大辞典》。41岁时，出任新中国艺术学院院长。又出版了《师范应用文》《文学源流》《中国佚本小说述考》。抗战胜利后，又主编了《新中国文库》，还为中华书局等注译了《古文观止》《庄子读本》《礼记读本》等。新中国成立后，1951年任齐鲁大学文学史和语法修辞学教授。1956年又出版《中国古典文学研究丛书》《元曲六大家传略》《话本与古剧》。1958年任华东师范大学古典小说戏剧研究生导师。1956年参加中国作协。1957年参加上海作协。1959年为《辞海》撰写914项古文条目、10余万字。1982年，81岁高龄的他，还任《中国大百科全书》曲艺卷编委。更让人敬仰的是，他在双目失明以后，还在女儿的帮助下出版了《说唱文学文献集》《弹词叙录》《评弹通考》等著作。谭正璧一生发表和出版的著述有150余种，1 000余万字。可谓是一位大文豪了。可是，谭正璧在旧属的地域上是黄渡人。

有很多时候，我被一个问题所困扰，我将怎样给安亭人定位，安亭人的身上，没有多少历史的沉淀物，安亭很早成集，具有城镇人的特性，它面向广大的农村，背靠大都市上海，又集昆山、青浦、嘉定交汇之中心。她有农民的厚道和诚朴，也有小镇人的勤奋和聪慧，还有大城市人的精明与小气。还有，安亭，作为外来人员流向上海的人口流动驿站，也夹杂一些流气和匪气。

安亭，是我的家乡，安亭的每一寸土地，都是我的故土，每一个安亭人都是我的老乡，我不想贬低安亭人，我爱安亭，安亭的任何一点变化，都会让我激动，让我兴奋，我期待着安亭有翻天覆地变化的那一天，我注视着，像注视一位嶙峋的老人，希望他有一天发福起来一样，我期待着奇迹的出现……

我一如既往地喜欢沿着老街漫步，我无数次走过东街的天主教堂，看虔诚的教徒们做礼拜；无数次走过西街的卫生院，看病人们进出时痛苦和木然的表情；无数次去南街，凭吊归有光故居的遗迹，寻访那两尊"畏垒石"的踪影；我也无数次沿安亭江往北漫步，在老街的尽头，有一片硕大的竹林，三四间茅屋掩映其间，每每傍晚时分，西下的夕阳像一个燃烧的火盆将晚霞和地平线染成一片金色时，我总能听到有幽远的笛声在那片竹林的上空低徊，我不知那是位失恋的女孩在倾诉情感的思念，还是位古稀的老人在述说人生的无奈，笛声轻云薄雾般笼罩在那一片竹林上空，我常常隔江驻足，做许多无谓的遐想与揣测……或许，他是在感怀安亭的历史……

安亭真的出奇迹了，当一根引线被点燃时，人们是浑然不知的，只有当载着礼花的鞭炮突然在夜空炸响，并绽放出一片灿烂时，人们才会发出惊喜的欢呼声。1978 年 12 月 18 日，党的十一届三中全会在北京召开时，人们还没有料到一场空前的变革即将来临。在人们还在春梦未醒之时，德国人第一个从中国的十一届三中全会的公报中窥见了"灯火灿烂处"。1979 年 9 月，德国代表团访问上海，谈判大众公司与上海联合生产"桑塔纳"轿车的事宜；10 月 31 日，相隔仅一个月，德国人又来上海，他们提出了双方联合成立"上海大众汽车有限公司"的初步构想。1980 年 2 月 29 日，中国一机部副部长饶斌率团访问德国，对大众公司进行了详情考察；1982 年 4 月 27 日，德国大众公司海外部经理鲍尔又访上海，建议上海组装 100 辆"桑塔纳"轿车，为试生产作准备；1984 年 10 月 12 日，上海市市长汪道涵和德国大众公司董事长哈恩在安亭为"上海大众汽车有限公司"奠基，德国总理科尔和中国副总理李鹏出席了奠基仪式。1985 年 3 月 21 日，公司正式成立，同年 9 月"上海大众汽车有限公司"开业。我不是要费尽笔墨去列举一家合资企业成立的过程，而是注册资本 3.65 亿元，双方各投资 50%，总投资 9.5 亿元（合 5 亿马克）的"上海大众汽车有限公司"是中国有史以来引进的最大的一家合资企业，它的成立，对中国轿车工业的发展，对上海地方工业的发展，对安亭乡镇企业的发展的意义，都是极其巨大和不可估量的。我从安亭镇政府获得这样一组数据，1986 年，安亭人口 2.9 万，土地 2 600 公顷，国内生产总值 2 997 万元，工业总产值 7 526 万元，全镇人均收入 942 元，存款总额 1 700 万元，私人轿车 0 辆。到 2005 年，人口达到 55 500 人，土地达到 6 000 公顷（其间，合并了方太乡，划入了黄渡，以及青浦的几个自然村），国内生产总值达到 67. 12 亿元，工业总产值为 200 亿元，全镇人均收入 10 100 元，存款超过 30 亿元，私人轿车 5 000 余辆。安亭真的发福了，长胖了，坐落在安亭墨玉南路上的"上海国际汽车城发展有限公司"大厦，其高度达到了 100 米，安亭在长胖的同时也长高了。

如果将这一切说成是大众汽车公司的功劳，是因为大众汽车的落户，衍生了与之配套的安亭乡镇企业；是因为轿车的国产化比率不断增大，使安亭的乡镇企业得以不断发展和壮大，安亭才会有今天。

这样的说法是不对的，过于狭义，有失偏颇。确切地说，这是改革开放的结果，是我们党在取得政权后，摸索徘徊了 30 年，才清醒地认识到了经济工作的重要性，并及时召开了党的十一届三中全会，统一了全党思想，确立了以"经济建设为中心"，实施了"改革""开放"政策以后，安亭才有了今天。

安亭富了，安亭发福了！

我将安亭比喻成一位姑娘，我说，安亭美丽了。

我将安亭比喻成一位小伙，我说，安亭强壮了。

不，我宁愿给安亭加点岁数，将他比喻成一位中年人，我说，安亭发福了，长胖长高了，但他的内在体质却不够完美。也许，他有些疲劳过度；他需要有所回顾却又任重道远；也许，他需要有所补益却又无暇顾及。他成熟，他也无奈。他在必须与别无选择中前进，前进，前进……前进的过程中时而有些踉跄，这让安亭人有些担忧，有些恍然……

是的，安亭，还有一些不能尽如人意的地方：贫富悬殊的加大，使有的人从千万富翁向亿万富翁挺进，而有些人还在温饱线上徘徊，更有甚者，还在靠救济生活。执政能力上的不足，造成执行政策时的偏差，使上访人员经久不绝；社会风气和文明程度离人民满意的程度还相差甚远；不说工伤事故和交通事故，人们普遍还残存着居住和出行的担忧，安亭人在忐忑中变得有所顾忌。而安全感，是一个地方稳定的一面镜子。还有……哦，不……

也许，我们的领导在统揽全局的时候疏漏了"遗忘的角落"。

也许，我们的领导在阔步奋进的过程中疏于对全局的梳理。

尽管这样，我还是要为我是一个安亭人而骄傲，我们现在不但有了"上海大众汽车有限公司"这样的世界 500 强企业。我们也有了"福耀上海汽车玻璃有限公司"，世界上每四辆轿车就有一辆轿车的玻璃是他们生产的。安亭还拥有国内唯一的 F1 赛车场，国内唯一的轿车试车场。

我们甚至另辟一方土地，再建一座新镇，按照德国图林根州的一个古老小镇魏玛的模样，采用了鲍尔斯建筑风格。那座小镇，就是现在的安亭新镇，它的正规名称叫：安亭新镇——魏玛原野。不是搞建筑设计的人，也许不知道什么是鲍豪斯建筑风格。欧洲建筑在文艺复兴之前，是以中世纪的哥特式建筑为主的。中世纪尖顶的教堂是它的典型建筑。文艺复兴以后，由于新理念、新技术、新材料的出现，建筑风格开始转向古希腊罗马时期的柱式结构，其建筑都带有线条和柱杆，柱体的下部有柱座，上部的柱饰比较扁。俗称"罗马柱"。后又转入"巴洛克"风格。两者有许多相似之处。而鲍豪斯则是 1919 年在魏玛的一所建筑学院的名称。因为，当时已经有了玻璃和钢材，学院派对旧的建筑理念大胆否定，开始以全新的理念，用全新的材料建造全新的建筑。它是现代主义建筑的创始，它的关于建筑与科技与工业相结合的理念一直沿用至今。安亭新镇的总设计师埃伯特·斯帕尔（AIBERT. SPEER）是当年徐匡迪市长的城市规划顾问，也是鲍豪斯风格的倡导者。安亭新镇的建筑采用了全新的恒温设计，可以让其建筑的室内温度在不用空调的前提下，冬天不低于 18 摄氏度，夏天不高于 28 摄氏度。安亭新镇是目前世界上唯一一座空间没有一根电线，实用空间面积达 100%，不用一个空调，用新材料保温，绿地率达 55%，最适合人文居住环境的小镇。安亭还是国内最早一个自己开辟公交线连接各小区、实行内循环的小镇……而不久的将来，规划中的轻轨线和高速铁路线将在三五年后将安亭与上海和南京更紧密地连接起来。我相信，那时候，安亭人出行的方便度和快捷度又将是安亭人得以骄傲的一项理由……

安亭，像一颗小行星，沐浴着阳光，熠熠生辉，在党指引的轨道上快速运行着……

是的，安亭，是上海郊区一颗闪亮的明珠。它仅用了 20 年的时间，将一座沉睡了两千年的小镇建设成一座举世瞩目的汽车城。2006年，这个镇的工业总产值达到 220 亿元，GDP 达到 84 亿元，达到人均 15 万元。

如今的我，已经退休，不需要每个周末乘末班车从上海市区往安亭赶了。我有更多的时间游览我的家乡。然而，长胖了的安亭却让我腿力不济。于是，我买了一辆电瓶车，我去 F1 赛车场，感受震耳欲聋的呼啸声中车速极限时的疯狂。我去安亭新镇，在小桥流水之间，眺望歌德和席勒的家乡——魏玛小镇，是魏玛的一场建筑革命给如今的城市建筑带来了交响乐般的雄浑乐章。我也喜欢去工业园区的道路上转转，聆听两旁工厂里发出的各种声响，想象着脚下的路就是由农业国向工业国迈进的强国之路。更多的时候，我去市民广场，那是安亭人休闲的地方，每当夜幕降临，就有数以千计的安亭人，从各自的小区聚集于此。广场的夜景是撩人的。有诗为证：

> 初起晚风荡清波，
> 已有霓虹映其中。
> 次第彩灯忙换色，
> 戏水窈柳摇轻风。
> 坡有修篁吻垂云，
> 地藏绿光抚青坪。

　　　　　　　　　　　　　　　　　　　　　枫林秋深

人群三五蹒跚游，
喷泉九霄落瀑布。

诗是俗诗，景是真景。沿着广场转一圈，既是观光，又是锻炼。心情极其舒畅。稍微感觉有些不足的是，发福了的安亭，至今还没有确立它的标志物。为了便于世界更快地认识安亭，安亭应该有自己的标志——或建筑、或古塔、或桥梁。我曾无数次想过，F1赛车场和安亭新镇过于现代化，缺乏安亭的地方文化特色。安亭广场上青铜浇铸的1.6米粗、16.8米高的双柱"8"字绳结，虽有"团结向上，发福安亭"的积极寓意，却又缺乏安亭的历史底蕴。修建中的安亭菩提寺，单向的宗教文化色彩太浓。安亭江和井亭桥、严泗桥组合，又觉分量太轻且缺乏现代意识。是的，安亭已经很难用一个景点或一座建筑去包容、去替代、去象征了。

安亭，应该有它的标志。它的标志是什么？又在哪里？

我想到了银杏，是的，安亭有六棵已经成为文物保护对象的银杏。它的巨大的躯干和盘根错节裸露于地表又深扎于地层的庞大的根系，足以象征安亭的历史，它的高耸云霄、让人仰视的高度，也不愧为安亭的高度。它的相携相拥的枝干组成的硕大无比的树冠，既能象征安亭人的团结，又能象征安亭的繁荣。但它还是缺乏作为汽车城的安亭的现代特色。于是，我又想到了前面提到过的，坐落于安亭墨玉路上100米高度的"上海国际汽车城有限公司"大厦，它的造型就是一辆跃跃然意欲驶向天空的轿车。将这两者组成一个组合，再加上市民广场上的"8"字绳结……呵，我知道，穷尽我的思维、我的想象，也不可能有一个完美无缺的方案。所以，我在此建议《安亭汽车城报》和《今日安亭》可以为此展开讨论，征集建议，以便于我的家乡安亭的形象，能更快地传遍世界各地。

安亭，我的家乡。我向你敬礼！

(2007年3～10月完稿)

我的故乡情怀

故乡情怀是什么？

故乡情怀是一个人在灵魂深处对自己出生地的一种依恋情结。

它与恋母情结一样紧贴人心，入皮入骨，浸漫在血液之中。它又比恋母情结更加刻骨铭心，更加博大神圣。

那是一个生命对自己祖宗的敬畏！

不管你走往天涯海角何处何地，它是家乡人套在你脖子上的一根链条。你挣脱不了故乡在你心中的烙印。你也一定摆脱不了对故乡的牵挂，依恋与怀念。

记得在20多年前，我还在静安寺电报服务处工作的时候，就写过一些有关家乡的故事，陆陆续续在全国各地的报刊杂志上发表。故事中的一些人名，也喜欢变着法儿移用家乡人的名字。一旦家乡有了什么重大的变故或新的规划，就会以十倍的热情去打听，去追根究底地弄个明白。一有可能，就会寄情于文字，让它见诸报端。

后来调到普陀区工作后，认识了一位古籍出版社的沈先生，就追着他要找有关归有光的书。归有光出生昆山，他的第二任妻子王氏是安亭人。归有光入住安亭20多年，办学教书，撰文布道，广结朋党，成为安亭历史上最为伟大的教育家、布道家。安亭的后人赞誉归有光的"以文载道，以教启知，以福维桑"精神，将一些建筑路桥采用归有光的别号"震川"命名。所以，便有了今天的震川中学、震川路、震川桥。但在当年，根本找不到有关归有光的任何书籍和资料。

然而，一种由生俱来的、不知天高地厚的想法，就是想最彻底地了解故乡的历史，因为故乡不仅仅是安亭人的根，它也是我灵魂游弋和休憩的地方，也是我以后的灵魂长眠安逸之地。为了能了解安亭的过去，安亭的历史，甚至安亭的起源，多少年来，我一直在梦游般的追寻着有关安亭历史上的一点一滴。我托我的爱人去安亭师范找她的同学，借阅听说已成孤本的《安亭志》古本。托她去安亭中学找到她的同行，一个人参观归有光的陈列室。利用星期天做完家务后的空隙，沿着有千年历史的安亭江一路向南，寻找归有光的古宅，哪怕能看到一点点的古迹遗物，我也一定会高兴得如获珠宝。然而，每一次走到残旧的明代古迹井亭桥时，望着消失的西六泾，望着桥南西侧的那一片农田，我都会无以言对，一种说不清道不明的怅然和迷茫，模糊我眼前的一切，模糊我心空一片……

　　归有光的古宅，早已荡然无存……

　　直到今天，人已入耄耋之境，前年底又做了肝脏移植手术，死过一次了，妻说过，"可以太平一点了"。人是太平了一点，整天待在家里，听清晨的鸟鸣，看晚上的电视，整个白天，都在七想八想，总在寻思着还想去安亭一些有古迹的地方走走。磨过几次后，妻子终于答应了，在她的陪护下，蹒跚着又去了井亭桥，看到桥已修饰过，安亭这条老江也经过改造，旧貌换了新颜，完全地脱胎换骨了。早年归有光古宅的那40亩宅邸，已被一栋摩天大楼和绿化带所替代。可惜江上的另一座也是明清时期的建筑升墩桥不见了，千年的古文化终究挡不住现代文明建设中的野蛮，牺牲于古今文明的战火之中。我们应该为升墩桥立一块碑。它见证了安亭的过去，却没能看到安亭成为"汽车城"的今天。它是安亭历史沿革和发展中的壮士。

　　神游漫步之中，已耗尽了本不多的体力，想叫出租车回家，竟半小时不得。于是坐在马路的上阶沿上，打电话给侄儿，他在附近上班，让他把我们送回了家。嗨！真是奇怪，这次虽然只有一个多小时却已精疲力竭的一游，心倒是安逸了许多，就像口渴的时候喝了一大碗水。一种解渴的满足感让我舒坦了好一阵子。以后抽空也写了一点东西，有《安亭起源探微》《归有光别号的由来》《归有光在安亭时地考》《归有光和他的妻子与儿女们》《王旦是谁》《归有光的性格模型初探》《震川书院考》等文章，对安亭的历史与历史人物作了一些探索、梳理与介绍。

像我这样一个残身废躯之人，我也知道自己的未来不会很长，但心里总有一种紧迫感，一种说不清是不是责任的责任，总觉得身为一个安亭人，读了一点书，算得上是半个文化人了，就该为安亭的历史文化的传承与发扬做一点事。如此，等将来自己的灵魂交付于故乡的这一片土地的时候，心也会平静一些，灵魂也会安逸地闭目的吧！

（原载于 2016 年 9 月《安亭报》，发表时有删节）

难忘的一天

　　如果有人问我，在你的一生中，记忆最深的一天是哪一天？我的回答是 1971 年 11 月 7 日。因为这是我一生中命运转折的一天。

　　今天，我就写写这一天。

　　1971 年 11 月 7 日那天，天气很好，虽然从季节上讲已过了立冬。但感觉仍然是秋高气爽。吃过早饭，我背上母亲一早就为我打理好的被子行囊，从上海西郊与江苏接壤的一个名叫高家村的地方出发，向着六里外的安亭公社进发。那里，有辆大汽车等着我们。那是一次改变我一生命运的离家远行。虽然现在看来那不叫远行。上海市电报局为战备需要，到嘉定来招 71 名电信工人。条件是要有一点文化，贫下中农出身并是其中的优秀分子，或者是烈士子女，也可以是17 级以上的干部子女。这样，我和我们公社的党委书记和社长的女儿以及其他几位共 11 名青年乘上了同一辆车。上海市电报局要成立一个战时通信队，为此配备了五辆通信车。清一色解放牌卡车，后面是一个大帐篷。封闭的，保密需要。

　　由此，我从一个农民变成了一名大城市的电信工人。

　　录取考试很简单，写一篇日记，500 字以上，题目记不清了。我虽然只有小学文化，但我在小学五年级到六年级的那段时间里，我的作文几乎每篇都会被当时的班主任马老师当作范文在班上诵读。应付一下这样的考试还是没有问题的。（现在回想那段往事，也是唏嘘感慨，如果当年经济条件可以，父母让我读完初中、高中。再若有人提携一下，我现在一定有较高成就了。可惜没那条件，我小学毕业后，初中读了半个学期就因家穷而辍学了。）体检只是走过场，心跳血压什么的，一般的农村青年都能过关。

离开家门的那一刻，我特意选了一条田埂小道，村里的人都在那个地方干活，母亲也在。我要绕道过去与她们作最后的告别。我清楚地记得，当我说出"我去了"三个字的时候，母亲与几位妇女都哭了。那一刻，在记忆的深处，忘不了！虽然没有"风萧萧兮易水寒"的壮烈，却也有"路迢迢其修远兮"的沉重。隔天的晚上，村里的男女青年都来我家与我送别过了，还送了我好多笔记本，扉页上都写着互勉的话。而隔天的下午，我召开了队委会，与小队干部也作了告别，场面也是楚楚地难以忘却。但最遗憾的是当年队委会里的生产队长、副队长、妇女队长如今都已去了天国，脑子里却依然清晰地存留着他（她）们永远不再改变的音容笑貌。我是他（她）们当年的战友，政治队长，生产队里的一把手。今天，我依然念想着他们，并为天国的他们祈福！

车子在颠簸中七转八弯行走了一两个小时后，到了一个叫大八寺的地方，下车的时候，我已分不清东西南北。好像是一所小学。有操场，有教室，有宿舍。迎接我们的有三个人，一男两女。男的是队长，年龄最长的女的让我们叫她指导员，另一名女的就是副队长了。在遥远的记忆中，队长很凶。指导员温情多了。当天下午，是分组，自我介绍，相互认识，作息时间安排，一切，都是准军事化。安排结束后是各自床位整理，去附近商店买些生活用品。晚上是自由活动。

接下来的一个月。是工种选拔。通信车上要求标配的工作是：一名驾驶员，一名副驾驶员（驾驶员牺牲后顶替备员），两名报务员，两名持枪的保卫人员，一名车辆机修工。每车七人。五辆通信车要员35人，备用一套班子也是35人。另有一人大备员，如果有谁培训不合格，会被退回去。这样，招收75名就非常合理。这里补上一句，招工要求中还有一条，不收独生子女。可见当年，1971年的年末，国际形势还是很复杂的，准备打仗，准备牺牲是必需的思想准备。电报局在招工时，已经为家长们考虑得很周到了。

工种选拔是在 71 名人员中看谁适合做什么。开始的半个月，不分工，全部学习电报的收发、打码与收码。作为世代农民的我，压根就不知道这是怎么回事。领导安排我们看了《永不消逝的电波》。我们在电影里看到了地下党员李白发电报的情景，在此之前，我们所有 71 名农村青年均对此一无所知。后来，我们不但知道了收发电报是怎么回事，还知道了电影里的主人翁李白是我们邮电管理局工会主席裘惠英的丈夫。李白牺牲后，裘惠英没有再婚，而是带着李白留下的女儿相守到老。这是很感人的真实的故事。

我们学的是明码，是国内通用的民用码，不涉密，基础训练，从简单开始。电码是由四个阿拉伯数组成的，四个阿拉伯数字组合成一个单字。比如 0006 是"上"，0781 是"海"。0006，0781 就是"上海"。不一定正确，这里仅作假设，表明意思。阿拉伯数字由 0 到 9 组成，每个数字用声音的长短标注，一组与一组之间，间隔时距长一些。电键分正负两极，当两极连接时就会发出"嘀"的声音，如果快速断开，声音就显得十分短促，成了"嗒"的一声。所以，人们常常用嘀嘀嗒嗒来形象比喻发电报的声音，实际情况也确实如此，但要复杂得多，比如"滴"为 0，"嗒"为 1。但五以上数字是用双声的，比如嘀嗒为 6。嗒嘀为 7。7、8、9、0 读拐、八、狗、洞。对初学者来说，真的像九天揽月一样难。

而且，这还是一件很能体现智商能力的活儿，老师要求悬记，什么叫悬记呢？就是你在耳机里收听对方的嘀嘀嗒嗒声音时，一只手飞快地在电文纸上写下阿拉伯数字，大脑里始终保留四组阿拉伯数字，抄写前一组后补上后一组，四组电码像广告牌上流动的字幕，一头不断地消失，一头不停地补上。这时候，要求思想高度集中，任何一点点误听或漏记，都会造成电文不准确。这种神经高度集中又高度紧张的活会让你精神崩溃。好在接收时可互发信号，比如"嘀嘀嗒"为重发信号，"嗒嗒嘀"为暂停信号。有了这种互发信号，就方便多了，比如没有听清，可以通知对方重发，如果要小便什么的，就会通知对方暂停。收发电报的熟练工，可以跳过阿拉伯数直接写电文，但多用速写。汉字笔画多，来不及。正常情况下，熟练工每分钟能抄 65 到 80 组电码。我学习一周后，能收抄 26 组电码，属于中等偏上，老师还是比较满意的。但最后留下来的，大多数是女的，男的大多数学开车修车或当保卫。当时，技术等级上，驾驶员分七级，最高七级工资是 76 元，汽车机修工最高八级，工资可达到 84 元，但机修工只要七名，大家都想当机修工。不知什么原因，当时的军代表对我很好，私下里跟我说，安排你去学习修汽车，问我你愿意吗？我当然愿意。

后来，我就去了杨浦区上海汽车修理十六厂学习汽车修理，历时一年。这一选择，决定了我半生的工作性质。因为时局形势变化快，等我们汽车修理学习期满时，国内形势变得和平了，为战争准备的通信车不再需要了。我改行修理摩托车。有了修汽车的基础，修摩托车容易多了，加上我到宝山摩托车制造厂去学习了半年。再加上自己的勤奋，自己买了些书籍学习。技术上很快领先于同行。在全市邮电系统的技术练兵比赛中，我获得第一名。在往后的日子，一路顺风。直到 1993 年 1 月 1 日开始辞职下海，进入了另一段人生跑道。如果要将人生分段，1971 年 11 月 7 日，是我从农村人转为城市人的一个转折节点。当然，1993 年 1 月 1 日是我又一个人生转折节点。从这一天开始，我又从一个城市人回归为一个农村人。也许，一个人的出生地真的是生命之根，它有着无穷的引力，在冥冥中召唤着你的灵魂，在你需要的时候，它重新把你拉入它的怀抱。让你在故乡的怀里，最终走完人生的路……

（2016 年 6 月 25 日）

生命的小船说翻就翻

——七十感怀

一　车　祸

我今年 70 岁了，老了。回望风云岁月，感慨不少。想想一个人能够活到 70 也真不容易。古人说，人生七十古来稀，我觉得现代的人能活到 70 也不容易。你想想，一个人从小到老，70 年，他要经历多少道关卡？生病，车祸，工伤，社会不安定带来的意外。常说，30 分钟前与 30 分钟后的生命无法预料。你一生中要经历多少？我听母亲说过，我三岁那年，穿了一条背带裤在场边玩，脚踩住了牛吃的草，被牛的犄角挑了起来，不是母亲拼命地相救，我大概早就没命了。

工作后，进了电报局，要学驾驶摩托车。有一次，在沪青平公路上，师傅在前面领路，我与另一个徒弟合坐一车，我驾车，师傅以六七十码的速度在前面飞驶，我以六七十码的速度在后面载着另一个徒弟紧追不舍，旁边突然就蹿出一个小孩，奔跑着要从公路的一侧去另一侧他的叔叔那儿。高速中紧急避让的技术我显然还没学会，车在紧急慌张中倾斜着飞了出去，我和我的另一位徒弟便不自觉地接受了一场生与死的考试，两人在飞出十多米后停留在路边的一堆碎石子旁，头离开行道树只有十厘米不到，幸亏那堆碎石子的阻挡，惯性力停了，不然的话，惯性力会把脑袋像敲核桃一样敲开。幸运的是，这一次竟无大碍，生命的小船在风浪里只是颠簸了几下。留下一些皮肉伤，反而能当安全教育的营养餐。我考驾驶证时，全市也没几辆摩托车，刚考上证时，心里很高兴，觉得开摩托车好威风。记得从外滩到静安寺，我只用了八分钟。一到晚上，南京路上人很少，开六七十码是不成问题的。那时，执行交通规则也没现在这么严，有一次我从外滩沿南京路开到成都路口，红灯，一名警察过来要看驾驶证，我拿出工作证给他看，他看了半天，呵了一声，就把工作证还给我，示意我可以走了。我们当时也一直以为，驾驶证、工作证带一样就可以了。那时没有身份证。有证件就能证明你的身份，这就够了。

　　因为当时大家对交规都不太懂，事故就容易发生。一次我从常熟路到华山路往北开，在与延安路交会时遇红灯。我靠里档与一辆公交车并排停着，绿灯亮时，我们同时起步，不料外档的公交车突然加大油门一把方向拉了个小转弯，我猝不及防一手去推公交车，一手抓紧摩托车的把手 90 度急转弯，惯性与撞力之下我连人带车摔倒在上街沿上。我们思南路邮电局的一位班长在另外的场合遇到了与我同样的情况，不幸牺牲了。我有一篇小说《扫墓》就是写的这件事。我是幸运的，逃过了一劫。我的命算是大的，而且很大，比如还有一次，真的很危险。那天中午，我在延安路上由东往西开，在西藏路口遇红灯，我停在警戒线边上等绿灯，平白无故的，后面一辆南汇的拖拉机大挂车突突突地就向我冲了过来，我专注于红灯变绿灯，没注意后面会有拖拉机撞过来。也许真的算我命大，他紧急刹车的同时向右拉了方向盘，问题出现了，他踩的刹车把上竟有个电焊疙瘩，电焊工在电焊处绑了一块铁，这是为了增加强度，却在驾驶员踩刹车时那块铁卡住了，刹车踩不下去，拖拉机在撞断了路边的电线吊脚杆后又将警察的岗亭撞歪了，岗亭里的警察眼明手快，从岗子里跳出来时像《铁道游击队》里的飞虎队员。但他没顾上自己的危险，也没平息一下自己惊魂未定的心绪，径直冲到马路的中央，把撞出五六米远的我从地上扶起来，他看过我的证件后，要我快去医院，他说我的医药费、病假误工费全让他赔，他说他要将他的人和车都扣起来，他说的他，就是那个拖拉机驾驶员。幸好，我摔出去那么远，只破了裤子，膝盖处流了点血，我没去医院，我是从农村进城的。当了工人，心还是农民，这一点小伤，在农村的劳动中时有发生。我不会当回事。对于驾驶员，古人有句话，常在河边走，哪能不湿鞋！当然，湿鞋是正常的，也并不可怕，可怕的是别不小心掉进河里，丢了小命。量变到质变的道理大家都是懂的，问题在于量一定不能太多，经常地走在河的边沿上，鞋也经常地湿，那么，难免会有一天会掉进河里。当然，掉进河里也有两种可能，一种是淹死，一种是呛个够呛，但命保住了。

　　比如有一次，还真差点丢了命。那是又一次令人难忘的车祸。记得结婚不久，我在静安电报服务处做摩托车修理工兼工会主席。那天下午，车间内机油没有了，我叫了送电报的摩托车驾驶员小徐，去愚园加油站买了两桶机油，五公斤一桶。回来的路上，小徐开车，我两手各拎一桶油坐在后面，我们由西向东，在愚门路和乌鲁木齐路交会口，一辆45路公交车从北京西路过华山路后转入愚园路，到愚园路后马上又要转向乌鲁木齐路向南去。它应该大转弯的，但它却大弯小转，从我们的对面一把方向插了过来。小徐来不及刹车，直直地向公交车车头撞去。只听砰的一声响，摩托车翻了。我从后座飞过小徐的肩头直接撞到了公交车的车头上，当时，我出现了短暂昏迷，小徐当时很急，叫了旁边的路人把我扶起来，等我完全醒来时，单位里许多送报员都已开了摩托车来了，大家七手八脚拦了车把我送到北京路上的第六人民医院。经过一系列的检查后，我被诊断为脑震荡，当时也不懂，只知道自己想呕吐，有点头晕。正当大家认为我还算是不幸中的大幸时，小徐却叫起肚子痛来，紧接着全身出冷汗，很快就湿了衬衣。大伙又手忙脚乱找医生。一位护士说，刚走出去的那位医生是个有本事的医生。他下班了，你们赶快叫住他。于是大伙冲到马路上，把那位拎了包包正要回家的医生拉了回来。这位没记住他姓名的医生真是一位有本事的医生，他看了看小徐。就让他躺到检查用的一个病床上。拿一根长长的针，往肚皮上一扎，竟抽出一针筒血来。不由分说，他说，"马上手术"。后来，小徐切掉了脾脏，但保住了性命。小徐是幸运的，在小徐进行手术的过程中，又进来过一位车祸的年轻人，岁数也是20多岁，与小徐差不多，也是脾脏破裂，是另外的医

生命的小船说翻就翻

生收治的，在观察间观察，没到天亮人就死了。第二天得到这消息，大家都唏嘘不已。一条生命，就在医生的认真和疏漏之间游荡，真是祸福难料呀！我因脑震荡而在家休息了 39 天。所以说，湿湿鞋不要紧，一旦掉到河里，就会有生命危险。

二 斗 殴

1991 年 1 月 1 日起，我一方面不满机关里的明争暗斗工作状态，一方面考虑家庭因素，提出了留职停薪两年的申请，因下海没有经验，两年里竟亏了不少钱，欠了不少的债。自然也就无心再上班，于是就在 1993 年 1 月 1 日开始办了辞职手续。把自己的后路断了，当时，下决心的时候，我拼命地重复一句话：置之死地后而生。我怕自己后悔，就用这句话来坚定自己的下海决心。然而，下海的苦，是难以想象的！

下海以后，生命的动荡依然不断。那只小船在风浪里颠上颠下，始终没有平稳过。下海后我经历了两次斗殴历险。几乎都是搏命的事件。

大家知道，下海的首要目的是赚钱。为了赚钱而去选项目，找机会，所有信息都很宝贵，在众多的信息与机遇中，寻找适合自己的投资项目。基本的理念就是投入要少，产出要丰。经营过程自己能够掌控。经营要不犯法。还要没有上游产业链的压制和下游产业链的阻塞，这一点很重要，刚下海时不懂，听人介绍后立马上项目。结果一个跟斗就掉进了河里，把船弄翻了。那是与人合伙办玻璃纤维织布厂。投资六万多元，三个人投资，我主政。厂办起来了，却发现，上游的玻璃纤维价格很贵，而且都要现金支付。而下游的布根本卖不出去。而且都是欠款。人的精力不在生产环节上，而是主要花在西头，一边寻便宜的玻纤丝供货商，一边去讨债，维持小厂的运转是最起码的生存法则，没办法的。一人干了不到半年就退股了。另一个人是我哥哥，他另有工作，全权委托于我。我一个人苦苦支撑着，熬了两年多，亏了好多。那时候，面子和里子都已撕得粉碎，压力大得无法承受，我曾号啕大哭，几度想结束自己的生命。但哭过之后，还是心有不甘，觉得自己并非是一个庸碌之辈，一定要挺过去，一定要翻身。后来，转了行，市场形势也好转了。终于把织布厂亏的钱都补了回来，而且还为家里打下了基本的经济基础，心情一下子轻松起来。再后来，发现这个行业也不行了。由于同行业的无序竞争，价格一落千丈，到了难以为继的地步。就是在这个时候，我在朋友的推荐下，与人合伙经营起发廊来，当时经营发廊像一股风，不足 1 000 米的一条街上竟有 47 家发廊，店面弄好后，我让我朋友经营发廊，我还在我的装饰厂里管自己的业务。我的想法是：先搞一个过渡期，等待新的机遇期的出现。在新的机遇期出现之前，稳妥地把装饰厂关掉，处理好厂里的一切，在这过程中，要确保自己最基本的经济来源，以便养活自己。然而，因为我们坚持，要求发廊合法合规经营，不准犯法违规。所以生意并不好。招聘来的服务员待不了两三天就走了。这样，我又另行择业，把发廊让给我朋友做。我人生中的最难忘的一次生命博弈也就在这时候发生了。

那天，我在厂里处理事务，下午两点，突然接到我朋友电话，他告诉我，昆山欠我 8 000 多元钱的一个建筑老板来了，就在发廊后面的"金都"建筑公司内，昆山的那个家伙是建筑小老板，"金都"是建筑大企业。估计是昆山的那个小老板帮他干过活，来结账的。我到发廊后，我朋友教我一个方法，把他的轿车牌照拆下来，再到楼上找他，逼他还钱（这样做也是出于无奈，因为这债久讨不付，他是故意赖账）。这家伙在昆山是一个有点名声的流氓，他立即打电话叫来了满满一面包车的人。我的那位发廊朋友一看苗头不对，说去安亭有点事，走了。正好有几位其他的朋友在场。其中我的一位姓王的朋友与昆山流氓叫来的一车打手中的几个人相互认识，讲明情况后，那几个打手没动手，其他的几个小土匪还是十分嚣张，亮着刀子，抢着铁锹要砍人。我被他们反剪双手，像犯人一样押着。我记得当时就记着一句话"在劣势情况下，保住人格尊严的最好方法就是不说话"。我昂首挺胸面对马路站着，一句话不说。幸亏邻居打了110，警车来了，这事才不了了之。但这次与流氓的对峙，让我感到了一个人在危急关头的无助与无奈。我没有讨到钱，还被昆山的流氓狠狠抽了一记耳光，把眼镜也打在了地上。这次斗殴，我在精神上受到的屈辱与行为上的失败是我一生中最难忘记的。有仇不报非君子。我当时决定采取报复。手法措施都准备好了。我准备花两万元钱叫人把昆山的流氓打残。后来好多朋友劝导我，万一混战中把他打死了怎么办？想想也是，犯不着为这种人搏命，就放弃了。无奈啊，我只能用韩信的"胯下之辱"聊以自慰。

除这件事之外，我在开棋牌室时也遇到过一个黑道人物，竟拿出来一把手枪，啪一下拍在桌上。不过，这件事没有闹大，我跟他说理，他的老婆也说我说得有理，说他男人性子太急，脾气不好。后来，他自己收了枪，临走居然还与我握起手来。

这以后不久，我彻底退出商海，回家过安身养老的生活。我想，这下，该太平了吧，然而，更大的风浪正在后面等待着我，生命的小船又要经历一次考验了……

三　生　病

2014 年的 12 月 11 日，我做了肝脏移植手术。这一次手术，彻底毁灭了我对于生命的期冀。从此以后，生命的全部意义就剩下两个字，活着。

活着，我看世界纷繁变化，世界看我一截朽木。活着，每天吃喝拉撒陪伴家人。活着，让每天大量的药物耗损我衰弱的身体，消费我家庭的经济。活着，再没有动力重返当年，再没有希望可以期冀。当然，如果不进行移植，就会在另一个世界与这个世界的人隔海相望，遥寄两地相思。

感谢家人的孝爱之心。为我的生命能继续苟延残喘而不懈地努力。童年生活在吸血虫猖獗的世界，到青年时又因缺乏营养而发育不良。20 岁的年龄 87 斤体重。那时候消灭虹螺消灭吸血虫风起云涌，全国动员万众一心，吃麻油吃砒霜打长针，骨瘦如柴的身体折腾得瘦骨嶙峋。当队长后又带头参与某种剧毒农药喷洒。本来亏损的身体在药毒中埋下隐患。人到中年，肝区常常不适，肝肿三指四指是常事。学雷锋求上进事事带头，做好事不分昼夜，自比焦裕禄，常常一手撑腹，坚持到底。回望当年，一颗红心向着党，英雄情结胸中藏。学习英烈不怕死，拼死要当好儿郎。终于把一个肝脏活生生毁了。待到老年，残体无法支撑损伤严重的肝脏，肝脏从硬化到衰竭，肝昏迷便一度二度地往上升，终于昏迷到人事不省，终于到了非移植不足以维持生命的时候了。终于让家人做出最后的无奈的选择——换肝。巨大的金钱花费、巨大的痛苦同时来临，生命的小船又一次在风浪中剧烈颠簸。说翻就翻的日子让妻子与亲戚们整天提心吊胆。我常常安慰他们，天地万物间，存世都有限，世无常青树，人无不冥身。在以后的日子里，又出现过几次生命之船险遭颠覆的事情，但都一一平稳回归。我不知道我的这条破船还能漂流多远，但我知道，动力受到重创以后，航程不会太远。但我愿意，为我的家人和亲人，为我的朋友们，尽量小心地避风躲浪，让这只被损的小船漂流得远些，更远些……

（2016 年 11 月 25 日）

随笔

"长子权"与"红豆汤"

在古希伯来民族中，有一种风俗：长子拥有"长子权"，"长子权"是一种特殊的权利，它在众兄弟分配产业时可以多得一份。有趣的是，"长子权"可以转让。

据《创世纪》第 25 章 30 节介绍，以撒的大儿子以归，就曾将"长子权"换给了弟弟雅谷。以归喜欢狩猎，有一次因狩猎而累得精疲力竭，又饥又渴回到家里，见弟弟雅谷正在熬红豆汤。就对弟弟说："我快要饿死了，你让我吃一碗红豆汤吧！"精明的弟弟雅谷趁机要求哥哥以归以"长子权"来换。以归说："我快要饿死了，这长子权的名分还有什么用？"就与雅谷换了一碗红豆汤和几个饼。这就是《圣经》中有名的"一碗红豆汤"的故事。

后人将"一碗红豆汤"比喻"因小失大"。喻示以归缺少智慧。用现在的话说，就是讲以归愚蠢，以归吃亏了。

以归愚蠢吗？

以归用那份本来就不该享受的"长子权"换回了自己的性命。没有那碗"红豆汤"，以归可能会饿死。以此观之，以归一点也不缺少智慧，以归的选择与决断是明智的。

那么，在我们的社会生活中，有没有"长子权"呢？在集体企业、合资企业、个体企业面前，"全民"企业算不算拥有了"长子权"呢？应该说算的。"武啤"厂的厂长不肯放弃"长子权"让人兼并，结果把一个厂整个儿搞垮了，自己也进了班房。这说明了什么呢？说明了这个厂长还不如以归有智慧。我们现在享受着的"三铁"算不算"长子权"呢？也应该算的。多少年来，我们宁可饿死，也不吃"红豆汤"的愚蠢做法，已经将一个民族"饿"得够呛了。难道我们真的宁肯"饿"死吗？不！人人都想"活"！

《圣经》中说以归缺少智慧的定论，似乎可以"平反"。

（原载于 1992 年 6 月 20 日《上仪报》）

浅说"尺牍"

　　时下有一种新说，叫做书信文化，书信究竟该不该如食文化厕文化一样须单独分类，我不想议论。我倒是从书信文化想到了"尺牍"。古人的书信是写在竹简上的，竹简约长一尺，故称书信为"尺牍"。

　　我的书架上有一套《分类详注新式尺牍大全》，是上海广益书局于民国十九年印行。全套12卷42类，系线装。如不算第11、12卷中的便条等八类附件，正册也有34类，收范章500篇，是一部比较完善的"尺牍大全"。

　　尺牍大全的作用是匡正书信书写的格式。它有其消极的一面，但它的规范化，也有着它的积极意义。尺牍所举范章，如一座座建筑风采各现，读尺牍自有一种阅读的美感与快感。当然，对于其中的为了客套而选用的典故之法，是不必去效法的。但尺牍在结尾致谢辞的选用上，却颇有特色，如"台安""时绥""台祺""尊安""日佳"等。联想到"文革"年头，不管是父子之间，也不分师生官兵之别，凡书信一律在结尾处用"革命敬礼"，实谓时代之笑话。

　　我以为，尺牍作为书信文化之源，有值得在今天加以张扬之处，去其糟粕，扬其精华，本来就是我们对待古文化的态度。我不知道为什么现在的书店里看不见今人所编的新的"尺牍大全"，甚或也可称"书信大全"。看看我们周围人的往来书礼，重新审编一部"尺牍大全"也许是必要的。

"知限守度"说

人生有限，谋事有度。

所谓知限，就是知道人生在世，欲望无限，而人之一生，命有所限。所以谋事要有计划。有所计算，有所规划。做到按部就班，有条不紊，谋篇布局，成竹在胸。人能识其谓智者也。

所谓守度，度之节也。如竹有节，长短有定，不能意越。人为谋事，则应知度守度，不作盲为。只有一尺，不谋一丈。识其理者，为知限。照其行者，是守度。

人之日常，虽为平凡，然万事无论大小，都有其限，限存事物之内，不易察。须慧眼识之。故知限绝非易事。欲求有慧眼，须勤蓄勤察，累以日月。守度，则需静心，平心。无浮躁之性。无过欲之求。守得住度者，必胸怀涵识，心有学养。

凡为人谋事，知"知限守度"者，为人敬也！

（2017 年 10 月 10 日）

莫将奴性当美德

　　《邮政报》第 82 期刊登了陆源的散文《生活总是美好的》。阅后，心像掉进了苏州河。

　　作者以"须知世上苦人多"引题，道出题旨：一个人不管生活对你如何不公，只要你退后一步看问题，生活依然是美好的。因为，"退一步就有了珍贵的'美的距离'"。作者将美学上的审美方式之一，移用到对生活的审视中来了。他引一段契诃夫的话来证明自己的观点：如果你给送到警察局去了，那就得乐得蹦起来，因为多亏没有将你送到地狱的大火里去。要是你挨了一顿桦木棍子的打，那就该蹦蹦跳跳，叫道："我多么运气，人家总算没有拿带刺的棍子打我！"我没有读过契诃夫的这段话，但我知道契诃夫对小市民气十足的人，对奴性十足的人是深恶痛绝的。他的全部小说，几乎无一例外是对这种人生观的批判。

　　我不知道陆源何以以这样一种生活观作为审视生活的准则。阿 Q 的惨剧已经发生了半个多世纪了。陆源却还要人们以阿 Q 精神慰藉自己。假如按陆源所倡导的生活观，我们是否可进一步作这样的推论：当窃贼劫掠你全家的财富，你应当高兴得唱歌，因为窃贼没有将你的房子烧光。如果一名凶手在黑夜里杀害一名儿童，你应该去和他握手，感谢他没有杀你的儿子……

　　作者用遮住自己眼睛的方式，去观照生活，说生活真美，恐怕就难以让人接受了。

（原载于 1991 年 5 月 4 日《上海邮政报》）

迷醉于黑白世界

　　围棋，人称黑白世界。别看它只是一盒白子，一盒黑子，一张网一样的棋盘，没有文字可读，没有图像可看。然而，它却比魔方更具诱惑力。它有令天下人不可穷尽的变化。它是一块没有硝烟和枪声的战场。你只要在棋桌边一坐下来，便立即成了一场战争的指挥者，你需要有高深的韬略，进退攻防，稍有不慎，你的军队便会尸横遍野。一计成功，你便会胜券在握。当你胜利的时候，你会产生一种只有将军凯旋时才有的荣耀。不仅如此，你还会产生一连串丰富而又难以尽言的快感，激动、兴奋、轻松、愉快、舒畅……这时候，疲劳成了路易斯式的疲劳——胜利者的疲劳！

　　围棋，与所有其他棋类不同之处，还在于它需要具备更全面的知识。数学、逻辑学、哲学甚至军事学，在下棋过程中都具有应用价值。它还能启迪你的智慧，增强你的思维反应能力，考验你的体质，锻炼你的意志，培养你的耐性，开阔你的视野……总之，围棋有无尽的令人着迷的地方。正因为此，我的业余时间，几乎全花在了黑白天地之间了。用"几乎"两字，是因为我同时还是一位文学爱好者，已经发表了十余万字的小说、散文。但是，当一些文学朋友聚会时，只要其中有会下围棋者，我便会马上拉他到一边去，战上一局。

　　现在，在我家的书架上，除了文学书籍外，最多的就是围棋书了。从这些围棋书中，我逐步了解到聂卫平的稳健、刘小光的犀利、马晓春的轻灵、武宫正树的恢宏、小林光一的机智、赵治勋的诡谲，不同的棋风反映着他们不同的个性，对我的业余写作受益也不小。围棋奇妙无穷，玄理深邃，我愿终身以围棋为业余第一爱好！

（原载于 1990 年 9 月 6 日《解放日报》）

注： 此文获"八小时之外"征文二等奖。

读　书

人的一生中，要获得比别人更多的知识，有两条路。第一条，靠自己的生活经验。在我们的生活中、工作中，在一天 24 小时的时间里，你的一切活动，包括做梦，都是你的生活。你通过对生活的思考，从中获得各种知识。这些知识来源于你成功的经验和失败的教训，成为你的生活指南，让你在前行的路上有明确的方向。第二条，通过与人交流，听人讲课，看电视，看书，读报纸，包括研究专业知识，从别人的经验与教训中获取，用来补益自己。

第一条，叫做获取直接经验。第二条，叫做获取间接经验。两者相加，就是你的人生经验。经验与教训都是产生智慧的源泉。我把这个过程作一个形象比喻：我们的日常生活就像捡垃圾，杂七杂八都会有，然而进行分拣，这就产生了贵贱的价值之分。再下来，我们把好的与最好的进行加工利用，变废为宝，甚至变废为精品。这里，我提到了加工两字，什么叫加工呢？就是思考，我更喜欢用"悟"这个字。多从平凡的生活中去悟一点生活的经验，人生的哲理，对处世将有极大的帮助。对"悟"的勤奋与否，对"悟"的能力的大小，决定了一个人的愚笨与聪明的程度。而这个程度又决定了他在人生路上是坎坷连绵还是如鱼得水。是经常一筹莫展还是处处坦然以待。这里有一根滑标，它停顿的位置就是你能力的分值。"悟"就是炼钢，它需要铁矿石，矿石越多，炼出的钢也越多。我们从直接和间接的经验中积累的知识越多，我们"悟"出的人生经典也就越多。这些经典，就是人生的指南。

人的一生中，从第一条中获得经验印象比较深刻，是一种富矿。但量太少，个人的经历太有限。因此，我们必须借助第二条。从第二条获得的经验虽没有第一条印象深刻，但量多，取之不尽。

所以，我们要读书，读书是最好的获取间接经验的方法。比听人讲课更来得自由与方便。中国历史上千百年流传着的一句经典俚语"书中自有黄金屋"，本身就是经典。读书，是指引人生的一盏明灯，也是你前行路上的一辆座驾！既能给你照亮前程，也能增加你前进速度！我一生喜欢读书，眼镜换了好几副，一副比一副度数高，有时还用放大镜，然而，我还是喜欢每天读一点书。

忍　痛

　　肝移植手术以后，因为普乐可复的副作用很厉害，所以，身体常常不适。忍痛成为了一种"新常态"。

　　今天，从上海复查回来，口腔溃疡就越发地痛，嘴唇上的还好，舌头上的尤甚，那一粒一粒的在舌的侧面，红着，肿着，像赤豆似的。也许是碰了神经，有几阵子，直串头顶，痛达耳根，头也晕了。那个痛，哇，也真算厉害。元旦以后，吃姜片，也确实没发过。但身体的总体感觉很不好，于是怀疑排毒不畅所致。停了姜片，果然，口腔溃疡就发出来了，而且，疯了似的，嘴唇、舌头一起来，于是就觉得痛，吃东西时更痛。痛有什么办法？有，就是忍。手术以后，别的没学会，忍倒是学会了。小痛，打针抽血什么的，忍一下就没事了。手术后的痛，那永恒的、长时间的痛，虽然不是钻心的痛，但难受，面积大，到处痛。那就咬咬牙忍。还有一种，不是痛，是呼吸困难，肝脏移植后，又引发了肺部感染。医生说，晚半天，没用了。我张大嘴巴，吸不到空气，憋着，喘着，那种苦，难受。怎么办？忍！只有忍，只能忍，一分一秒地忍着，等着，熬着，不是走向好转，就是走向死亡。忍，是一种无须选择的选择。不是办法的办法。也是唯一的，最好的，无奈的办法，大概，这也是一种生活的苦。这样的经历，不是人人能碰到，我算幸运，碰到了。体验痛，体验生与死的搏击，也是人生的收获。只是这样的收获，有点惨烈。不过，我还算好，那些患癌症痛死的，还要苦。我看我干妈当年临死前，在床头扎一条带子，痛起来，双手揪住带子，整个人往上提，满头是汗，嘴里嚎着，目光绝望，那种惨，无以复加。我估计着我自己，顺利的话可能活过十年。如果有点意外，说不定两三年、三四年的，反正我已准备好了，自己尽量争取多活几年。互联网时代，还是有点活着的理由和兴趣的。但求也求不来，真要"回家"，也是义务之列。两个世界，怎么看，都有牵挂之处。活着，陪陪儿孙，做做他们的人生参谋。死了，陪陪父母，尽一点未完成的孝道，都是应该的。听天由命吧，自己不作选择，省点心，准备着：忍！忍是解决一切问题的金钥匙。

写下这些，并非是矫情，而是想与大家共同分享痛与忍的体验，这是一种实实在在的生命的体验。

"忍字心上一把刀，忍得住来是英豪"。忍，能考验意志，铸就坚强。这也是一种"化被动为主动"的人生观吧？！

（2016 年 4 月）

中国传统文化中的缺失

　　回顾多年的阅读，我发现，中国的传统文化，孔孟之道，老子庄子，里边虽然有很多宝贵的东西——讲礼仪，讲修养，有理由，有方法，还有黑白之别、善恶之分的规劝与警示，但似乎中国的传统文化并不能救国，并不能医治民族的劣根性。中国的传统文化，上下五千年，一路跟随。但中国社会一路水深火热，分崩离析。光绪皇帝在京师大开学典礼上的讲话讲到了这一点，所以他要办学，要学习新文化，要搞科技创新，要发展工业，要造枪炮。然而我在阅读中又发现，中国人讲礼仪，作揖、鞠躬都很虔诚，与日本人的 90 度弯腰显示出的东西十分近似，都是对别人极度尊重和对自己的绝对谦卑。但一旦涉及战争，两种文化的不同就泾渭分明了。我看到的文字就是中国人是投降，日本人是剖腹。中国人是叛徒，日本人是俘虏。五个日本人押 100 个中国人去枪杀，中国人不是反抗，而是在心里作揖，希望自己能意外逃生。中国人有史以来的软弱、自私、贪婪铸就的腐败、涣散带给一个民族多少灾难？中国的传统文化为什么起不到教化人的作用？它的功能呢？它优秀吗？中国的传统文化有优秀的东西，但它同时也存在着严重的缺陷。它只教育人要懂礼仪，忽略了要教育人有自尊自强，忽略了对人的"人格力量"的教育。这是一种很严重的文化缺失。一个人身上最重要的是人格，人格比信仰更重要，人是可以缺失信仰的，但人的人格不能缺失。人一旦缺失了人格，就会遭人践踏。作为一个人，不管他处于何种状态下，第一要务就是人格自卫。窃以为，人格自卫应当成为一切教育之根本。缺了这一条，一切文化都救不了国。一个有自尊的人，他的爱国才有可能彻底。他的表现才有可能勇敢。有了这样的人民，这个国家民族才有可能振兴。中国的文化教育应当注入新的文化因子。假如我当老师，我一定如此培养学生。先培养个人的人格自卫精神，有了这个精神，他一定勇敢。然后教他们礼仪，教他们文化。在我们的"德智体"教育中，是否还应该加入一个"勇"字呢？我相信，这样的人，更容易成为人才。

人脉关系初探

　　人脉的重要性也许人人知道。尤其对于官员和生意人来说，尤为如此。人脉广，路子就宽，办事就方便。官员靠人脉升迁，生意靠人脉成功，滚滚财源离不开人脉的功劳。很多人对怎样建立自己的人脉网络乐此不疲，好多人都把人脉网当成了朋友圈。其实不然。在官场上、生意场上建立起来的人脉网络，绝大多数不能称之为朋友。朋友是有友情的，这个情包含着太多的内容，爱好相近，有共同语言，这是最基本的。一定有一些东西在认识上有共识。在交往中不掺入利益所求。一方有困难时，努力帮助不求回报。因为互为欣赏而能够相互包容，友谊能持久的核心在一个友情的情字上。但情的生发是源于两人之间在社会认知上达成的共识的多少。领域越广，话题越多，共同感兴趣的东西也会越多，只要找到了共同的兴趣点、关注点，友谊就会产生。友谊的厚度，靠时间累积。一般来说，时间越长，共同点越多，友谊就越深厚，当然也不绝对。有些事情可增加友谊的厚度。比如两者之间有救命之恩，或者是师生关系、师徒关系，这里虽然是恩情关系，但它可以与友谊融合，加深友谊。然而要分清的是恩情绝非友谊。恩情的分量重于友情，但保持的时间不一定比友情长久，这是因为救命之恩是一次性的，随时间的延伸，如没有新的内容来"保鲜"，这种恩情也会一点点淡化。友谊不一样，它会随着时间的延伸产生新的活力，这种活力能让友谊"地久天长"。但友谊中的友情又不同于亲情，亲情凭借血缘关系使它牢不可破。但亲情、友情、恩情三者并不重合。在逻辑学上它们是三个相互部分重合的圆。俗称你中有我和他，我中有他和你，他中有你和我。但论亲密度，则千差万别。有许多人，朋友一多，就淡漠了亲戚关系，到头来，守在他身边的还是亲戚，这就是血缘的力量。

友情，恩情，亲情，具有双重身份，它们既可以成为人脉关系中的重要组成，更多的时候，它们又独立于人脉关系网络之外。织成人脉网络关系的要素，主要是利益，网络的纲，就是利益链的链。建立人脉网络的最终目的是为了获取利益，这个利益，有时候并不直接反映为金钱，比如帮个忙，为子女或亲戚介绍个工作。或攀一门好一点的姻亲。它们只是间接地与利益相关。大多数情况下，人脉关系直接与当事人获取直接利益相关。不可否认，这不但是事实，也是商品经济社会的一道风景，它亮丽而风光无限，使大多数人趋之若鹜。但是，也有点让人寒心，人脉关系的建立，是有前提条件的，那就是等值，或叫等价，人脉关系在运作时，主要是相互间的价值互换，粗俗一点的说法就是互相利用。你自身必须有价值，你价值的多少决定你的人脉关系网络的总价值。因为有大价值的人看不上你的那一点小价值，他虽认识你却不会将他的价值分享给你。而你本人也会随着自身价值的提升而会逐步淘汰那些渐渐失去利用价值的人。这个过程叫做不断更新人脉关系网络。人脉关系网络中的人，相互间的关系是不稳定的，好多人因为价值被利用后，没有剩余价值可利用，就会被温情地踢出圈子，有一些有钱人喜欢结交生活中需要的各种节点上的人物，比如医生、饭店老总甚至出租车司机，结交这些人虽然不能获取经济利益，但能为自己带来方便。

人脉关系网络建立的目的是为了便于自己的利用，属于深度利己主义。带有冷血和残酷性，

人脉关系是社会关系的一个分支，研究人脉关系可以对整个社会的了解更加深入，有利于自己在社会实践中更好地把控自己，不至于迷失太多。

也说"妻管严"

由于新闻及相声小品的媒介作用,"妻管严"这一雅称已成为戏谑嘲讽怕老婆人的代词。

"妻管严"的出现,证明了妇女对夫权的摆脱。但这摆脱,是以经济为基础的。城里的妇女有了工作,就有了养活自己的经济保证。有了钱,说话的口气也就硬了。很难想象一个没有分文收入,只能依赖丈夫才有饭吃的女人会有勇气去实现"妻管严"的梦想。

因此说,"妻管严"乃是社会的一种进步。而如今"妻管严"从城市向农村蔓延,正证明了农妇经济地位的提高。那些在乡办厂、村办厂工作的妇女,正是托福于改革开放政策,使自己获得了真正的解放。

其实,到目前为止,"妻管严"还不过是一种"过正"的说法。所谓的"严",充其量也不过是妇女们要求与男人们平等的一种无奈行为。因为失去了太多,就会有要求平衡心理的欲望与行为产生。

"妻管严",不该成为嘲讽的词汇。

(原载于 1995 年 3 月 4 日《太原晚报》)

读报、订报和投稿

　　我爱杂读。所谓杂读，就是读的东西既杂又散。我不是做学问的，不需要在某一领域刻苦攻读，将这一领域的东西读得滚瓜烂熟，读得倒背如流。

　　杂读缘于喜爱的广泛。比如，我对政治、经济、历史、哲学、逻辑、体育、小说、散文、诗歌、杂文以及时事新闻、生活小品等都爱读。相对来说，我对生活小品尤为喜爱。浏览各类报刊，生活小品刊登得最丰富又可称得上比较上品的，要数《劳动报》的"文华"专栏了。"文华"专栏内，不但写文章的作者非常广泛，名家与无名作者相安而聚，而且写的多数生活小品都是以"我"这第一人称出现的。这使一些生活小品具有相当浓的生活气息，读起来更具如在身边的亲切感。由于每个作者的生活面不同，所处的地位不同，又使生活小品具有了十分广泛的辐射面。读者从中感悟到不同的生活体验，获取丰富的间接生活经验。

　　一张报纸办得好不好，有时就决定于某一个专栏所拥有的读者量。这像一部电影一样，吹得再好，如没有观众去买票，也是失败者。《劳动报》的"文华"专栏无疑是成功的。

　　《劳动报》是我每天必读的报刊之一。有一段时间我无法再读到《劳动报》，心里就觉得不是滋味，像每天我都要喝一杯绍兴黄酒一样，家里虽有《新民晚报》，但一报与一报各有所长，经过短暂的犹豫，我终于走进了邮局，自费订阅了一份《劳动报》。如今，每到一天的奔波结束，回到家时，用完晚餐，坐到灯下时，我又能翻开《劳动报》，去欣赏"文华"专栏中我喜爱的那些生活小品了。

我是一名业余作者，闲来也爱写些东西，虽然以前也爱写小说散文之类的文章，如今却更爱写些杂谈类的生活随笔了。这时候，我又会想到我所订的《劳动报》，一旦有自己满意的稿件，总是先寄给《劳动报》，如果发表了，也不需等到朋友寄样报我便能读到自己的稿子了。让自己写的稿子在自己喜欢的报上出现，总是有一股亲切感的。也许正因为有这么些缘由，我的拙文在《劳动报》的"文华"专栏中出现的次数也总要比其他报刊上多一些!

新年伊始，我祝"文华"专栏能更上层楼。

（原载于 1993 年第一期《劳动报》）

"真功夫"闲笔

　　一个人有没有真功夫，靠吹是吹不出来的，南宋诗人李清照写过一首《醉花阴》的词，情寄宦游在外的丈夫赵明诚。丈夫看了击节叫好，决心也写几首好词与妻子一比高低。他闭门谢客，寝食不顾，用三天三夜写了50首词。为了鉴别自己的词作是否已超过了妻子。他将自己的50首与妻子的那首《醉花阴》混杂在一起，请友人陆德夫欣赏。陆德夫仔细拜读后，对赵明诚说："51首词中只有三句是好的。"明诚问是哪三句，陆答："莫道不消魂，帘卷西风，人似黄花瘦。"谁知这三句正是李清照《醉花阴》词的最后三句，赵明诚当时羞愧难当。

　　在现实生活中，有真功夫的也不乏其人。中国茶叶进出口公司的总经理在电视台当众表演，让人从几十种不同商标的茶叶中任选几种，或单一，或混杂，让他鉴别。他通过一看、二闻、三品，能一丝不差地报出茶叶名称和产地，让观众叫绝。

　　有真功夫的人，人民承认他，历史也掩埋不了。这是因为他们的真功夫已经在社会生活中刻下了烙印。然而，在我们周围，却时时还能看到诸如南郭先生一类的人物，他们并无什么真才实学，却往往已戴上了经济师、工程师、政工师这样那样的桂冠。这颇有些像参加了大合唱的人，都能领到一身演出服一样。殊不知其中有不少是滥竽充数的冒牌货。显然，这对于我们这个社会的进步是毫无益处的。改革开放，需要一大批人才，这些人才，应当而且必须是具有"真功夫"的人。没有"真功夫"的人，不管他自愿不自愿，最后总是会被历史所淘汰的。就像我们现在淘汰假药假烟假酒一样。

有感于此，笔者诚心希望，那些已戴上了桂冠的伪劣"人才"们，应尽快补上自己的真才学，因为，这是免遭淘汰的唯一办法。

（原载于 1992 年 9 月 3 日《黑龙江邮电报》）

枫林秋深

"风筝人"

在希望与困惑面前，我们每一个人对于自由的要求和向往始终是不能满足的，这是因为生活中不可能有绝对的自由。几乎每一个人都会有一种希望彻底展示自身能量的欲望。但当真的机会来临，让你抉择时，叶公好龙便立即成为一种心领神会的时尚。理想与现实，思想与行为营垒分明，但嘴上绝不会承认。犹如有人对怀才不遇而耿耿于怀，一旦让他自由抉择时又感到一片迷茫一样。这种对最初现状的不满转而又对未来没有了把握的人，实际上永远适合于用一根绳子将他牵住。我称这样的人为风筝人。这种人对那根牵住他的绳子始终不满又始终没有勇气摆脱。

上海人有一种说法，称彻底的彻底为"刹根"。几天几夜没有合眼，就想刹刹根睡他个一塌糊涂。有了钱就想刹刹根玩他个天昏地暗。刹根，其实是很难做到的。刹根地展示一下你的能量，你敢吗？你知道自己多少？你能把握住自己多少？你在哪些方面具备了那些成熟的条件？你准备何时干和如何干？外部条件你了解透了吗？你能适应到多少程度？

也许正因为了有那么多问号，才会出现那么多的风筝人。

关键在于，你在诅咒牵住你的那根绳子时，你对一旦割断绳子后的生存状态究竟有怎样的把握？

(2016 年 4 月 10 日)

读《老井》

　　安亭震川中学赵丽芳老师有一篇散文《老井》，刊登在去年《嘉定报》8月23日的副刊《汇龙潭》上，这是一篇难得一见的好散文。作者用拟人化的手法将老井比喻成自己的老祖母。这个比喻恰到好处，起到了为整篇文章提纲挈领的作用。接下来写整个赵家村的人仰仗这口老井，在此繁衍生息。老井福佑着赵家村人，赵家村人也感恩这口老井。这不就是老祖母与她的子孙们的生活写照吗！整个赵家村人都是老祖母的后代。一方水土养一方人，生生息息感情深。《老井》表达的正是这样一个主题。

　　作者文笔老到，行文不急不慢，文字不浮不雕。《老井》写得真像一口老井，文字如井水般干净，文风如老井般古朴。读《老井》，就像喝一碗用老井水酿的老白酒，品着微甘的老白酒，闻着醇厚的酒香，就会生出几分淡淡的醉意。流畅的文笔，又像仲秋的月光，柔和地洒在初夏的草地上，让人有一种宁静的舒畅！

　　感谢作者！感谢《老井》！

（2016年4月）

　　注：《老井》的作者是老妻的同事，安亭中学的赵丽芳老师。

航海日记

办厂须学问

都说"下海"可以发财。似乎"下海"与发财成了同义语。我从邮局系统"下海",对如何发财显得十分无奈。细细想来,也许还在个性。

总以为自己很聪明,很勇敢。"下海"后才知道,原来自己很笨拙、很胆怯。先是在商品市场转了一圈,想盘个店面做点小生意,结果受了骗,8 000 元投入血本无归。也许是第一次,以为"下海"总得交点学费,心还算沉得住气。

后来,想办个小厂,好歹学过管理学、经济学什么的,自信也能"玩"出点小名堂,恰遇熟人介绍了个产品。产值、成本、税率、利润,计算机日日夜夜地按,横算竖算是个赚钱的行当,便极为自信胸有成竹地付了介绍费、合同保证金、带有敲竹杠性质的赞助费。一切就绪,开始试样,却已不知不觉上了"贼船"。任你怎么摆弄,产品总不合格。请了行家也查不出毛病,到了委托方却自有说不尽的疵点,思量再三,恍然大悟,原来合格不合格本没定标准,全靠一张嘴巴两层皮。自知上当,却不想打官司,便只暗暗叹一声世风日下而已。

后来,终于办成了一个小厂,这一回不算上当,工人招来了,机器调试好了,产品也出来了。心里总算平静一点了,却好景不长,看那些外地来的女工吃得非常节约,便怀疑给的工钱是否太低。有的生病了,忙着送医院。家属来了,待着没活干,便想到了施舍,拿出数百元聊补无米之炊。

有友人劝道，赚钱不能手软，便想到那句深恶痛绝的"无毒不丈夫"黑手党式的名言，我当然是听不进，于是，就只有亏本的份儿了。硬撑了两年，竟亏了五六万元。无奈，只能关门。

（原载于 1993 年 8 月 19 日《劳动报》）

辞退能人

看了这个标题，读者一定会说我是个大笨蛋。时下招聘人才的热浪正在全国风起云涌地捣鼓着，谁不知人才是个宝？谁不知人才是效益与金钱？你怎么会做出辞退能人的拙劣之举呢？

其实，没办过厂的人不知道办厂的道道，即使在公有制企业办过厂做过厂长的人，也不一定能办好一个私营厂或私人承包的厂。

前者吃的用的全是公款，自己只拿工资，效益好坏除了奖金多少和名誉的好坏外，别无其他牵挂。后者不同了，一举一动都与自己的口袋有关联。弄不好会倾家荡产，这是半点含糊不得半点马虎不起的。

我当然懂得能人的作用。老实说，我请的那位机修工真可以说是"你办事，我放心"的一类。因为厂离家远，加上我身体不太好，我几乎将厂里的一切都托付给他。他除了修机有技术外，对管理也很有一套。他记的账清楚可靠，他进的料质量数量你绝对放心。只要他在厂里，我可以一周半月在家干别的事，而且他与工人的关系也极好。这次辞退他，许多工人都哭了。

但我还是下决心将他辞退了。

他犯了一个错误，一个无法接受也无法承受的错误。我称这错误为"能人病"。他目中无人。他认为这个厂没有他就不行了。他不打招呼将孩子带到了厂里，孩子到处乱跑，极易闯祸。他的妻子拿了工资干不了活，在厂里养着，还经常生病，医药费越来越高。我承受不了。最糟糕的是，他以自己的"能"，不断向我提条件，工资一加再加，他还是不满足。及至后来，他对所有的其他管理人员都看不惯，矛盾尖锐到有你无他的地步……

历史上常有元帅、领袖对下属那些居功自傲的将军杀了头又施以重葬的例子。这是一种无奈的举措。不想为之又不得不为之。

我辞退了我很满意的一位能人。我第一次有了不想为之又不得不为之的感觉。

——不仅仅是一种感觉！

（原载于 1993 年 11 月 10 日《贵阳邮政报》）

吟唱国际歌

前段时间，报纸上有一句颇为流行的话叫做：做人难，做女人更难。后来有人发展了，在后面再加上一句：做名女人难上加难。我自忖这是否有点矫饰之意。

我却在办厂过程中得出了一个结论：办厂难，办私营厂更难，办私营的小厂难上加难。我不说办了厂后，村里的那些干部变着法子来吃、来拿，也不说管你的那些税务、公安、工商等部门怎样来请你"帮忙"。那一切都只需一个字：钱。有了钱，都能打发。我更不说企业内部的种种矛盾，那是你会不会管理的问题，我只说一件事：借车。

小型的私营企业，不可能有实力买卡车。产品出来了，要送出去卖钱；原料没有了，要叫车去运回来，汽车——工厂生产过程中必不可缺的运载工具，我却偏偏就缺了。

我经常要到外单位借车，运费照付，但就是我常常借不到车。为了借车，我常在口袋里装着自己也不舍得抽的 10 元一包的"红塔山"到处游说。颇有当年的苏秦角色味道。我厚着脸皮，一个电话一个电话打，一家工厂一家工厂走。有时碰到铁面孔，极冷的一句两个字：没有。你就会有掉入冰窖的感觉，恨不得一个耳光抽过去。但人家又不欠你什么，你凭啥火气这么大？

有一次，我要送一批货去 100 公里以外的地方，很想借辆卡车，结果一个圈子下来，还是两手空空，一无所获。无奈之下，叫了一辆专接运输生意的阿乡轿车——手扶拖拉机。货装得高高的，三个送货人在"高高的"上面趴着。手扶拖拉机呼呼叭叭响着、摇着、颤着在公路上向 100 公里开外的目的地蜗过去，我却一路担心着。不是担心从"高高的"上面掉下去摔死，而是担心一路上众多的白帽子关卡能否通过。在一个弯道上，一名白帽子向我们的车点了一下，我的心就差一点从胸膛蹦出来停止跳动。

幸运的是，就那么一次险情。一路到达目的地，卸了货，同时也卸去了一肚皮的担心。我这个人不爱也不会唱歌。但那天摸黑回家的路上，我却独自吟唱起国际歌来，我最爱唱国际歌开头一句和中间一句。我记得那天我唱得很动情，颇像一名无师自通的歌唱家——起来，饥寒交迫的奴隶……不靠神仙和皇帝，就靠我们自己……

国际歌，将坚韧我的意志与毅力！

（原载于 1993 年 12 月 10 日《贵阳邮政报》）

生活的抉择

1971 年冬，我从上海郊区农村因招工而进了上海邮电局，20 年后，1992 年冬，我毅然打了报告，申请待业。重新走向广阔天地时的感觉，不是亲切，也不是怅然，而是一种难以名状的壮烈。

20 年前招工录取时的喜悦，在捧了 20 年铁饭碗后已荡然无存，改革开放的春风率先将故乡农村的风景绘得绚丽多姿，草房、瓦房、小楼、九三式别墅……几乎一年一景的故乡风貌变迁追随着改革的进程，对所有游子都有一种巨大的吸引力，我在昔日的朋友们中间走马观花转了一圈发现，几乎所有的当年的朋友如今都成了财主。全进口的家电、最新潮的家装可以将任何一个工薪阶层的工人家庭比得羞愧难当，我曾经将我们一家每月积存 100 元的家私告诉我的一位村办厂当头头的朋友，他有点不好意思地一笑，他说他每个月积蓄至少是我的 30 倍。对比之中，我深刻体会到了捧铁饭碗的寒碜，体会到了经济的解放是真正的解放！

打待业报告之前，我在机关工作，我家在市郊，每周回家一次。一头是严格的制度烦琐的工作、微薄的收入，一头是体制的灵活，才能的任意舒展，收益的丰厚富足，这种对比的累积具有残酷性与刺激性，更具有巨大的诱惑力。我终于不得不面对现实。我全家五口人，两老都逾八旬高龄，妻子在中学任教，收入比我还薄，儿子读自费中专，一次学杂费就 3 000 余元。生活是现实的，而现实是无情的。我作为一家之主，作为一名本科学历的文化人，作为一名当家男人，我应当挑起全家人的这副生活重担。我别无选择，脱贫的重担，应该由这个家庭的男人来承受。

这是生活的抉择。

但是，一个在大上海待了 20 年的人，平时又只爱好读书，爱好爬格子和下围棋的人，突然面对一个陌生的商品社会。困难是不言而喻的。缺乏经验，缺少企业家们的指点，缺乏资金实力，更缺乏对经营知识的了解。我把这一切用一句话形容，就是商品世界既绚丽多姿，又高深莫测、险象环生。

但我不后悔，男人是不应该有后悔的！我需要所有人的帮助但我不需要任何人的怜悯。已逾不惑将近天命之年的我，仍将刚毅的个性视为人生的至宝！

我自信，我会一路走到底，无论成功或失败！

（原载于 1993 年 3 月 10 日《贵阳邮政报》）

第一次上法庭

　　文人喜欢用"信"与"诚"作为做人准则。但文人大多数有点书呆气。以为书读得多了些，就一定比别人聪明。李白写了几首好诗，被人一捧，就轻飘飘了，想当回皇帝试试，"仰天大笑出门去，吾辈岂是蓬蒿人"。李白最终只能"举杯邀明月，对影成三人"。壮志未酬，便只能与孤独相伴。这大概就是文人呆相的可爱了。

　　我虽只能算半个文人，但呆相却也十足。下海之初，听说有一处香烟市场正在扩建，在那里租间屋做香烟批发零售一年能赚十多万元，便毅然"仰天大笑出门去"了，花了 8 800 元租了一间 30 平方米的店面。谁知钱刚付，便后悔了。原来那个地方是两省交界之处，属于"最最开放"的地方，做香烟生意其实是做假香烟生意，因为是假烟，当然经常有斗殴，于是私人保镖、打手专业户、敲竹杠等黑道盛行。白天赌博成风，晚上妓女遍地。一看那势头，与单位里四平八稳、只斗暗劲的环境相差甚远。自知那儿不是能吃饭的地方，弄不好命也搭上了。乖乖地申请退租，却被告知不能退租。于是就贴了告示转租。懦夫却步千里之外，英雄自敢赴汤蹈火。没几天，有人要求转租，便一口答应。转租费降为 7 200 元。生意一天没做，赔了近 2 000 元（内装饰花了近 400 元）。

　　不过我呆虽呆，也知道做生意要付学费，亏了 2 000 元，便请阿 Q 出来指点。阿 Q 说，比如交学费，也就以为比如交学费了，并不觉得背了什么包袱。转租我屋的人提出三天后交款，想想三天是一瞬间的事，想都没有想就答应了。没料到这"三天后"竟是一个模糊数，就如永远有明天一样，三天后，这个"后"字后面却是一个没完没了的时期。这还不算，在这"后"的后面，我简直就像一只死鼠在被猫玩弄似的。对方不但很快以 7 400 元转手做了一笔"房地产"生意赚进 200 元，而且扬言要压我价至 4 500 元再付款。亏得当时让他写下了欠条，在眼看危机四伏又无力收回时，我突然想到了法律，便以一纸诉状告到法院。平时对中国法律颇有疑惑的我，最终却还是依靠法律帮了忙。当我第一次坐在法庭里听法官提问及宣判时，那感觉真是难以名状。我最终胜诉了。7 200 元可望收复，人却已疲乏得快死去活来了。

　　"海"水是苦的，真正的苦味，却是第一次尝到。

（原载于 1993 年 8 月 10 日《贵阳邮政报》）

沉重的施舍

　　这是一帮四川小伙子，身体很棒，他们一共五个人，都是沾亲带故的表兄弟。他们带着妻子与女朋友，在蜀道的一头告别故乡，他们在开放的潮汛冲击下，准备到上海来搏击风浪。

　　由于对这个社会的深度认识不足，他们在缺少技术、缺少专长、缺少搏击风浪经验的情况下，凭着一股勇气开始了闯荡。命运注定他们会失败。他们到了上海近郊的一个村，安营扎寨后寻找工作。他们没料到这地方竟是外地人的世界，要找工作的人多得像大城市的汽车一样。一张极其苛刻的告示面前，都会有长长的队伍出现。获得一份工作，就像冬天见到流星一般。好不容易他们找到了一份工作——挑石子。从船上将石子挑到公路上。这是一种极繁重的体力活。介绍工作的人巧舌如蜜，他们接受了。挑一吨的石子二元五角，介绍人拿走一元二角五分。50％，是狠毒的剥削。一天、二天、三天，他们挑了几百吨石子。人瘦了，钱却没见多出来。终于，他们找到了介绍人，打了一架，出了口被剥削者的恶气。但随即，他们连挑石子的活也没有了。看着带出来的女人，看着租用的民房门前那一方湛蓝的天空，他们茫然了。女人们的泪，在这个时候为丈夫们更添了几分烦恼。他们后悔离开故乡，他们以为故乡之外的天，会更加亮堂……

　　我的一位亲戚——这帮小伙子借住的东家，将这情况讲给我听，恰好我的友人刚办了个织布厂，便让他们的妻子与女朋友进了那个厂，工资虽不高，吃饭终于不愁了。

　　然而，那些男人，那些身体很棒的小伙子，却还是没有工作。焦虑、烦躁，终于使这些小伙子沉不住气了。他们无故争吵，甚而打架，最后，竟打起自己的女人来了。他们有力气，但没地方用，没人需要他们出卖力气。看着他们那个样儿，一个个都有点儿红了眼。我担心他们会铤而走险，担心他们会自寻绝路，怀着一种无可名状的心情凑了 400 元给他们。我让他们用这 400 元钱去农民那儿买些蔬菜，再到市区去卖掉，从中赚一点生活费。他们接受了我的施舍，千谢万谢！我说不用谢，相比之下，我虽也"待业在家"，但每天的饭粮还是不愁的。

那帮四川小伙后来走了，他们终于在沪宁高速公路上找到了活儿。他们现在一定走出了困境。但我可以断定，仅靠着肩膀上的力气，他们前面的路一定依然艰难！

（原载于《贵阳邮政报》1994 年 1 月 10 日）

胜利大逃亡

　　一个人如置身域外，倘若境况不顺，感到了压抑，受到了磨难，便也少不了"外面的世界真无奈"的喟叹。

　　我的小厂并非在熟人熟土的家乡，而是隔了一个县的异乡，《三字经》说，人之初，性本善。但《三字经》没说，人长成，是否还是性本善？纯净人性的时代，早已好梦迢迢，商品世界，人心不古，早已为人所共认。偶有人性光彩的闪烁，已成新闻的追踪热点。我办厂一年，亲身所经历的一切，是很有说服力的。年底将近，我反复核算，真正亏损两万余元。对一个待业者而言，这简直是个天文数字。反正睡不着了，索性算一笔细账，发现因为不是在故乡办厂选址失误造成的亏损竟达15 000余元。这里边有自己明知吃亏而认同的损失，有自己明知吃亏而不肯认同而被强加的损失。

　　经过一番慎重考虑，我决定搬厂。只要我还不到倒闭的程度，我决定搬厂自救，来个胜利大逃亡。谁知搬厂并非易事。这不易不是来自于搬一个厂（虽是小厂也要花几千元的搬场和安装费），而是来自另外的原因。

　　对于一些饥饿的狼来说，跑掉一只瘦羊也是不会允许的，地方保护主义者出来了，他们找出种种荒诞的理由，阻止我搬迁。我从没见过这样没文化不讲道理的村长和村支部书记，我无须举例，我只说他们的理由和行为竟激起了他们自己的村民的反对。那些村民看来是恨透了他们的父母官。他们一个个对我讲他们的父母官的霸道和私欲，劝我打官司，告告那些王八蛋。后来，我真的准备打官司了，他们才默许我搬了厂。

现在，新厂就搬在自己的家乡，从家到厂仅十分钟自行车路程，每天到小厂去重新听到那机器的响声时，心情也不一样了。

我有了一种逃离虎口的幸运和愉快。

（原载于《贵阳邮政报》1994 年 2 月 8 日）

小厂里的风流事

　　小厂一共八个工人，六名是川妹子，两名是浙江人。两位浙江人是一对夫妻，男的是机修工，姓陈，大家都叫他陈师傅。

　　因为我经常外出，厂里的一切事务在我不在时全托陈师傅管。陈师傅个子不高，只有1.6米，头发像鸟窝，长相也实在不敢恭维。但陈师傅手脚勤快，技术较好，尤其心肠好，乐于助人。川妹子中有一位姓朱的，突然生病了，躺在床上茶饭不思。陈师傅带她去看病，一次两次三次……陈师傅还经常到宿舍去看望她，也是一次、两次、三次……

　　很纯净的友爱，却被陈师傅的妻子误解了。

　　于是就吵，先是夫妻间暗斗劲，后来公开化了，从小吵到大吵，吵得不上班，吵得要自杀。

　　姓朱的小姑娘受不了委屈，总是哭。我与陈师傅都站在姓朱的川妹子一边，劝她，但没用，于是提出要走。

　　一个好端端的小厂，被这件风流事一风流，眼看就要流产了。没办法，当机立断，辞退了陈师傅的妻子。但事情并没这么简单，陈师傅虽也怪自己妻子的不是，但真的辞退了，他心里也不是个滋味，终究是老婆呀！

　　姓朱的小姑娘见我辞退了陈师傅的妻子，觉得对不起陈师傅，更坚决地要回四川。

　　我再三挽留，无法留住，一个技术上刚露出点光芒的人，又走了。小厂一下子失去了两位熟手。又一笔不小的损失无法避免了。

小厂，苦就苦在一个小字上，因其小，就难以承受打击，年关将近，这是一个浪漫而又无奈的小结。

（原载于 1994 年 3 月 10 日《贵阳邮政报》）

枫林秋深

公关中的泥沼

　　人们常喜欢称呼搞公关的为小姐或先生，如公关小姐、公关先生，报纸、电台、电视台都这样称呼。我总觉得这样的称呼似乎太书生气了些，亲历过公关工作的人大概对"公关"这词也会产生疑义，我就一直将"公关"看作"攻关"。因为所谓的公关关系学，涉及的都是人的问题。而这个世界上最难对付的，大概也是人与人的关系了。人可以将原子弹人造卫星造得完美无缺，计算得毫米不差；人可以将狮子老虎雄鹰捉来关进笼子让人观赏；人可以在地下取出油来把石头变成建筑物使野草成为中药；人却不可能将人与人的关系处理得得心应手，否则就不会有矛盾，不会有战争。因此，所谓公关实为攻关，此话不是没有道理。

　　我搞的是玻璃纤维布行业。这行业在江浙沪一带比比皆是，竞争就空前激烈。纤维布这东西用途有限，只在玻璃钢厂及部分构件厂用得上。有人跑大庆跑胜利油田用大卡车集装箱专做大生意。我没这本钱，没这魄力，只好找附近的厂家去推销我的产品。如果按时下报上所说的：真正的竞争是产品质量的竞争，那问题就简单了。因为我的产品质量绝对没问题。价格上的竞争我也不怕，你降价我也可以降价；你承受得了我也承受得了。问题不在这里，而在人际关系上。因为供大于求，要货一方的厂长架子总是搭得高高的，一律准首长气派。你低了头进门，递香烟说好话人家头也不抬，只回答你一声"不要"。仅两个字，就将你全部的学问打进了冷宫。好不容易托人找到一位厂长，表情说话都很热情，答应过些时间一定进我的货，谁知这过些时间又是个模糊概念。三个月过去了还说等些时间，就在我等的时候，别人却一卡车一卡车地送到了厂里。后来一调查，发现主管生产的是位副厂长，再去疏通副厂长时，副厂长眼睛看在天上说："你不是喜欢找厂长吗？你找他去。"没办法，只能豁上与副厂长做朋友了。这是交易朋友。副厂长终于同意了，厂长不高兴了，说，这布呀，什么什么，下次别送来了，送来了也没钱给你。

噢，原来正副厂长间有矛盾呢。无可奈何我只能在他们两人之间斡旋。为了我可怜的小厂和小厂里的那些可怜的川妹子。但我知道，我已经陷进了一个泥沼。我必须小心，在虎与狼之间，寻找属于自己求生的空间！

（原载于 1994 年 3 月 15 日《贵阳邮政报》）

学会狡诈

狡诈这词最先是用于坏人，现在常用于对手。这是因为它具贬义所致。其实，避开使用对象，它的真正含义应是指聪明，而且是指非常聪明。初下商海，我常信守一个"诚"字。以为以诚相见，必能被人理解。其实这才是实在的大傻瓜。比如说三角债吧。现在办厂，谁没个欠来欠去的？你要是只让别人欠你，你不欠别人，别说你的流动资金转不过来，你这个厂也迟早会被拖垮。但欠来欠去这里也有学问，就先得学会狡诈。

我进的原材料就是采用欠债的方法。信誓旦旦先说保证几天里将原料款付清，并像模像样地报出付款的款项来源。待原材料回来后，这资金就会成为三角债的一部分。因为我的产品在给别人作原材料，别人也都说得像模像样。一位伟人说过，一个商人等于两个骗子。这有点道理。

说谎的孩子是个坏孩子。

说谎的孩子是个聪明的孩子。

你信哪一条？

这是小学生与大学生思辨能力上的一条界线。

欠债以后，接下去就要讨债。我去讨的时候，总说自己已经分文不剩，工资也付不出了，原料也买不起了，要停产关门了。这已经很夸张了，谁知人家早熟了这一套，账一摊，眼一翻，说声没钱。你只有木头一根，愣在那儿不动了。别人来讨债，大都也是这一套，我却往往千方百计地想办法凑上三千两千的付一点。谁知时间一长，马上出现了美国与日本一样的贸易逆差。美国有 301 条款吓唬日本，日本人让步了，让美国的移动电话打进了日本市场。但我没 301 条款。我吓唬不了谁，只觉得这商海有点残忍。做生意，怎么能把一个人的品德全做尽做光呢！

　　我的一位经商的文友对我说过这样一句话：商人与商人的交易，是狼与狼的交易！多么可怕的比喻！

　　这是商品社会对人的大面积地异化！但是，我的人性中始终保留着一方圣洁的圣地——对真诚的人报以真诚！哪怕我的厂再怎样一塌糊涂！

（原载于《贵阳邮政报》1994 年 5 月 10 日）

商海礼节

　　与商人接触多了，也学会了一些商人交际的礼节。有些是大众化的，比如握手，比如问候。但有些是属于商人特有的：比如递名片，一般都要双手捏住名片的两角，起身、鞠躬，很谦卑的样子。接受名片时也要这样，以示敬重对方的身份，明知虚伪得要命，却不得不如此，否则，别说生意谈不成，连茶水也许也喝不上一口，对方就会冷冰冰地回绝你。收到名片后，不能随意地往记事本里一塞了事。要当着人家的面，认真地看名片上的文字，再说一两句夸对方的头衔或对方厂家的产品；然后再小心翼翼地将名片收起来。知道是做作，也要这样。

　　我遇到的最讲礼节的是一位姓林的台湾人。此人在台大毕业后到美国又进修了三年，专搞管理。林先生对中国的传统礼节可谓造诣颇深。他当时要到大陆来投资办厂，几经介绍找到了我，让我为他找一个旧厂或买一块地皮。我就将他介绍给了我家乡镇党委书记。此后，从买地皮到办厂到投资比例出资方式利润分成董事会人员配比再到意向书、协议书，到最后讨论签正式合同时，崩了。林先生最终看出了大陆人的精明，感觉到自己占不了便宜就溜了。但在长达近半年的时间里，我确实以中介人身份接触到了林先生非同一般的礼义交际方式。

　　林先生见面必然鞠躬，然后伸出双手握你的手，再说一句"您满面红光，精神可棒啦"或是"卑人初来乍到，请多关照"之类的客气话。走路，他必伸出一只手让你前面先走，进门时，他又紧走几步为你打开门。坐位置也要再三推让，让你坐上座，他坐下座。桌上的水果，任你剥好了他也不吃；服务员端茶倒水，他要站起来 90 度鞠躬致谢。谈判的一方在发言时，他会选择适当的时机插上一句"先生您高见"等恭维话。偶尔在不经意中谈一点美国香港的见闻，以显他的博闻。走时，他会再三地请你"留步"，然后说一声"拜拜"。

可以说，这位林先生对礼节的周到已到了十分熟稔的地步。他在中国传统的礼义之风中糅进了美国和日本的一些民族礼节。但这一切的一切，他都是为了在谈判过程中能占到便宜。当他的目的没达到时，他竟连自己说的"一定请一顿便宴还报一下诸位"的诺言也没兑现就走了。虚伪的礼节终于被金钱的铁拳击得粉碎！

（原载于《贵阳邮政报》1994 年 4 月 1 日）

纪实文学

储蓄大战

一、一个不断膨胀的天文数字

根据中国人民银行不久前公布的数字，我国目前全国城乡居民储蓄余额已高达 6 600 多亿元。这个数字近乎一个天文数字，反映了改革开放对人民带来的实惠。但是，为了防止这笔巨大的存款对市场的冲击，理论界曾有过两种完全相反的意见。一种意见认为：提高利息，稳住这笔存款。这种办法如实行，带来的结果是存款增长速度加快，存款余额像滚雪球一样越滚越大。

另一种意见认为：要控制存款增长过热势头，应利用利息这一经济杠杆，有计划地进行调节。他们提出的方案是，在目前情况下，降低利息，当存款余额降低到一定适度时，再提高利息的方法。

那么，是什么原因，造成了储蓄余额不能控制的"过热增长"现象呢？让我们将目光转向市场，看看一场悄然进行着的异常激烈的储蓄大战吧！

二、五大"巨头"的竞争

储蓄，像商品经济一样，也有它的市场。所不同的是，这个"市场"，是全国城乡居民口袋里的钱。为了将居民口袋里的钱引出来，五大"巨头"之间展开了一场激烈的竞争。这五大金融"巨头"是：工商银行、农业银行、邮政储汇局、建设银行和交通银行。每一家都利用自己的优势，争夺各自的"领地"，使本来应该是和平的竞争，也蒙上了一层看不见的硝烟，竞争的激烈可以说是绝无仅有。从大的方面看，这五大巨头之间，分为有贷款权和无贷款权两类。工商、农业、建设、交通四家银行属有贷款权一类。有贷款权的，在竞争中占尽优势。邮政储汇局属于无贷款权一类，无贷款权在竞争中虽处于不利地位，但它们也不甘示弱，在竞争中居然也连连获胜。

现象之一

某花边厂是一家生产效益并不理想的厂家，它们生产的产品利润薄，无法靠自身的力量承受扩大再生产的能力，每年都要向银行贷款。以往，它们一直是工商银行某支行贷款的。作为条件，花边厂的一块"肥肉"———一年一度的单位职工的集体零存整取有息有奖储蓄额（以下简称"集零"）自然归这家银行"享用"。然而，1991年的贷款计划，因这家银行无力承担，厂方就只能去求其他银行。他们先到农业银行某支行，这家支行一口答应，条件是将该厂1991年度的"集零"这块"肥肉"送到他们嘴里。厂领导二话不说，答应了，谁知道事情并不尽善尽美。过不几天，这家农行支行说，因种种原因，只能部分满足厂方的贷款要求。厂长无法，再去求建设银行某支行，建设银行提出了同样的要求。于是，厂长决定，让财会人员将全厂职工的1991年"集零"一分为二，两家银行各存一半。伴之其他的谦词和招呼，总算苦渡难关，解决了燃眉之急。

现象之二

按理说，储蓄是居民（职工）自己的事情，储哪一家银行，完全属于居民自己的选择权。但由于"集零"是由各厂方财务人员从职工工资中扣除的，储哪一家银行是以"多数职工"的意愿决定的。而这个"多数"又富于弹性和随意性，所以，在很大程度上取决于财务人员。深谙这一底蕴的各银行领导，便纷纷派出自己的得力人员去游说。按政策付给财务人员一定比例的代办费，已是公开的秘密。显然，仅靠这一点小刺激，不能引起财务人员的兴趣，因为代办费是所有五家金融"巨头"都有的。于是，五花八门的代办费之外的办法便出现了。其中，开座谈会发"纪念品"是最普遍的，也有发雨伞的、有发拎包的，有发香皂洗发精的，也有发可乐咖啡饮料的。某工商银行支行别出心裁，组织部分工矿的财务人员开了大客车，来个郊区一日游。某银行支行把触角伸到了街道里委，召集一些干部来个"智力竞赛"，出几道人人都能回答的简单的储蓄常识题，回答后每人一份"奖品"，参加人数多的里委，还可评为"先进集体"，奖一台收音机什么的。这种将送礼改成奖品的做法，有的已经出格。

三、独树一帜的邮政储蓄

与其他四家银行相比，邮政储蓄只是一个为银行代办业务的收储机构。它不具有贷款权利。仅仅是向银行收取一定的代办费。这一点，使邮政储蓄在竞争中处于极为不利的地位。但是，邮政也有自己的长处。点多面广，便是最突出的长处。为了在竞争中获胜，邮政部门也绞尽脑汁，一方面，他们不断推出各种有奖储蓄，什么"聚宝盆""千里马""合家欢""节节高"，应有尽有；一方面，他们不惜血本大力宣传自己的名牌产品——"双定"储蓄。由于"双定"储蓄利息比工商银行的"定活两便"高，而且又是全市通兑，天天有息，随时可取，故吸引了社会上很大一部分居民。据最近公布的数字，邮政储蓄的城乡居民储蓄余额，仅上海一地，就超过了 10 亿元。跃居上海五大"巨头"的第三位。在 10 亿存款余额中，仅"双定"一项，就达 5 亿多元。

为了在收储竞争中不打败仗，邮政部门从 1989 年底到 1990 年初，还专门成立了一支储蓄业务宣传员队伍。这些储蓄业务宣传员劝说一些单位将职工的"集零"转存到邮政局来。他们还印刷了大量的"双定"广告，及各种类的储蓄利息表，夹在晚报中，利用投递员投递机会，分送到每家每户。

四、财会人员的苦恼

由于竞争的激烈，使一些财会人员左右为难，十分苦恼。在众多的"财神爷"面前，他们谁也不敢得罪，谁也不愿得罪，想摆摆平，又常常摆不平。本市某副食品工场仅有100来人，职工的"集零"储蓄额不过几千元钱。各银行的联络员却谁也不肯放过，说客盈门，弄得这家单位的领导头昏脑涨，干脆停止了在职工中动员搞"集零"储蓄的工作。你们不是谁都想要吗，我干脆一家也不给。当然，话不能这样说，得编些像样的"理由"，"理由"是很容易编出来的。他们装出一副苦恼的、无可奈何的样子说："我们动员了多次，大会小会讲，职工们就是不肯存。"说一分也不肯存，也没人信。于是他们说了一个数字：90元，一听这么小一个数字，各家银行都表现出了宽厚为怀的风度，纷纷"礼让三先"。

当然，更多单位的财会人员，大都采用了"分配制"，分配的比例按实利和感情决定，或五五开，或六四开，或三七开。甚至出现了三家银行三三开，五个"巨头"五一开，"一碗粥公平吃"的局面。

除了来自银行和邮政部门这一头的麻烦外，那些财会人员还面临另一头的麻烦。那就是自己厂里的职工和领导，由于代办储蓄有少量的代办费，"红眼病"便应运而生，冷言冷语不时从各个角落里飘来，什么"捞外快"啦，什么"不务正业"啦，什么"第二职业"啦。有些单位领导，干脆要求财会人员把那笔代办费交公。一家工厂的一位财务人员对笔者说："其实，那几元钱的代办费，谁稀罕。干这种事，工作量大，又要收钱，又要记账，又要解银行，弄不好还要赔钱。我是为单位利益考虑，可就是没有人理解。"

五、如 何 存 款

1991年的"集体零存有息有奖储蓄"，各银行和邮政部门都有自已的特色，工商银行以最高奖2 000元及每户到期利息2元，吸引了不少行家。邮政储蓄则以总投奖额比工商银行高10万元（利息为一元，10万元为一开奖组，少一户一元即10万元，投入开奖）和一等奖3 000元及增设的"邮缘奖"、每组一套房屋奖为诱饵，也吸引了大批用户。其他银行也各有自己的特色。为了银行的贷款，为了推不掉的邮局的情意，许多人以大局为重，小局服从大局嘛！一位储户亲口对笔者说："我是个集邮迷，平时弄不到集邮卡，每次发行邮票都要起大早去邮局门口排队，这次看到邮政局的'集零'简章中设有'邮缘奖'，很高兴，原本想每月存100元，试试运气，谁知道单位领导为了贷款将我们的钱全部存到了工商银行去。"这样的储户，又岂止是一个呢？

六、居民储蓄热探微

说到底，储蓄市场的竞争再激烈，钱还要从居民口袋里自愿掏出来，他们不想存，你也不能用"纪律"和"制度"去压他们。那么，在国家连续不断地降低利息的情况下，居民的"储蓄热"为何依然旺盛不衰呢？笔者经过明察暗访，发现有三个至关重要的原因。其一，改革开放后，消费观念的改变和商品流行款式的迅速换代。以前，中国人历来喜欢的"储物"现象少了。由于流行款式的不断变化，现在越来越多的人喜欢存钱。那些新婚的情侣，往往在婚礼举行前才将必备的结婚用品备齐。怕买得早了，待结婚时成为"过时货"。其二，家庭结构的变化。以前，三代同堂现象比比皆是。现在，尤其是在城市，子女结婚后往往独立门户。"老人家庭"急剧增加。而那些"老人家庭"又往往是收入比较多，而消费仍带着节俭观念的人。他们比青年人更喜欢将钱存起来。以防在进入自理时期以这笔钱换取一点子女的孝心或请保姆之用。其三，为了安全起见。百姓们将钱放在家里，还不如存在银行里，办个挂失手续，既安全又不用提心吊胆。

七、透视一个"奇异现象"

从以上所述中,我们不难发现一个"奇异现象",这就是: 一方面,中国人民银行总行力求减缓居民储蓄余额的过热增长;一方面,由中国人民银行领导的下属各银行和邮政储汇局又"违背上司"的意志,拼命地争取储蓄余额的增长。1989年的"集零"大战中,邮政部门为了吸引储户,对每一储户赠送一套密胺碗筷。工商银行知道后,立即指责邮政部门这是"变相提高利息"。而工商银行自己,却又频频采用"和平胁迫"一些工厂将钱存到自己口袋里。在1991年的"集零"储蓄动员中,又要求各企事业单位在1990年的基础上,只能上升,不能下降。笔者所知,邮政部门经办的储蓄业务,受到两方面的诱惑。一方面是银行付的代办费率颇为可观;另一方面,他们还内部规定将储蓄业务量折合为计费业务量。而在全部的邮政业务中,邮政储蓄仅以4%的劳力支出,完成了全部计费业务总量的25%。计费业务总量完成好坏,是直接与邮电职工的工资挂钩的。如此巨大的诱惑力,怎不使邮政部门"全力以赴"地去大抓特抓邮政储蓄呢?

八、对储蓄热降温的几点思考和设想

笔者寡闻浅见,亦非是经济理论研究者,不敢妄说宏论,但也想提几点浅见向行家拜教。

浅见之一: 要使储蓄热降温,利息仍是一杆很好的经济杠杆。时下19%的增长率仍有偏高之谦。不妨,再利用它起作用,进一步降低利率。

浅见之二: 对储蓄种类中的"保值储蓄"是否可以取消,"保值储蓄"开办于当时物价暴涨之际。而目前物价比较稳定。

浅见之三: 在降低利率的同时,为了不让储户吃亏,可在国债发行的数量和周期上再做文章。

枫林秋深

浅见之四： 调整各大银行贷款利率与收储利率之间的比例，降低银行的收储热情。

　　储蓄大战，反映出一大社会问题，牵连到金融体制中的一系列机制的改革。如何宏观地加以控制，是一个复杂的社会问题。这方面，还得求助于一大批专家们提供真知灼见。

　　　　　　　　　　　（原载于 1991 年 5 月 23 日《文化艺术报》）

金色的婚礼

牛顿让太阳光穿过三棱镜看到了七彩光谱。这一发现使世界一下子变得绚丽多彩!

1987年2月,上海市邮政局市西局退管会,也发现了一面"三棱镜"。它有一个漂亮的名字——"金婚"。

"金婚",西方的婚俗文化,夫妻双方结婚满50年,举行一次庆贺活动,习惯上称作"金婚"。

市西邮电局退管会大胆移植这一文化,到1991年底,已为151对夫妻302人举办了"金婚"之贺,使那一片秋天的风景,重新充满了春的气息。

一位叫徐燮庭的老人,已高寿85岁,因是再婚,续弦后婚龄不足30年。可他拄着拐杖找到退管会,硬是要求组织为他做一次"银婚"("银婚"婚龄为25年),殷殷之情,可见一斑;家住西康路166弄内的老人俞乃文,因身体不好,退管会将"金婚"做到了家里。领导上门的那天,俞老显得特别激动,他要六个子女统统请假留在家里,一起为他们老夫妇"风光风光",还叮嘱小儿子精心准备了"答谢辞";还有一位瘫痪在床两年多的丁长庚老人,领导上门为他们老夫妇做"金婚"时,竟突然站了起来,连声喏喏:"谢谢组织,谢谢党!"令全家愕然!

这是一种怎样的心情呢?是秋叶对春天的缅怀,落霞对朝阳的依恋,是宁静的生活长河中激起的一朵灿烂的浪花。

透过三棱镜，人们才发现，"金色"的太阳光并不是单色的，而是赤橙黄绿青蓝紫七色组成的。

那么，市西邮电退管会，通过"金婚"这一三棱镜，又折射出了哪些光谱呢？

光谱之一，彭根宝老先生有一个女儿在武汉，几次催他去小住几天，他都懒得动身。自他与老爱人参加"金婚"后，激情难抑，想着要让女儿一家看看这"金婚照"，终于等不及女儿再次邀请，登上了"申江轮"。

光谱之二：早在 1987 年 2 月 25 日，《文汇报》刊登了一则市西退管会为老寿星做"金婚"的消息后，80 高龄的梁顺华老奶奶竟收到了一位失散 42 年的小姐妹的来信。这位身居南京的"小姐妹"使梁顺华一下沉浸在对美好年华的回忆之中。

光谱之三：这是一位不便透露姓名的老人。她的子女不太"那个"，使老夫妻俩的生活蒙上阴影，除了黯然落泪，两老只能叹息命运的不公平。退管会热烈隆重地为他们办了"金婚"后，老人一下子觉得找到了"靠山"，腰板也硬朗了。"我们不靠小辈也能靠组织。"终使子女面露愧色。当有人问老人近况如何，老人动情地说："比起以前，好脱交交关啰！"

光谱之四：家住成都北路 128 弄的陆正祥老人逢人便自豪地说：我们这条弄堂，只有我做过"金婚"。现在全弄堂都知道，许多老人感到羡慕，说老陆呀，还是你投胎投得好，邮电局想着你。

光谱之五：这位老人姓朱，他在参加了南浦大桥上的"金婚"之贺后，显得异常激动，即兴写了诗送到退管会。他告诉笔者，他将"金婚照"寄给加拿大读书的儿子，同学们知道后跷着大拇指说："GOODLUCK GOODLUCK！"（好运气好运气！）

光谱之六：这是一个故事。70 多岁的周佩英，去年带着"金婚照"去美国看望自己的姐姐，见到姐姐与姐夫因生活所迫，卖掉了房子住进了公寓，晚景孤独而又寂寞，很同情。她姐姐见了妹妹的"金婚照"后，不禁感慨万千，黯然泪下，说："还是中国好，还是社会主义温暖！”

在"三棱镜"折射出的光谱中，还有一种光谱，更显得光彩夺目。邮电京剧组的朱仲孙老先生，步入耄耋之年，仍孜孜以求，热爱着他的京剧艺术。如今，他受本市四所中学所邀，义务担任着京剧课外辅导任务，每周四次，风雨无阻。旧社会踏了半辈子黄鱼车的项俊先生，如今在里委任治保主任。他说，他有邮电这样好的单位作后台，在里弄工作也精神了。里弄里的治保工作很复杂，但我不怕，大不了把我这副老骨头献给社会主义！

假如牛顿如今还活着，也许他会为邮电市西退管会惊讶！因为，这面"三棱镜"，折射出的是生命的七彩光谱！

（原载于 1992 年 3 月 4 日《上海工运》《上海邮政报》）

她，不甘听凭生活的支配

　　一个普通的名字——汪葵。她的两条腿，有一条是木制的拐杖。两岁半时患的小儿麻痹症，使她成了终身残疾，对于一个姑娘，生活将给她带来多大的坎坷与不幸呵！

　　可是她说：生活是美的。

　　七岁那年，她泪汪汪地看着邻居的孩子去上学。她只能在家门口，双手搬着小板凳，捱来撑去，她还不会用拐杖。邻居的孩子放学了，在弄堂里朗声读起书来，看到他们那高兴的模样，她倚着门框，呜呜地哭了。后来，小学的老师知道后，天天早上背她去学校，放学后背她到家里，她一辈子也忘不了。同学们也真好，为她送来了铅笔、卷笔刀，还有那印着安徒生童话的铅笔盒……她同样一辈子忘不了。上体育课，她不能参加，但她坐在旁边看。她张大着好奇的眼睛，看到校园里一只蝴蝶，五彩的，很漂亮，在花瓣的草尖上起舞。世界真美，她想。

　　读五年级那年她辍学了，都是大学毕业的父母去了大连，把她留给了外婆。他们带着她的健康漂亮的弟弟和妹妹一起走了。

　　"不要读书了，腿不方便，老是麻烦人家。长大了，去街道厂弄口饭吃就可以了。"父母临走时扔给她这样一句话。

　　她没有责怪父母，尽管一个女孩子，生活上有诸多不便，但长大了，总得自立啊！有些事，老师和同学也是帮不了忙的，就这样让命运主宰自己一辈子？让生活施舍自己一辈子？不，她要振作起来，作生活的强者！同伴给她做了一根拐杖，她支撑着，从弄堂一直走到了大街上，不知摔倒了多少次，但她总是支着拐杖爬起来再走。她要了解世界，了解社会。她第一次走上市中心的大马路，像发现了一个新的大千世界，啊！这么多人，这么多车子，这么多的色彩！突然，她看到了感人的一幕：一位人民警察，一手抱着个孩子，一手扶着一位驼背的老太太，让过车流，穿过马路，把她们送上了一辆公共汽车……

一个灵感，在她脑海里闪了一下，光灿灿、明亮亮：我将来要当个作家多好，把我看到的和感受到的人间的美写出来。

她果真拿起了笔，写呀写呀！记叙的、抒情的、议论的，足足有两书包了，可是一篇也没有发表呀。她又想了，想呀想呀，最后，她认定：稿子能否发表，关键不在于编辑部里有无熟人，而在于稿子的质量。她放下了笔，又支起了拐杖，走遍一条条马路，跑进一家家书店，她买来了《高老头》《约翰.克里斯朵夫》《钢铁是怎样炼成的》，还有巴金、茅盾的，几十部名著。还买来了《罗丹论艺术》、丹纳的《艺术哲学》等理论书籍。她如饥似渴地读，如痴如醉地想，在报社一位编辑的悉心指导下，勤奋结出了硕果，终于，在 25 岁那年，她的第一篇稿子在《新民晚报》上发表了。当她买来当天的报纸，看着自己铅印的名字时，她含泪笑了。这是她多少个梦和心血的积聚呵！

像所有的女孩子都要结婚一样，后来，她也结婚了，有的人把婚后生活形容成坟墓，有的人把婚后的生活比喻成彩虹。她呢？她婚后的生活虽不能说像坟墓，但也绝不似彩虹。对于一个残疾的姑娘来说，生活分配给她的鲜花本来就不多……

她需要理解，极其可怜的理解——在承担了她难以承担的全部家务之后，她唯有从她所喜欢的事业——写作中得到慰藉。

她为得到和谐的生活，曾像写小说一样，多角度地做过探索和努力，然而，效果几乎等于零。

有人说：做人难，做女人更难。那么，做一个残疾的女人呢？面对这一切，她伤心过，但她没有绝望，她不顾一切地坚持拿起笔。为此，她付出了很大的代价……

三年来，她已发表了四个中篇、八九个短篇和几十篇微型小说，有的还得了奖，收进了出版社编的集子。在这同时，她还以顽强毅力读完上海教育学院的中文专业，获得了大专文凭。

她的生活，并没有多少芬芳。但她在自己作品中塑造的一系列美的形象，却时时散发着生活的芳馨。这些用汗水和心血形成的文字，凝聚着她对生活执着的爱。不久前，汪葵已填写了参加作协的表格，实现了她童年的梦……

本来，你应当听凭生活的支配。

你不甘，偏要去支配生活。

有人为她写过这样两句诗。然而她却谦虚地说："人生的价值在于创造有价值的人生，我要多写，把更多的美的形象贡献给人们，在丰富社会的同时也丰富自己。"

是的。汪葵本身不就是"社会生活"这部巨著中一个美的形象吗！

（原载于 1985 年 9 月 11 日《文汇报》）

"讨债队"在行动

这是一幅幅令人惊魂的场面，这是一个个让人无奈的故事。

钱，自从作为商品交换的等价物诞生以来，一直是流通领域的血液。没有血液的企业，就像一个贫血症患者一样面黄肌瘦，不堪打击。

为了钱，有人赌，有人偷，有人抢，有人骗……

借债，还债，欠债，还债，是环绕着钱展开的耗智耗力耗费心机的较量。

故事之一：善良人的无奈

他姓冷，快50岁了，一位年轻人从他那儿借走了5 000元钱，这是他的全部积蓄，年轻人甜言蜜语，说只借一个星期，因为要做一笔生意，需要先垫下资本。老冷没考虑就答应了。他没想到其实年轻人是借了他的钱去还赌债的。赌徒们将刀插在年轻人家的桌子上，年轻人怯了，把目标找到了老冷头上。

半年过去了，一年过去了。

又一年过去了。

老冷真冷了，人冷了，心也冷了。他用颤抖的手拿着借条，十次二十次地上门去讨。令人心冷的是讨债人在年轻人家纷至沓来。老冷失望了。但他不能眼看着自己大半辈子的积蓄就这样付之东流。他向法院起诉了。并且毫无疑问，他胜诉了。年轻人不赖债，答应 5 000 元钱用一年时间分两次还清。"没钱，又不能剥他的皮。"同事和朋友都说，香烧过没有？老冷如梦初醒，买了三条红塔山香烟和其他一些礼品，好说歹说地塞到了法官手里。然而，他盼星星盼月亮地盼着法院通知，事至笔者行文至此，老冷还没见到一点儿星星和月亮的光亮！

故事之二：讨债队的骗术

老冷的悲剧，并非个别现象。法律是神圣的，但执法者并非都是神圣的。一场官司半条命，是许多人共有的感叹！于是，社会上有一些人，开始钻了这空子，他们并无多少文化，只有一身胆量，胆量大到亡命的地步，许多事便很容易地解决了。亡命者也并非一开始就亡命，他们根据对象不同，有时也略施小技。骗，便是常用的一种。小胡欠小陆 8 000 元钱。小陆讨了多次没讨到，眼看小胡整天泡在方城中赌，小陆失望了。小陆比老冷聪明，他没求助法律，而是请了地下讨债队的两位哥们。两位年轻人在小陆宴请的饭桌上喝得满脸通红，找到了小胡家里。经一番自我介绍后，讨债队中的一位说，借你的摩托车用一下，我们一人留下，只用半小时。小胡没同意，讨债队的人就没耐心了，说，我们借你车，是看得起你，你不要"拎勿清"。其中的一位便将一把插子抽出来，有意无意地抓过棵白菜在手里削，插子将白菜削成了碎末，讨债人却不再说话。小胡说，好吧，半小时，快去快回，我这"本田王"是从来不借人的。说完，将钥匙抛到了桌上。

车子开走了，只去了一人，另一个留着，继续有意无意地削白菜，小胡妻子买回的三斤白菜几乎都削成了菜末，开车的人回来了，空着手，是坐别人的摩托车来的。话也不多，只告诉小胡在三天内将他欠小陆的 8 000 元钱交给他们，车子就可以送上门来，否则，车债就算两清了。小胡几乎没有一点儿反抗，连争执的话都没一句，第二天，他东拼西凑借了 8 000 元钱将价值两万元的"本田王"赎了回来。

作为回报，小陆按 20% 的数字付了 1 600 元讨债报酬。事后，小陆说，比起打官司，请讨债队合算多了，一是付费不贵，二是速度快，早点收回款子，可以多做几笔生意。而且，请讨债队，几乎是没有收不回款的。

故事之三：讨债队的磨术

讨债队采用磨术，也是常用手法之一。江苏省某厂因一笔业务交易，被远在云南的某企业拖欠了 10 多万元的款子，也是久讨不着。厂长私下里请了讨债队帮忙，讨债队立马行动，派出五人小组，连夜坐上火车南下。对企业与企业之间的债务，讨债队采取了磨术。他们五人作了分工，三个人盯住经理，两个人盯住财务科长。你上班，他们坐在办公室里。你回家，他们到你家做客。他们不强行，而是买上一些礼品。你留他们吃饭，他们也吃，你不留他们吃饭，他们到外面吃碗面条再来。他们手里有委托厂的介绍信、委任书，他们是代表厂里来的。但他们分明不像办公事。他们在不触犯法律的前提下与你周旋，让你工作起来碍手碍脚，他们发誓，讨不到全部款子，他们愿永远陪伴。经理无奈了，与财务科长一商量，将十万多元的款子交给了他们。

讨债队发电报回厂，厂长欣喜若狂。叫他们坐飞机回。厂长叫了奔驰小轿车守候在机场迎接他们。讨债队像凯旋的英雄，被厂长按最高规格招待，一桌庆功宴花了 4 000 元。最后，厂长付了 15 000 元作为酬劳费。

然而，"地下讨债队"毕竟是一种非法的组织形式。那里的人，大多数都犯有前科或是几上几下的"山上来客"。因为他们的最终目的是为了获取高额报酬，所以，他们对自己的行为是没有规范的。

故事之四：血的威胁

有几位最普通的平民百姓，与一家大公司的经理发生了一笔

　　　　　　　　　　　　　　　　　　　　　　　　　　枫林秋深

50 000 元的经济纠纷，经理是按照合同扣压下这笔款子的，理在经理一方。但经理最后还是不得不将钱还给了对方。因为经理碰到了两名头痛的对手——"讨债队"人员。

那天，经理刚回家坐下，就有人敲门了。打开门一看，是两位杀气满面素不相识的年轻人。年轻人说明来意，将一把匕首往桌上一插，立等要钱。面对这突然事件，经理一时手足无措。恰好经理的两个儿子回来，见此情况，马上准备动手。只听讨债队一名队员一声吼叫，立刻拔出两把插子做出拼命状。另一名却显得不慌不忙，拔起桌上的插子往自己的小臂上一刺，然后慢慢下拉，顿时，鲜血直流，一条刀口有一寸多长。划了一刀后，那位讨债队员依然从容得很，微笑着问经理，是付 50 000 元呢还是家破人亡？

经理忙说，好商量，好商量，立即表态，第二天到单位后马上付款。

好，君子一言，驷马难追，就这样定了。一名讨债队员这样说。

另一名讨债队员刷地从口袋里掏出一张纸，往桌上一抛，说，这是我们俩的姓名地址，如果要报案，按这可以抓我们。

"亡命之徒！"待讨债队员走后，经理狠狠骂了一声。但经理并没有报案。经理思量再三，还是决定将 50 000 元钱还给对方。

1994 年第 2 期《人民警察》，刊登了一篇令人读来惊魂的报道。一名叫"小李子"的罪犯，越狱后在上海滩组织了三四十名流氓，成立了一个讨债团伙。狠毒残忍，动不动就刀子见红，终于被公安人员一网打尽。

地下讨债队，正在频频出现。危害社会的安宁，威胁着人们的生命。它的出现，有其社会的原因。它迎合了一部分人的胃口。为此，我们有必要大声地呼唤法制的健全和法律的尊严！

（原载于 1994 年 8 月 16 日《贵阳邮政报》）

桥头揩车业

"喂，擦车吗？"

"师傅，擦一擦吧？"

"揩车揩车，两块一揩，加油勿要钞票！"

一种由外地口音与本地口音交响混杂，以外地口音为主的南腔北调嘈杂地灌进我的耳朵。

我蓦然抬头：呵，满桥一长溜站着脏兮兮的人，两个一伙，三个一群。脚下，放着一堆同样脏兮兮的揩布。几乎每堆揩布旁边，又都放着一个装了油的瓶子。长长的瓶颈从揩布边探伸着，似乎在帮着主人一起呼唤来客！

当我突然意识到，十里洋场的大上海，在一夜之间又悄然出现了一个新的行业——揩车业时，我自己的车子已被一男一女两人拉住了。

我是从曹家渡沿着万航渡路，将车骑到曹阳路桥下，再沿着步步高石阶将自行车推上桥面时被围住的。

我没有拒绝，点了点头，将车架支好。

揩车工，来自全国各地

从二月下旬起，三官桥桥面上就开始有了揩车工。那时，揩车工还带着羞涩与窘迫，不敢大声叫唤招揽顾客。他们大都在人们推车上桥经过他们身边时，才轻声问一声："车子揩吗？"

仅仅过了半个月，一支潜在的揩车集团军就悄然形成了。人们发现，不知从哪一天开始，武宁路桥、西康路桥、江宁路桥、乍浦路桥等，几乎从外白渡桥沿苏州河到北新泾所有的桥上都出现揩车工。最多的时候，一座桥的两旁有五六十人守在那里。

我很自然地把为我揩车的一男一女作为采访对象，问起来。他们是一对夫妻，来自郑州农村。男的 28 岁，女的 26 岁。他们从报上和中央广播中听到上海要加快步子改革开放，认为一定可以通过打工赚到不少钞票。几年前，他们已经错失了去广州、深圳的机会，眼看着村里那些胆子大的闯荡江湖发了财。这一回不肯怠慢，夫妻俩一商量，将 5 岁的儿子寄养外婆家，乘上了东去的列车。到了上海，他们一时还搞不清 ABCD，看到桥上有人靠擦车赚钱，也就跟着来了。

我问他们，一天能擦多少辆车？他们告诉我，碰巧有十多辆擦，也有只擦三四辆的。我问他们晚上住哪儿？他们说，他们一起来的几个同乡在熟人帮助下，在严家弄集体借了一间农民房子。

我骑着自行车，一座座桥转悠，以漫不经心的方式与人搭话、采访。有时候要在不动声色之中进行。

"不擦车，单加油多少钱？"我指指自己刚擦好没两天的车子问两位姑娘。

"五角钱。"其中一位胖胖的岁数大一点的小大块头说。

"听口音你是安徽人，安徽什么地方？"

"安徽六合。"她说。

"专程到上海来擦车的吗？"

"不是的，她男人在上海搞建筑，造大楼。她来看男人，白天没事，就来擦车了。"她没介绍自己，却先介绍起她的同伴来。

那个看上去像姑娘一样，脸红扑扑的，细挑个儿的少妇点点头，看着我，突然问："你是记者吗？"

她竟然很机敏。

我一笑，含混过去。业余作者常有的这种窘迫自愧感，常常使许多好题材失之交臂。不过，次数多了，我脸皮一厚也就搪过去了。

我一笑，没回答她，继续问小大块头。

"你呢，你自己？"

"我在上海已经好几年了，在点心店下面条、包水饺、干杂活。"

"为什么跑来揩车呢？挺脏的！"

"老板娘凶，老是说我吃得多，一天要干 14 个小时，不吃饱行吗？上海人很坏的，您不要生气！"她说得很起劲，有点激动。

我当然不会生气，而是顺着话题往深里问了一句："上海人坏在什么地方，你说说看。"

"门槛精。"小大块头说。

我给他五角钱，说，今天没时间了，明天来加油。我挥挥手，向另一座桥骑去……

在我有限的采访对象中，我获得了如下一些信息：一、这些揩车工，绝大多数是外地人，只有少数是上海人。二、外地人中，多数人原来就在上海打工，因受不了个体业主、包工头等的欺凌压迫而"转业"来的。他们（她们）认为揩车虽然脏，但人身自由，收入也并不少。三、另外有一部分外地人，是听到了上海要放开改革的步子后，认为上海可以像深圳一样有油水捞了，便纷纷盲流而来。揩车只不过是一个过渡"职业"，一旦有其他的更能赚钱的活儿，他们便会撤离"桥头堡"，转向别处。

车主人，想法各种各样

揩车业的出现也是有一定时代背景的。在中国的"南大门"吃过苦头也尝过甜头的打工仔们，为他们的兄弟姐妹们积累了一大堆经验，使今天的中国年轻人，更加懂得这样一个道理：一个人，与一个国家一样，不冒险，就别想富起来！于是，这些后来者，在错过了闯"南大门"的机会后，就豁出胆子来闯"东大门"——上海滩了！

然而，揩车业的出现并迅速形成，还远非这一原因。上海有 600

多万辆自行车，是造成揩车业产生的又一重要原因。如果按一人一天平均擦10辆自行车，一辆车平均两个月擦一次计算，上海滩上的自行车就足够养活一支10万多人的揩车业大军。

那么，生活水平仍然显得局促拮据的上海人，又何以愿意花两元钱让人去擦车呢？听听车主人的各种不同想法吧！这一位仪表行业的科室办事员，30多岁，脚有点儿跛却仍每天骑自行车上下班。他是这样回答的：两元钱擦一辆车，还不到一包牡丹香烟钱。自己擦，又费力又费时，擦一辆车起码半个小时，他们两三个人一起擦，一刻钟不到就好了，而且擦得又干净，还为你加油。合算而省事，何乐而不为呢！

一位上长日班的女工说，对我们女人来说，最不够用的就是时间，睁开眼睛忙孩子、忙上班，下班以后又是忙孩子，还要忙夜饭、忙洗衣服，连电视都要很晚才能坐下来看，哪有时间花在揩车上。喏，我这辆车买来到现在，只在去年元旦揩过一次。现在有了揩车人，挺好的。

一位在中学任教了20多年的中年教师则有他的看法，他告诉笔者，教师不比工人，要点纱头、车油很方便。我们学校只有黑板、粉笔。难得讨到一点纱头，老婆还要抢了去洗碗用。他说，尤其向人去讨纱头讨车油欠一个人情债，还不如花两元钱无牵无挂。

还有一位小伙子幽默地说：我揩一次车我老婆要为我洗一次衣服，现在请人揩车，也是我爱护妻子的表现。

对于一些富裕者，更是没人肯将时间花在擦一辆自行车上。两元钱，对他们来说，是毛毛雨中毛毛雨。

车主人，对揩车的想法各有不同，且表现出了相当的热情。这就是说，花两元钱擦一次车，上海人是承受得了的。

揩车业，有人欢喜有人愁

对上海揩车业的出现，上海的新闻界还没有太多的评说，政府部门也大多持冷静观察态度。明显的支持与干涉都未出现过。倒是在一些老百姓中，对这一现象已经有了沸沸扬扬的议论。将各种各样的议论归纳起来，大致可分为以下几种。

一、揩车业的出现，对上海人开拓市场，发展第三产业有一定的启示作用。上海要实行全员劳动合同制，在改革大潮冲击下，待业队伍将进一步扩大。揩车业的出现，可以拓宽决策者的思路。

二、揩车业的存在，可以维持一支很大的失业大军，这有利于社会安定和稳定。但揩车业应当从时下的"桥头工厂"转移，设在不妨碍道路交通的新村、里弄内，并且由区政府或街道管起来，成为一种组织，深入到里弄工厂去服务。

三、揩车业停留在桥上，有不少弊端，使桥面卫生受到污染。油迹、油纱头、油抹布、自行车垃圾把桥面弄得污迹斑斑。再有，苏州河成了最好最方便的天然垃圾场。不少人懒得将废抹布之类带回去，就随手往苏州河里扔，久而久之，苏州河就会遭受灾难。

四、对外来揩车人员盲目流入，政府部门应有足够重视。上海不比其他城市，本来就因人口密集，道路拥挤，车流不畅等原因弄得上海人头晕脑涨。如果再不加限制地让外来人口大量涌入，这座城市的负荷将变得越来越不堪承受。

总之，揩车业的出现，确实是有人欢喜有人愁。如何正确评价和处置这一现象，还有待社会学家们贡献良策！

（原载于 1988 年 7 月 9 日《上海邮电报》）

来自打工部落的报告

　　拿着笔，足足一个小时，我没能在我铺开的文稿纸上落下一个字。很长一段时间以来，我一直想写写那些自我"下海"以后熟悉的打工仔和打工妹们。他们的出现，作为一种已被社会接纳的现实，除了社会价值观之外，又给我们提供了哪些有思考价值的课题呢？

一

　　我，学名文倩，今年19岁。村里的一帮表哥表姐们说要去闯荡大上海，我便吵嚷着也要去。大上海，对我来说，是做梦也想去玩的地方。那是全国最繁华的第一大城市，有全国最大的百货公司，有全国最热闹的南京路，有闻名世界的黄浦江和黄浦江上的万吨巨轮。大上海，吃的、穿的、用的都在全国起着领导新潮流的作用，是全国人民公认的"购物天堂"。

　　去一次大上海，一生无憾！

　　正是怀着这样的心情，我决心跟村里的表哥表姐们一起去闯一闯。父母拗不过我，给了我300元钱，这是父亲一年的积蓄，我可管不了那么多，说不定找到一份好工作，我就加倍还给父亲。

　　出门时，我们一行八个人商量好，风雨同舟，甘苦与共。谁知一到上海，那些表哥表姐们就将契约丢到一边，自顾自找工作去了。有四人找不到工作去了广州。我与另三位表哥表姐转到了上海郊县的一个小镇，在那里我们找了一家农户住了下来。白天，四处找工作。晚上，一起盘算着所带的钱，我们节衣缩食，不敢乱花一分钱。眼看一个星期过去了，又一个星期过去了，大家急得像热锅上的蚂蚁一般。正在这时，房东给我找到了一份工作。他说有一家个体饭店要一位长得漂亮的小姑娘做服务员，问我愿意不愿意去？我没考虑就说愿意。

店主是一位温和的小伙子，他对我不错，开始讲定的工资是每月100元包三餐伙食。干了才一个星期，就给我加到120元一月。第二个月又加到150元。这对我来说已满足了。我从早上五点就赶到店里，一直干到晚上11点才回家。为了讨得主人欢喜，我十分卖力。我知道，挣钱不是容易的事，要保住工作，唯有卖力才行。

使我稍感失望的是，我的另外三位表哥表姐终因没找到工作也去了广州。我有工作，并且店主待我也不错，我不想去，一个人在上海郊区的这个小镇上留了下来。

谁知道天有不测风云。因为我的漂亮，竟惹来了麻烦。一天，老板娘到店里来，看到老板——那位店主正跟我开玩笑——他的沪语常使我们几位服务员笑得弯下腰去，我们常嘲笑他的沪语带来的歧义。老板娘一来，另两位同行姐妹不笑了。我却仍忍俊不禁在笑。没想到老板娘不分青红皂白，一把揪住我的头发，啪啪就是两记耳光，又揪住我的头往墙上撞，一边撞一边骂，骂我贱骨头。她骂的虽是沪语，我却懂得十之七八。我气极了，一边挣扎一边申辩。谁知越申辩她越打得凶，我终于忍不住哭了，幸亏另两位同行姐妹与几位顾客将她拉开了。

第二天，我就被解雇了。

我无法忍受这样的凌辱，第二天，我就拿着店主结算给我的工资，踏上了归程。我是满含泪水满怀委屈踏上归程的。

大上海，我的梦想！我到了您的身边，却没能领略到您的风采。而您，在送我回家时，又留给我一个怎样的回忆呢？

二

上面的小妹，讲了她的心酸经历。我也来诉诉我的苦。我姓陆，来自贵州的一个山村。我在上海某县的一家玻璃纤维拉丝厂干活。比起你们，我也许幸运些，但道路绝不平坦。我打过老板和老板娘，他们却不敢将我辞退。外出谋生，要凭一点本事，凭一点策略，我觉得，这个世界上的事，繁杂得很，但九九归一，是人与人的较量。

你们也许不知道，玻璃纤维拉丝，是一种什么活儿？那是一种高温操作，车间里一排电炉，将玻璃烧化成液体，再用人工抽成丝线，那种丝线织成的布，用于防火建材上。车间的温度高得吓人，夏天达到 60 摄氏度以上。而且拉丝又有一定的技术难度，很少有人愿意干那种活儿。

我就干了，并且叫了我家乡的一帮哥儿姐妹们一起来。我对老板说，要么全用我的人，要么一个也不留。我的理由是语言相通，便于管理。老板是位只管赚钱又懒得要命的人。我瞅准他的弱点，提出工资凭你开，管理我担保的对策。他一听，同意了。我们就在那儿干了起来，我对我的乡党们说，在这里，大家一定要听我的，第一，要学好技术，要过得硬；第二要团结，不准闹分裂。大伙儿说行，我们就与老板签了合同，先签三个月。三个月后，我自己对整个工艺已了如指掌，并将老板的一个保密的配方也掌握了。我的乡党们也一个个成了技术能手。三个月到期要续签合同，我就提出了要加工资，老板起先不答应，后来考虑了半天，还是同意了。我们就又签了半年合同。

我们老板的秘方比别的拉丝厂的配方要好，所以拉出的丝很好销，售价也比别人高。我因掌握了秘方，老板就有点怕我，怕我泄密。我抓住他这弱点，一方面表现出忠心耿耿的样子，一方面频频与别的拉丝厂的老板接触，其实，我只是做个假动作，唬唬老板。从我本心讲，我不会轻易叛变自己的良心，做人总得有个准则。但计谋与策略总是要一点的。

这样，我们在那儿一干就是三年。有一次，厂里停电，一停就是半个月，我们向老板要基本生活费。老板不答应，说我们是计量工资制，没产量当然没工资。我据理力争，说停电不是我们工人的事，我们没活干饭总要吃的。这样就吵起来了。这时老板娘出来，说我带头闹事，我一听，火来啦，对着她的脸就是两下耳光。老板帮他老婆忙，来推我，我对着他就是一拳。他趔趄着差点跌倒。当时，他们夫妻俩都说，马上要解雇我。我说，行，你解雇我，明天，我们一个不留，全走。

老板与老板娘说，走吧走吧统统给我走。第二天，当我们全体乡党打好铺盖要走时，老板来挽留了。

他为什么要挽留我们呢？这就是我们靠了自己的本事与策略。老板一是怕我们一走，找不到技术比我们更好的工人，这对他的产量与质量当然有影响。做老板的，就是要赚钱，但钱是靠工人给他创造的，他当然要有技术的工人为他创造更多的利润。第二是他怕我一走，到别的拉丝厂去，这样，他的秘方也就会泄露了，竞争就增加了难度和力度，他不放心。

就这样，我们不但留下了，还争取到了停电期间的生活费补贴……

打工，与做其他任何事一样，有逆境也有顺境。但这两个故事告诉我们的，却不仅仅是有关打工的故事，而是向我们展示了这样一种现实，一种有待我们引起警觉的颇具思考价值的人的平等原则和人与人相互关系的维系方式。

在我准备结束本文时，又发生了深圳一场大火，烧死了 82 名打工妹的惨剧，令我心情更加沉重！

我们期待着一种更趋完善和谐的生存时空的出现！

（原载于 1989 年 12 月 5 日《贵阳邮电报》）

安亭史拾

《安亭江》寻踪

——为归有光的一处笔误补白

一

关于对"安亭江"的存疑，由来已久。

存疑的主要疑点有以下几点：

1. 安亭有没有"安亭江"？

2. 现在的安亭泾与安亭江是不是同一条河？如不是，两者之间有没有什么关联？

3. 《归有光文集》中有三篇文章提到了安亭江。归有光有没有弄错？

4. 如有安亭江，它在哪里？

二

对安亭江存疑的由来，源于归有光的三篇文章。为了阅读方便，我把归有光三篇文章中提到的相关段落摘录于后。

1545 年，40 岁的归有光在《畏垒亭记》中写道：

自昆山城水行七十里，曰安亭，在吴淞江之旁。盖图志有安亭江，今不可见矣。土薄而俗浇，县人争弃之。

予妻之家在焉，予独爱其宅中闲靓，壬寅之岁，读书于此。宅西有清池古木，垒石为山；山有亭，登之，隐隐见吴凇江环绕而东，风帆时过于荒墟树杪之间；华亭九峰，青龙镇古刹、浮屠，皆直其前。亭旧无名，予始名之曰"畏垒"。

这里，归有光提到了安亭江，但是"今不可见矣"。

1549 年，44 岁的归有光因怀念长子子孝亡故一周年而修"思子亭"，并写了《思子亭记》，文中有一段话这样写道：

震泽之水，蜿蜒东流为吴凇江，二百六十里入海。嘉靖壬寅，予始携吾儿来居江上，二百六十里水道之中也。江至此欲阔，萧然旷野，无辋川之景物，阳羡之山水。独自有屋数十楹，中颇弘邃，山池亦胜，足以避世。予性懒出，双扉昼闭，绿草满庭，最爱吾儿与诸弟游戏，穿走长廊之间。此余平生之乐事也。

这一段有两处写到了一个"江"字，从"予始携吾儿来居江上"这句话中，我们可以知道，归有光这里所说的"江"，就是指安亭江。我们可以从另一篇文章中得到佐证。1561 年，55 岁的归有光为悼念第二任妻子王夫人，写了《世美堂后记》，文中还有一段话这样写道：

余妻之曾大父王翁致谦，宋丞相魏公之后。自大名徙宛丘，后又徙余姚。元至顺间，有官平江者，因家昆山之南戴，故县人谓之南戴王氏。翁为人偃傥奇伟，吏部左侍郎叶公盛、大理寺卿章公格一时名德，皆相友善，为与联姻。成化初，筑室百楹于安亭江上，堂宇闳敞，极幽雅之致，题其匾曰"世美"。四明杨太史守阯为之记。

这里，归有光明明白白写了"筑室百楹于安亭江上"，由此可见，归有光在《思子亭记》一文中所说的"有屋数十楹"，就是指王致歉在安亭江上建的"世美堂"了。同时，我们从这些文字中也看到了，王致歉盖的一百余间房子，到归有光与王夫人结婚的时候，只剩"数十楹"了。

三

也许正是从《世美堂后记》这篇文章中的这句话出发，许多归有光研究者就认定安亭是有安亭江的，而且，地理位置就在"世美堂"旁边。

从安亭旧志中的"归太仆故居"一幅地图的地理位置中，我们可以看到，有两条河与"筑室百楹于安亭江上"的条件是相匹配的。一条是归宅东侧的安亭泾；一条是归宅北侧的东西六泾，东六泾与西六泾是同一条河，以安亭泾为分界，至今尚有残痕。那么，究竟哪一条河的前身更有可能是安亭江呢？分歧出现了。我历来以为安亭泾就是以前的安亭江。理由是历史上有把小河称为"泾"的，但也有把小河称为"江"的。

2017年11月初，嘉定菊园文体中心举办过一个画展，我与嘉定博物馆的馆长徐正伟（音）共同观展，中午留餐时又恰好同桌。我与他探讨过有关安亭江的遗址问题，他也一口咬定安亭江就是今天的安亭泾。

然而，现年86岁的老画家，曾经当过《安亭志》编写者，如今仍然是安亭"民俗文化研究会"会长的王元昌老师另有见解。据王元昌老师考证，他说安亭江另有其江。当年太湖流域水网密布，但大都淤塞。在嘉定境内，有三条东西向的江，是太湖泄水的主要通道，南面一条叫吴淞江，中间一条就是安亭江，北面另有一条叫类江。据王老师判断，安亭江极有可能就是后来的东西六泾。因西六泾就紧挨着归宅的北侧。当时，我也认为是有可能的，只是需要史料证明。

除以上两种有分歧的认识外，未见有第三种说法。

近日闲读，《东坡集》中有一段话引起了我的兴趣，摘录于下：

若开江尾，疏关江岸为桥，迁关江岸东一村之民开地，复为昔日之江。置一十四处之斗门，并筑一十四堤，制水入江。开莫苎干、白鹤溪、白鱼湾、大吴渎、塘口渎……苏州之海口诸浦、安亭江、江阴之季子港、春申港……

这段文字告诉我们，历史上确有安亭江。又从归有光《三吴水利录》所辑中提到北宋单锷所写的《吴中水利书》，年份更为靠前，又去查单锷，从网络资料可知：

单锷，江苏宜兴人，北宋嘉祐五年（1060 年）进士。得第后不举官，独留心研究太湖水利。经过近三十年的调查研究，于元祐三年（1088 年）写成《吴中水利书》，论述他对太湖洪涝的治理主张。元祐四年苏轼知杭州，曾与单氏研讨浙西水利，对《吴中水利书》颇为赞赏，并具疏代奏于朝。单锷的治水主张虽不果行，但流传后世，颇有影响。

在《吴中水利书》中，单锷有一段描述写出了历史上不但有安亭江，还写出了安亭江的地理位置：

锷又睹秀州青龙镇有安亭江一条，自吴江东至青龙，由青龙泄水入海。昔因监司相视，恐走透商税，遂塞此一江。其江通华亭及青龙。夫笘截商税利国，能有几耶？堰塞湍流，其害实大。又况措置商税，不为难事。窃闻近日华亭、青龙人户，相率陈状，情愿出钱，乞开安亭江。见有状在，本县官吏未与施行。

这里说的秀州，是历史上的州名。包括旧嘉兴府（除海宁外的今嘉兴地区）与旧松江府（上海直辖市的吴淞江以南部分），原来是唐代苏州府的一部分。后晋高祖天福五年（940年），因吴越王钱元瓘之奏请，再分苏州置秀州，领嘉兴、海盐、华亭、崇德四县。

这里说的青龙镇，在今白鹤镇南，青龙古塔还在。由此可见，安亭江在吴淞江南，是一条由青龙江到吴江的河流，由于盐商为了逃税而经常走安亭江，因而被人为堰塞。百姓要求重开安亭江，但"官吏未与施行"。

五

文章到此，似乎可以结束了，却又闻史上的许多有关水利的论述都有误点。清初，江苏无锡人顾祖禹，字瑞五，号景范，南直隶常州府无锡县（今江苏无锡）人，生于明崇祯四年（1631年），卒于清康熙三十一年（1692年）。由于久居无锡城东宛溪，被学者称为宛溪先生。顾祖禹对史上的水利论述进行了全面的重辑整理，他几乎与单锷一样，单锷当年不愿为官，花了30年时间调查水利，写下了《吴中水利书》。顾祖禹也同样不愿为官，同样化了30年的时间，从30岁到60岁，完成了一部迄今为止，中国历史上最全、最权威的水利巨著，洋洋洒洒280万字，书名叫《读史方舆纪要》。网上可下载全文，但如此巨著，就是给我十年时间我也无法读完。如何在这大海一样的文字中找到他对安亭江的结论？我相信他一定会写到。既然史上最全，又被单锷、苏轼、归有光屡次提到的安亭江，吴祖禹不可能漏掉。我在大海一样的茫茫文字中无目的地浏览，突然发现《读史方舆纪要》的编排是有地理上的顺序的，于是我从宝山、松江、青浦、嘉定一路寻找，在《读史方舆纪要》第24卷南直六电子网页第24页上，终于找到了顾祖禹对单锷在书中所说的有关安亭江的文字，虽只短短一句，却被证明单锷的论述顾祖禹是认可的。那一句话是："宋元祐中，单锷议开安亭江，自吴江东至青龙江入海。今亦堙塞。"单锷所提的安亭江，地理位置没变，"自吴江东至青龙江入海"与以前描述的一样。

至此，关于安亭江的异议可以明白了。至于归有光为什么会把安亭泾写成安亭江，我认为不能说是他的笔误，只能说是他的随意。因为归有光在《畏垒亭记》中写道："盖图志有安亭江，今不可见矣。"可见，归有光是知道历史上有"图"与"志"记载过安亭江的。他既然知道单锷写《吴中水利书》，就不可能不知道历史上 的安亭江是在吴淞江南边的青龙镇。

(2017 年 12 月 14 日)

明代文学史脉略议

上午整理了一下明代文学史脉络。

明初。程朱理学盛行，客观唯心主义思潮占据统治阶级的主体地位。至明中叶，以王阳明为旗帜，王艮、颜钧、梁汝元、李贽为代表的左派文学观，迅速在文坛崛起。王阳明的"阳明心学"主题思想是"心即理"的主观唯心主义。"心外无物""心外无理""万事万物之理不外于吾心"的观点一时非常流行。但明中叶以后，以"三杨"杨士奇、杨荣、杨溥为代表的古典主义又继续得以发扬、发展与巩固。八股文继续作为官府考试制度不可动摇的模式。但同时出现的"前七子"，则以李梦阳、何景明、徐祯卿、边贡、康海、王九思和王廷相七人，以李、何为代表，却提出了"文必秦汉，诗必盛唐"的复古主义主张。可以说，谈不上是因为反对某派而创立了另一派，而是各自的主张在同一个时期的呈现。以前我总认为某学术思想是为了反对某学术思想而产生的新的流派。现在知道，那是文学评论家们闹的事。流派的产生往往是一种个人的观点被一些人拥护而形成的，也有几个理论主张相同或相近的人，被后人凑合成一个派别的。比如"唐宋派"，就极为勉强。"前七子"主张"文必秦汉，诗必盛唐"的复古主义，我以为在一定程度上保护了文章的严肃性。虽然宋词后来也成为中国文学史上的一朵玫瑰，但唐诗至今仍没被后人超越。所以，我不认为"前七子"应全面否定。"前七子"虽主张复古，却也反对八股文和"台阁体"，在理论上都有自己独立的主张。"阳明心学"的主张更多是指治国的方略，属于意识形态的改革主张。"前七子"则偏重在文学主张方面，两者各自独立，不属于同一个层面。"前七子"后，以李攀龙、王世贞为首的"后七子"，也主张复古。李攀龙的诗文以模拟盛唐为主，"文则生吞活剥三代两汉"（沈新林语）。王世贞则十分狂傲，声称"西京之文实，东京之文弱。六朝之文游，离实矣。唐之文庸，犹未离浮也。宋之文陋，离浮矣，愈下矣。元无文"。王世贞认为，诗文愈古愈好，秦汉以来文章一代不如一代。王世贞的文风基本上与"前七子"的李梦阳差不多，喜欢大量拟文作文，有点像我们现在的临摹作画。王世贞的追随者很多，以李攀龙、王世贞、谢榛、宗臣、梁有誉、徐中行、吴国论等七人为"后七子"。之后出现了王慎中、唐顺之、茅坤、归有光等人。在文学上主张继承南宋以来的文学主张，反对复古主义。尤以归有光为最烈，除了在理论上反对前后七子的文学主张外，还在创作实践中大胆尝试简俗之风，被后人誉为"唐宋派"的骨干。这一派其实没有领袖人物。对"唐宋派"的概念也颇有争议。至于"唐宋派"对后来的"桐城派"有多大影响，我认为也颇为牵强。但归有光的简约通俗之风，对"桐城派"及后人的影响确实不小。尤以钱谦益为代表，都极力推崇过归有光。归有光被誉为"明文第一"，也不过是钱谦益的个人之见，但这已是清代的事了。

（2016 年 9 月 11 日）

安亭起源探微

　　有关起源的故事，都是伴随着神话和传说一起诞生的，但有关安亭的起源，我却既找不到神话又找不到传说。所能找到的有参考价值的文字极少，清里人陈树德与孙岱编写的《安亭志》，第一章第二节"缘起"中有一句话，"安亭镇，其创始志无可考"。这让人大失所望。安亭镇及安亭的名称到底是怎样来的呢？历史上没有现成的资料。我极尽努力，以哲学与逻辑学为方法，以安亭现有的史料为路径，进行了认真、细致、周密的探索，以求找到一个尽可能比较清晰的雏形。

一、苏州是安亭起源之源

　　太湖流域是南方人口较早集居的地方之一。而苏州又是太湖流域最早集市成镇的地方。据苏州地方志记载。从公元前 514 年，吴王阖闾元年，吴王阖闾命大将伍子胥筑阖闾城，作为国都。到公元 129年。阖闾城成为吴郡。辖地至浙江、建德。汉末，孙权、孙策居浙江建德以东，故称东吴。隋开皇九年（589 年），又改为苏州（苏州之名，是以苏州西南姑苏山为名，所以，历史上，苏州城又叫姑苏城）。唐代后期，白居易、韦应物、刘禹锡都担任过苏州刺史。刺史是皇帝派往各郡监察当地行政官员绩效的督察官，相当于今天的中央纪检特派员，有很高的权力，后来，废除各郡的官员，由刺史一人兼任。刺史也就成了行政官员，相当于现在的省长（中国当时划分为十三个郡)。

苏州是三吴之地人口聚居最早的地方,在公元前 500 年阖闾时期就是国都,是全国政治经济文化的中心。安亭的起源应该与苏州有关。城市发展的规律,是辐射状的,苏州是太湖流域最早的政治经济发源地,苏州向东,有昆山,昆山往东,有安亭,这是由大到小的线状分布。以苏州为核心向四周星状分布的如无锡、南京、青浦、松江、嘉定、太仓等,这些大大小小的城镇的经济文化的发展,多是以苏州为中心的。苏州周边的城镇发展与起源也是以苏州为源的,安亭也一样。就像今天的上海向浙江、江苏辐射一样,今天的安亭向花桥、白鹤、黄渡的辐射一样。一个政治、经济、文化的中心城镇,对周边城镇的发展起着母体育婴作用。

二、安亭有没有亭

苏州的官府有没有在安亭这地方建过"亭子"呢?建于何时?在什么方位?

我查阅史料,清陈树德的《安亭志》中有一句:"唯里人张名由诗,清江一曲汉时亭。"这句诗很重要,这里的"清江",指的应该是安亭江。在中国的古代,小河就是江。后来将大河称为江,小河就改为泾了。所以安亭江后来又叫安亭泾。清江,说明当时的水比较清,这是可以相信的。"汉时亭"三个字,不但说明了安亭有"亭",而且,还道出了安亭的"亭"是建在汉时。至于张名由是如何获得这个资料,我们无法考证,但我们至少可以由此窥豹一斑。

另据甘肃河西学院历史系教授高荣所著《十里一亭说考辨,秦汉亭制研究之一》介绍,秦汉时期建亭的主要目的,是为了方便地域划分,便于设立行政管理中心。比如建亭划分的原则中有一条就是"十里一长亭,五里一短亭"。"十亭一乡","一亭百户",这些都说明了建亭是治国管理的需要。我们可以从现在的乡镇布局中窥见一斑。现在的小镇,许多都是古代村落的延续。以安亭为中心向四周辐射,我

枫林秋深

们可以看到，西有花桥镇、徐公桥镇，南有白鹤镇，东南有黄渡镇、华新镇、江桥镇，向东有方太镇，东北有外岗镇、嘉定城。北有望仙镇、蓬郎镇、前门塘镇。这些镇与安亭都呈辐射状分布。从距离来看，从安亭到外岗俗称 12 里，中间有望仙。从外岗到嘉定，俗称也是 12 里，中间有个"六里亭"。这些小镇，是很典型的"十里一长亭，五里一短亭"的见证。我们知道，长亭与短亭不是指亭子形状，而是指亭与亭的距离。还有，对亭子设立的距离也并非死抠十里、五里这个数字，也很灵活。人口较多的地方，就不一定以距离计了，"一亭百户"，"十亭一乡"。"亭"是小中心，"乡"是大中心。说明满一定的户数就可以设一个行政管理中心。这种设置，是科学合理的。直到今天，我们的一个乡下辖的村，一般也都在十个左右（安亭也不例外）。

亭的作用并非仅仅限于行政管理。对于亭在历史上的功能与作用，高荣的观点有以下三种。

一、有的亭是一座城。他举了历史上的东武亭与西武亭，实际上这两亭就是东西两座城。这是"以亭名城"的典型例子。比如我们今天的华亭镇，也是以亭名镇的。这样的亭就是一个行政管理中心。

二、亭是驻军驱寇之地，也是驻兵揖盗的住所。这在历史上有众多记载。据《史记》卷五《秦本记》载，始皇三十三年（公元前214年），秦军进攻魏国、蔡阳、长社等地后，又设点华阳。华阳是地域名，也是亭名。东汉初年，"王莽命手下大将王尉率俘卒及士兵六千余人，治飞狐道，堆士垒石，筑起亭障，自代至平城三百余里"。在岭南也"列亭传，置邮驿"。那个时期，在边境一带，经常出现"攻亭劫掠，多所伤杀"的现象。说明亭既可作为驻军之地，也会成为被攻的据点。有些亭后来改成县名，如历史上的长乡亭，到了明代就改成长乡县了。亭是保障一方民居平安的重要标志建筑。

三、亭也是官兵传送书信文书、过往行人夜宿休憩的驿站。亭同时还是送亲人远行，或送友人归去时的告别地方。尤其一些文人雅士，喜欢借亭抒怀。这方面的例子很多，如李白有诗："何处是归程，长亭连短亭。"沈兴诗《谢亭送别》："劳歌一曲解行舟，红叶青山水流急。日暮酒醒人已远，满天风雨下西楼。"这里的西楼显然指谢亭。唐诗中有更多的以亭作送别友人的诗句，"亭晚人将别，池凉酒未酣"，"劝君更尽一杯酒，西出阳关无故人"。又如杜牧的《题乌江亭》："胜败兵家事不期，包羞忍耻是男儿。江东弟子多才俊，卷土重来未可知。"以此诗赞美项羽自刎于乌江的英雄气概。

安亭有亭，不仅情理可容，也有据可依。

三、安亭的名称来历

安亭名称的来历，虽无史载，但在安亭有一个流传并不很广的传说。在很早以前，安亭江两岸已有人居，早晚已有散市，到了汉初，官府在这里建了亭子，作为官府公差夜宿的驿站。同时也将四野散市集于一处。亭子建好后，在亭子的正面两柱上刻有对联一副，上联的第一个字为"安"，下联的第一个字为"亭"，当地的官员就为这亭子起名为安亭，安亭之名由此传了下来。可惜那副对联的全文却已经失传。

但我不太相信这个传说。按照上面高荣的分析，古时建亭，除驿站之外，用于抵御外敌和治理匪盗的更多，在那里临时驻扎一些官兵。亭有大有小，驻扎的官兵有多有少。对亭的起名也很随意，有的地方以地名冠之，有的地方以河流命名，也有直接以距离命名的。如外冈与嘉定的距离为12里，中间建一个亭子就叫"六里亭"。甚至有以树叶的颜色命名的，如闻名世界的"爱晚亭"，最早叫"红叶亭"。浙江绍兴的"兰亭"，是以花草命名的。著名的"醉翁亭"的名称更离奇，一个醉酒人也能成为亭子的名称。可见亭子的命名是很随意的，没有规律的。安亭这地方，历史上，地处苏州城之东、黄浦江之西，一片平原，无险关隘道，不是兵家必争之地，战事不多。居民耕织谋生，相对安宁，直接将亭叫作安亭也不是没有可能。表示这一方土地相对平安。

四、安亭的亭在哪里

安亭假如有亭，这个亭应该在什么地方？这并非一头雾水。我们也可以从安亭的沿革中窥见一二。安亭在历史上从洪荒时代，一片"荒江野地"，到沿江两岸有民居住宿耕作，是个漫长的过程。在这个过程中，人口的集聚总是有规律的。社会学家费孝通先生说，人口的流动有个规律，就是穷的地方向富裕的地方流，农村向城镇流，城镇向城市流，小城市向大城市流。在中国，还有内地向沿海流，在方向上，是由西向东流。可以说，既概括，又精辟。那么人口的集聚有没有规律呢？我认为也是有的。旧时建房造坟都要看风水，建亭造庙更要请风水先生看风水。直到今天，依然如此。这是中国独有的一种文化，"风水文化"。它根深蒂固，植根于民间。民居的集散，在很大程度上，随风水的指引。据史载，安亭在秦汉时期已经叫作安亭。这说明，安亭自建亭开始就叫安亭了，后人没有另行起过其他的名字。安亭的人口增加，集市成镇有过一次质的飞跃，就是在赤乌二年（239），吴国太孙权母亲在安亭造了菩提寺。菩提寺初建时不叫菩提寺，叫什么，没有查考资料。但菩提寺是在宋朝初年，皇上敕赐"菩提"匾额，才正式命名为"菩提寺"，是有据可查的。

菩提寺的建造，兴旺了一方乡土。到菩提寺烧香的人，络绎不绝，多时达数千人。买香的、卖香的人越来越多，置地买房，择市而居，安亭在历史上的第一次人口大发展，就是在这一个时期。

所以我推断，安亭如有亭，应该离菩提寺不远。我不懂风水，但菩提寺肯定是一方风水宝地。孙权的母亲吴国太在此建菩提寺不会不看风水。安亭的亭与菩提寺的寺谁先谁后，不得而知，但在此建亭，应该是最为合理的。从地域上看，这里离吴淞江的"泗江口"也很近，是交通途宿的极佳之地。

安亭在历史上还有过两次文化上的飞跃提升。一次是从 1541 年开始，堪称"明文第一"的大文豪归有光先生，在安亭"世美堂"办学传道，他的学生多时达百余人。当时，昆山、嘉定、青浦、黄渡、望新等地的四方学子，纷至沓来。许多名人学士也经常到安亭来与归有光谈经说文，时间长达13年之久，学子无数。附近四乡的秀才举人都是他的朋友。钱谦益谓："嘉定为吴下邑，僻处东海，其地多老师宿儒，出于归太仆之门，传习其绪论。""桐城派"大儒姚鼐谓其作品"元明两代除归氏外，别无他人"。嘉定大儒的阎百诗评价更高，他说："隆庆以后，天下文章萃于嘉定，得有光之真传也。"安亭的文化氛围，可见一斑。后人为表达对归有光在教育上所做出的贡献，不仅以当地的学校、道路、桥梁以"震川"命名，还送了他三句话，"以文载道"，"以教启智"，"以福维桑"。给予了归有光极高的评价。这三句话如今还写在安亭震川中学教育楼的外墙上，12个大字十分醒目。尤以"以福维桑"四字，最令家乡人感动。归有光用他一生的奋斗，为家乡人民谋求福利。读来感人至深。

安亭的文化大发展，还有一次是在清道光八年（1828年），为纪念归有光在安亭的讲学业绩，由江苏巡抚陶澍奏请道光皇帝御批建造震川书院。震川书院建成后，成为嘉定地区最早的第一所小学。从此，安亭就成为附近四乡的教育发源地，林则徐还专程赶来，为震川书院的学生上课督考。以后，震川书院又将小学扩展成了中学。安亭地区的文化再次获得了提升。

至此，是我对安亭的起源做的一个脉络梳理。希望对安亭史有兴趣的朋友，为本文提出补充订正意见。不胜感谢！

（2016年5～8月定稿）

归有光别名"震川"的由来

对安亭人来说，知道震川的人远比知道归有光的人多，这是因为，安亭不但有震川路、震川桥，现在安亭唯一的一所中学就叫"震川中学"。其实，震川就是归有光的别号。

旧时人有名号、字号、别号三种称呼，相当于现在人用的学名、乳名、笔名或艺名。震川是归有光的别号。后来人称呼归有光大多用震川两字，尤其在昆山、太仓、安亭这些地方，以震川两字为路、桥、学校起名的就更多。

归有光别号震川的由来，有一个小故事。归有光自己不喜欢别号，归有光的祖上在朝廷当过大官，自幼家教极严，归有光认为与人称呼，用字号比较亲切，用别号总觉得不太正统。有一次，几位朋友来玩，问归有光别号，归有光说没有，那些朋友们就说，我们都有，就你没有，不可以。就给他起号"震川"。归有光问其因，他们说，长江以南，太湖流域最为繁华，太湖历史上称为五湖，尚书中叫"震泽"。泽与川多为水，泽广川长，相互对应。泽因川而活，川因泽而流，相互补益。隐喻归有光是太湖流域的人杰。寓意虽好，归有光却不以为然，以后人们传来传去地这样称呼他，他也满不在乎应上几声，心里并不认可。直到归有光后来有一次在京城碰见了何启图。何启图是湖南人，与归有光同为当年进士。何启图祖上是湖南的望族。何启图在湖南的乡试中考了第一名。他出身豪门，才学广博，归有光对他十分敬仰。与他同住一屋时，心中很是忐忑。交谈中，他无意得知何启图别号也叫震川。这让他大喜过望。从这一天开始，归有光才从心里认可震川为自己的别号。为此，他还为自己找了一条理由，他说，以前，蔺相如因为"完璧归赵"之举，受到了天下人的敬仰。之后司马长卿就是因为仰慕蔺相如，把自己改名为司马相如。司马相如后来不但当了大官，还擅长辞赋，被后人誉为赋圣。

　　归有光可谓是安亭有史以来有据可查的最早的老师之一，写一点有关他的逸闻趣事，告诉他的安亭后人，也不失为对他的一种纪念吧！

（原载于 2016 年 3 月 22 日《嘉定报》）

归有光在安亭

在安亭这个弹丸之地，有震川中学、震川书院、震川路、震川桥。安亭中学内，还有震川雕像，还有仿造归有光老宅的假山，假山上有"畏垒亭"，出现这么多跟"震川"有关的建筑、道路与学校，不是偶然的。这是安亭人为了纪念明代中后期文学巨子归有光先生所立的标志物，也是为了弘扬、继承归有光在安亭"以文载道，以教启智，以福维桑"的精神文化的举措。不过，归有光不是一个安亭人，他是地地道道的昆山人。他的祖辈在1317年就迁徙到了昆山。在昆山城东南"宣化里"，靠近一条名叫项脊泾的小河旁。在那里，有他们近200年来的祖宅和祖坟。

归有光祖上是豪门，到归有光一代已衰落，祖上风光一时的"县官印，不如归家信"的余威已荡然无存。但归有光靠自身苦读，发奋图强，重续了祖上荣光。

归有光是昆山的一位历史名人，他的著述在中国的文学史上，灿烂了一方时空，一直惠及到了今天的学子。

然而，归有光与安亭，也有着不解之缘，归有光还是安亭人的女婿。他一生中最伟大的成就——办学传道，也是在安亭。他在安亭长住的时间近20年，非长住但也来往于安亭的时间有12年半，两者相加有32年。归有光自从1535年娶了王氏到他1571年去世，除了三年任长兴县令，一年半任承德马政，一年在南京任太仆寺丞（1571年初，正月十三日，归有光在壮志未酬、无限怅然中离开了人世），他一生中最宝贵的中青年时期主要生活在安亭。他也是半个安亭人。在安亭，他为疏浚三吴水利调查研究，奔走呼号，写了《水利论》《水利后论》《三吴水利录》等一系列论述文章，为吴淞江的疏浚立下汗马功劳。"吴地痹下，水之所都，为民利害尤剧。治之者皆莫得源委。禹之故迹，其废久矣。盖太湖之广三万六千顷，入海之道，唯独有一路，所谓吴淞江者。顾江自湖口距海不远，有潮泥填淤反土之患"（《水利论》）。《水利论》《水利后论》《三吴水利录》等后来被朝廷采纳。"隆庆年间，中丞海忠公瑞，得是书，因行其法，全活无算"（《归有光评传》）。三吴之地的百姓因免除了水患，被救活的人无法计算，这是归有光人生报国途中的一项伟大成就。他还为安亭的民女历时五年申冤鸣屈（另文叙述）。归有光的一生是勤奋的、正义的、伟大的，他有文人的执着与睿智，也有武士的侠骨与豪情。他留给我们的文化遗产和精神财富丰富多彩，值得今天的我们发扬光大。我写归有光的初衷，就是为了唤起更多安亭人对他的缅怀和纪念……

一、归有光在安亭的住宅

说归有光是安亭的女婿，必须先说一说王致谦这个人。王致谦，是宋代魏公的后裔。魏公，是宋真宗年间的第八位丞相，"名王旦，字子明，宋太平兴国间进士，宋真宗时擢知枢密院，为丞相之位。他长期在相位，参与军国重事，很受倚重。死后封魏国公，谥文正"（《归有光评传》）。王致谦也是豪门出生，富豪之家。其本人性情豪放，为人洒脱，与官场上的达官贵人来往甚密，还与他们有姻缘之亲。是名扬一方的名人侠士。王致谦脾性有点像魏公，"一点浩然气，千里快哉风"，为人直率、豪爽。王致谦在"成化初，筑室百楹于安亭江上。堂宇闳敞，极优雅之致，四明杨太史守址为之记"（《世美堂后记》）。

成化年（明宪宗年号）从 1465 年开始，延续了 23 年。到 1487 年结束。"成化初"，应指 1465 年到 1472 年这一段时间。就在这一段时间里，王致谦在安亭江上造了有百余间房子的大宅子，这百余间房子，有厅堂，有厢房，厅堂造得气势非凡，十分"闳敞"，厅堂里挂着"世美"两字的匾，以显其家业的世代富福。还请了当年宁波的大史杨守业为贴有"世美"的厅堂写了《世美堂记》。

另外，归有光在《畏垒亭记》中，还这样描述过："宅西有清池古木，垒石为山，山有亭，登之，隐隐见吴淞江环绕而东。"在《思子亭记》中，归有光也有描述："嘉靖壬寅，予始携吾儿来居江上。二百六十里水道之中也，江至此欲沽。萧然旷野，无辋川之景物。阳羡之山水。独自有屋数十楹，中颇闳邃，山池亦胜。足以避世。予性懒出，双扉昼闭，绿草满庭，最爱吾儿与诸弟游戏穿走长廊之间。"这段文字，是归有光为思念他与魏夫人所生的长子子孝去世而写的，却在字里行间间接写出了"世美堂"的住宅面貌，综合《畏垒亭记》《世美堂后记》与《思子亭记》上我们大体知道，王致谦在安亭江建造的房子，有青石彻的水池，有种了100多年的"古木"。有气宇轩昂的大堂，有环堂四周的厢房，有堂与厢房相连的长廊，有厅堂院墙内的绿地草坪。屋后有假山，山上建有亭子。站在亭子中间，可以举目远眺吴淞江蜿蜒东去，江中有白帆点点……哇！好大好富贵的豪宅大院。除此之外，"而予居于此，竟日闭户。二三子或有自远而至者，相与呕吟于荆棘之中。予妻治田四十亩，值岁大旱，用牛挽车，昼夜灌水，颇以得谷。酿酒数石，寒风惨栗，木叶黄落；呼儿酌酒，登亭而啸……"（《思子亭记》）。除了房屋之外，这里还有农田40余亩。

1535年，归有光与王氏结婚。王氏是王致谦的后辈，称呼王致谦为曾祖父。结婚后，这里也就成了归有光的家。这一切，后来也就成了归有光的家产。从那时起，归有光就与安亭结下了不解之缘。

然而，漫漫历史，洗涤着世道沧桑，王致谦当年盖的"世美堂"豪宅，如今早已灰飞烟灭、荡然无存了。历史没有有关这座豪宅衰落与毁灭的记载。我从今天的《安亭志》上看到了一幅地图，图上标志了归有光当年的宅第，是在安亭江上的"井亭桥"以南的河西一侧。这似乎有两个版本，30多年前我在安亭师范的图书馆里看到过一本老的《安亭志》(听说已成孤本)。凭我的印象,我还记得里面也有一张有关归有光住宅的地形图。在描述归有光的老宅时,标的是以升墩桥为北限,在升墩桥以南,河西,金浜之南,银浜之北。宅有小屋数间,菜地一片,以竹为篱,环宅一周,大门口有左右两块陨石,千疮百孔,瘦瘦高高,书"畏垒石"。我猜想是借"畏垒亭"而名(我曾去那里考察过,所以印象很深)。然而,不管两张地图的差别有多大,也不管升墩桥和井亭桥之间有几百米的距离之差,如今,那里已是一个豪华小区。高楼耸天,绿草茵茵。安亭江也经过疏浚重建。两旁石壁挺立,护栏上的石雕整齐排列,一路望去,蜿蜒两侧……井亭桥尚在,旁边还立了碑,刻着桥名。不过,桥上桥下全是垃圾。升墩桥已经被拆掉了,一座有史记载的明代建筑,终究抵挡不住现代文明的滚滚洪流,在建筑工地扬起的层层尘霾中,悄然消失……

二、归有光在安亭住了多久

这是一个有争议的选题。在众多的归有光研究的文献中,绝大部分书籍都说归有光在安亭住了13年。这是一个含糊的统计数据。可能的依据就是归有光在安亭的办学时间,但这样的统计过于粗疏。归有光在安亭真正的授教时间也不足13年。无论是贝京先生的《归有光研究》,复旦大学博士生刘骏写的《归有光年谱》,还是各种版本的归有光传记,都没有对归有光的居住地点和时间进行过详细考证。唯江苏省南京师范大学文学院教授、博士生导师沈新林老师写的《归有光评传·年谱》,较为翔实地做了考证。我以沈新林的《归有光评传·年谱》为主,以刘骏的《归有光年谱》为副,并参阅了众多的网络博文,综合梳理后,详列于下。

1533年,归有光原配夫人魏氏去世。1535年,归有光娶了王氏,但并没有马上住到安亭的世美堂,而是在昆山宣化里住。1540年,归有光参加举人考试,考了第二名。"是科茶陵张文毅公以翰林学士主试江南,见归有光文,谓为贾渲、黄仲舒再生。将置第一,而疑大学都他省人，更置第二，然自喜得一国士"（《归有光评传》）。是年，归有光又决定北上公车（公车是指朝廷为去京城参加科举考试的学子安排的马车，泛指参加科举考试）。第一次科举失败后，归有光携妻住到了安亭的"世美堂"。这一年是1541年。从1535年到1541年的六年里，归有光也会到安亭小住，但主要住在昆山。事实上，要精确统计出归有光在昆山和安亭各居住的时间段是不可能的。归有光与王氏结婚后，安亭的世美堂就是他的家。昆山的宣化里是他的老家。新家有岳父，老家有父母，他必然两边走。为统计方便，我把归有光两地居住的时间分别以实年和虚年来划分，常住的年份称实年，反之就称虚年。

1542年开始，归有光在他岳父家的世美堂开办了学堂，开始了他一边自己读书写书、上京考试，一边带徒授课、讲学传道的生活。应该说，这段时间是比较平稳的。到1551年王夫人亡，这是最能获得共识的12年。1552年归有光娶了他生命中的第三位妻子费氏。归有光与费氏结婚后，在安亭又住了三年。"后三年（指王夫人死后），倭奴犯境，一日抄掠数过，而宅不毁，堂中书亦无恙。然余遂居县城，岁一再至而已"（《世美堂后记》）。1554年，"五月，倭掠苏州，曰寇自海上来，自吴淞江而西，所过村落为之一空"（《论御倭书》）。"有光入城抗倭，费孺人娩身才三日，仓卒携家。舟行半里许，一奴遥呼疾之，置婴儿于怀，解布裳裹之，掷于舟中。盖此新生子也。秋八月，倭犯嘉定，官军败之"（《论御倭书》）。这三年，也是实年。

1554年到1560年，费氏自携全家逃离安亭后，来安亭的机会就少了，"岁一再至而已"（一年仅来一两次）。1555年，安亭的沈果去世，沈果的妻子是王氏的妹妹。归有光与沈果是连襟。同时，沈果也是一位很有学问的知识分子，两人关系很好，他的死，归有光自然会来凭吊。此外，少有记载。

"辛酉清明日，率子妇来省祭，留修圮坏，居久之不去。一日，家君燕坐堂中，惨然谓余曰：'其室在，其人亡，吾念汝妇耳！'余退而伤之，述其事……"（《世美堂后记》）。辛酉即嘉靖四十年（1561

年）。也就是说，1561 年开始，归有光又一次搬回了安亭。对世美堂进行了一次比较彻底的修理。并且"久居不去"。我们可以从 1562 年 57 岁的归有光八上公车不第，他在南归后写的《壬戌纪行》中读到这样的举证文字："……遂过埭，入南小船，始皆吴语。夜雨，早风。过江，山色亮丽，向来少此景，恨过之速，遂入江口……"（《震川先生集》别集卷之六《壬戌纪行》）。一路风风雨雨，好不容易坐上小船，进入家乡的地域，听到了亲切的吴语，雨过天晴，山色亮丽，这样的天气难得遇到，心里埋怨小船行得太慢，小船却已经进了安亭江的江口……（现在的安亭泾，旧时也称安亭江。也有人把今安亭中学东边的顾浦河说成是安亭江的，这是错的）。不第南归后，直接住回到了安亭。从 1561 年到 1565 年，归有光多数时间住在安亭。我记为实年。

归有光 1565 年 60 岁公车及第，升位进士。奋斗拼搏 60 年，终于梦想成真。自此，归有光再没有机会回安亭。从 1566 年起，归有光三年长兴县令，一年半承德马政，后提为南京太仆寺丞。1571 年正月十三日死于南京。这七年，归有光只回过几次昆山。为统计方便，列表如下：

1506—1534，住昆山；

1535—1540，6 年，以昆山为主；

1541—1552，12 年，以安亭为主（安亭办学）；

1553—1554 年 5 月，1.5 年，以安亭为主；

1554—1560，5 年，以昆山为主；

1561—1566，6 年，以安亭为主；

1567—1571，5 年，仕途，随居。不计。

从 1535 年起，归有光与王氏结婚后，以安亭为主的居住时间是 19.5 年。来往于安亭但不常住安亭的时间是 12.5 年，两者相加，归有光在安亭一共居住过 32 年。这样的统计不是毫无意义的，它从一个侧面说明了归有光与安亭的紧密关系。这对于地域文化的研究也是很有意义的。

三、世美堂与震川书院

在广大的读者群中，有很多这样的人，他们认为震川书院就是归有光早年播道传教的地方。这是因为直到今天，安亭中学的大门口，还赫然挂着"上海市嘉定区震川中学"的校牌。校园里有归有光的雕像，陈列室里有归有光文集和研究归有光的各种书籍。安亭镇政府林冬敏先生在《为〈"震川论坛"安亭征文作品选〉序》中这样写道：归有光先生是明朝中期最为杰出的文学家之一，一生著述繁富，涉及经史各部，但其主要成就，则是散文创作上。他卜居安亭后，创办震川书院，一面专心读书，准备会试；一面开馆讲学，四方来求学者，常数十百人，海内称震川先生。显然，林冬敏先生没有弄清楚归有光与震川书院的关系。作为一本书的序言，是极为不慎的。就我自己而言，也一度认为震川书院就是归有光当年办学堂的旧址，认为归有光就是安亭中学历史上的第一位老师，也是第一位校长。这一切不但误导了我的认知，也误导着很广大的一批读者。对大多数读者来说，不了解两者之间的关系是一件很正常的事情。

现在普及一下两者的关联点和差异处，也是为了还读者一个明白。

实际情况犹如一个故事。当年，道光皇帝有一次看书，看到了一本《震川文集》，就打听起归有光后代的情况。于是马上有人告诉时任江苏省的巡抚陶澍（1779—1839年，字子霖，子云，号云汀，髯樵。湖南安化人。清代经世派代表人物），要求陶澍去完成这个任务。陶澍决定为归有光建几间房子办个小学堂，纪念归有光"以文载道，以教启知，以福维桑"的功绩和美德。利用一次去松江督军的机会，他绕道安亭找到了张鉴，要求张鉴找个地方规划一下。张鉴就找了菩提寺东边的一块荒地，画了草图，设计了小学堂的房屋布局结构，总共占地面积 11.7 亩。张鉴将这些图纸与情况写成文本交给了陶澍。陶澍根据张鉴提供的材料，向道光皇帝写了奏章。1828 年，道光皇帝御旨下达（这就是安亭中学创建的史载时间）。陶澍号召昆山、青浦、新乡、嘉定四县的豪绅、官吏捐款，由张鉴负责，历时两年，完成建设，题名震川书院。还把当年菩提寺主持德坤方丈为归有光画的肖像安放到学堂里（这幅归有光的肖像是在道光初年，菩提寺修葺时发现的，如今依然挂在陈列室内）。后来，这里又有了道光皇帝的碑刻，有了林则徐的题字。有趣的是，林则徐还亲自为这里的学子试题督考。其中一题是灯谜，"百川入海"，打一字，答案是"归"。由此可见，林则徐也是很崇敬归有光的。

然而，当年归有光办学的地点是在世美堂，办学的时间是在 1542 年。从世美堂到震川书院，路距不过两公里。但从 1542 年世美堂开学到 1828 年震川书院开建，时距却隔了 286 年。两者可谓遥不可及。今天在这里说明一下，便于安亭人对于安亭的历史文化有个比较准确的认识。

(2016 年 4 月 22 日)

归有光的妻子儿女考

归有光以及他的著述，已广为人知。自明朝末期一直到今天，研究他的人没有中断过。由此产生的学术论文和专著数不胜数。尤其对于他天属类散文的解读，更是俯拾皆是。然而，却很少有人关注他的妻子儿女。比如他有几个妻子，几个儿女？历史上的说法也不完全一样。再如他的第二任妻子王氏的家庭背景，王氏与王致谦是什么关系，历史上误读也很多。今天，我在广泛阅读的基础上，将收集到的一些资料汇编成文，作为一条比较清晰的脉络供读者参考，便于读者更方便地了解归有光的家庭和归有光生命中诸多的情感伤痛。如有遗漏或错处，恳请读者指正，为我们更好地传承和发扬归有光留给我们的优秀文化遗产而共同努力。

下面，我按时间顺序依次介绍：

一、归有光与第一任妻子魏氏

魏氏的出生没有太多的记载，在《项脊轩志》中，我们知道，魏氏有几个小妹，"吾妻归宁，述诸小妹语曰，闻姊家有阁子，且何谓阁子也"。这里，我们从"诸小妹"三个字中知道魏氏绝非"独生子女"，从《祭外姑文》中，又有这样的描写，"吾妻当夫人之生，既以遗夫人之悲，而死又无以悲夫人。夫人五女，抚棺而泣者，独无一人焉"。由此我们大抵可以推断，魏氏家有五姐妹，从"诸小妹"三字中，可以推断魏氏还是老大。

魏氏在 1528 年秋嫁归有光，随嫁时带有一婢女为媵。婢女时年 10 岁，魏夫人 16 岁。魏夫人与归有光结婚六年后，因疾病突发而去世。时间在秋冬之交。《祭外姑文》中述："秋冬之交，匆遽危疾。"秋冬之交，应在八月仲秋，十月，魏夫人卒。年仅 21 岁。魏夫人的病是急性的，生病不到两个月就去世了。归有光与这位原配夫人有着很深的感情。在悼念他岳母魏氏母亲的《祭外姑文》中他写道："昔吾亡妻，能孝于吾父母，友于吾女兄弟"，"粗粮之养，未尝不甘"，"婢仆之御，未尝有疾言厉色"。魏夫人，孝敬父母，友好兄妹。生活简朴，不计较粗茶淡饭。对待家里的婢女佣人十分友善温和。这样的妻子，归有光怎么会不爱呢！归有光在感叹自己的人生时，曾经说过"生平于世无所得意，独有两妻之贤"。两妻，这里指的是魏夫人与其后的王夫人。

归有光与魏夫人生有一子一女。这是归有光的长子长女。长女情况不详，仅知道她长成后，嫁给了同乡进士吴纯甫的儿子。

对于长子子孝，归有光是从心眼里喜欢的，"时吾儿甫生三月，日夜望其长成。至于今十有六年，见我儿丰神秀异，已能读父作书"。他内心高兴呀，希望儿子能继承家业。归有光有着大多数家长共有的望子成龙思想。他感觉到大儿子子孝是家的希望所在。"余穷于世久矣，方图闭门教儿子"。他的全部努力，就是要把儿子培养成才。儿子很争气，也很有才华，对着儿子，归有光嘴上不说，心里却十分地开心，"对之口不言而心自喜"。然而，突然间天塌了。就在儿子 16 岁这一年，归有光的外祖父家有人死了，归有光带着全家去赴丧，没想到子孝突然染了急病，没几天就死在了外祖父家。这件事对归有光打击很大，他痛心疾首，悲从中来。一连好几天，归有光一直像在做梦，他不肯接受事实。他在为儿子写的墓志铭《亡儿（曾羽）孙圹志》中，抒发他痛失儿子的悲绝之情。"余穷于世久矣，方图闭门教儿子。儿能解吾意，对之口不言而心自喜，独以此自娱。而天又夺之如此，余亦何辜于天耶？"他长吁短叹，向上天发问，老天爷，你如此残忍地夺走我的儿子，夺走我的希望，我犯了什么罪呀？其言

枫林秋深

凄凄，其言怆怆。读者闻其言，何不怆然！

其后，归有光专门为子孝在昆山父母的祖坟旁建了一个亭子，取名"思子亭"（有人对此存异，认为"思子亭"在安亭），并写了《思子亭记》，表达对儿子的一片怜爱之情。

二、归有光与寒花

研究归有光与寒花，有两篇文章要放在一起读，一篇是《寒花葬志》，另一篇是《女如兰圹志》。

400 多年来，归有光与寒花的关系，一直是模糊的。

归有光在《寒花葬志》中写道：

婢，魏孺人媵也。嘉靖丁酉五月四日死，葬虚丘。事我而不卒，命也夫！

婢初媵时，年十岁，垂双鬟，曳深绿布裳。一日，天寒，燕火煮荸荠熟，婢削之盈瓯，予入自外，取食之；婢持去，不与。魏孺人笑之。孺人每令婢倚几旁饭，即饭，目眶冉冉动。孺人又指予以为笑。

回思是时，奄忽便已十年。吁，可悲也已！（选自《四部丛刊》本《震川先生文集》）

这里，我们看不出寒花与归有光有什么特别的关系，但知道了魏夫人带来的婢女身份是"媵"。

我们再看归有光的《女如兰圹志》："须浦先茔之北，累累者，故诸殇冢也。坎方封有新土者，吾女如兰也。死而埋之者，嘉靖乙未中秋日也山。女生逾周，能呼余矣。呜呼！母微，而生之又艰。余以其有母也，弗甚加抚，临死，乃一抱焉。天果知其如是，而生之奚为也？"

现在，我们又知道归有光有一个女儿叫如兰，如兰死的时候，刚过周岁，能叫归有光父亲了。归有光很痛心，问老天爷，既然这么小就夺去她的生命，为何还要让她来这个世界上走一回？

这里还写了如兰的母亲，却看不到如兰的母亲是谁？关于如兰的母亲是什么样的人，这里只提到"母微"两个字。如兰的母亲到底是谁？几百年来，没有人能解答。

上海复旦大学中国语言文学研究所邬国平教授，在研究归有光文献的时候，发现归有光的《寒花葬志》作为一篇碑文在风格上与其他碑文不统一，这篇碑文更像一篇抒情散文。他知道归有光在写作上是很严肃的，不可能将碑文写成散文，这里必有蹊跷。他在万思不得其解的时候走进了上海图书馆，在图书馆的古籍堆里找到了一本《归震川先生未刻本》，结果发现了大秘密。原来，在未刻本中，《寒花葬志》与目前各学校教科书里收录的版本是不一样的。首先，在未刻本中，《寒花葬志》变成了《寒花葬记》，一字之差，天壤之别。碑文一般不用"记"，都用"志"。"记"一般都是用于散文。邬国平一下子眼睛亮了。邬国平还发现，《寒花葬记》比《寒花葬志》在开头多了"生女如兰，如兰死，又生一女，亦死。予尝寓京师，作《如兰母》诗"这 23 个字。邬国平老师对此作了深入的对比研究后得出结论，寒花就是如兰的母亲。寒花后来与归有光结了婚，成了归有光的小妾。他分析，归有光妻子魏氏死时，她的女儿才四岁，她的儿子刚刚生下没几天。很可能是魏氏考虑到两个孩子要有人照料，寒花是她从娘家带过来的，而且还是她胞妹家的人，如果将孩子交给她带，魏氏是放心的。所以，推断魏氏在临终前交代过归有光，让他纳寒花为妾。邬国平先生还对"婢，魏孺人媵也"的"媵"字进行了研究，他发现，"媵"与一般的婢女有所不一样。一般的婢女主要的服侍对象是主人的夫人，而媵则还可以服侍主人。主人如喜欢，也可以纳媵为妾。还有，《女如兰圹志》中，有"母微"两字。邬国平特别指出，这里的母微，不是指母亲的年龄小，而是指母亲的地位低。如此就明白了。从时间上推算，如兰既不可能是魏夫人生，也不可能是王夫人生。而魏夫人、王夫人、寒花三人中，地位最低的只有寒花，从年龄上说，魏夫人死时，寒花也只有 16 岁。三人中她最小。其他人归有光又没有提到过。所有的条件指向说明如兰的母亲只能是寒花。邬国平的研究成果已为广大的学者认可，2016 年，昆山与上海两地的学者在归有光研究学术讨论会暨《归有光全集》发行会上，推出的《归有光全集》中，《寒花葬志》已改为《寒花葬记》，前面被删的 23 个文字已被补上。

归有光一生中，结过四次婚，有过四个妻子，已为事实。但寒花是小妾，地位上比其他三位低得多，一直没有被列为正门夫人。

寒花是个苦命的孩子，不仅出身寒门，十岁就随嫁为媵，离开了父母。16 岁以妾侍君，生女儿两人，均接连夭折，这对于一个十七八岁的母亲来说，是难以承受的。而她自己，19 岁就离开了人世。也许正因为此，《寒花葬志》和《女如兰圹志》才会几百年来广为流传的原因所在。

三、归有光的第二任妻子王氏

魏氏死于 1533 年 10 月，1535 年初，继配夫人王氏来归家。关于王夫人的身份，也有一段故事。史载，王夫人的曾祖父叫王致谦，王致谦为人豪爽侠义，结交甚广。与官府有联姻之戚，是享誉一方的豪门贵族。就是这个王致谦，在成化初年，在安亭江井亭桥南一条叫西六泾的小河南岸，买了 40 多亩地，盖了 100 多间房子。这房子盖得可气派了，厅堂厢房长廊一应俱全，旁边还有假山，山上建了亭子，站在亭子中间，可看见吴淞江蜿蜒而东，白帆点点。在山下，建有青石水池。池中金鱼潜翔，池边古木参天。山径两侧花卉繁茂，芬芳四溢。豪宅建完后，还请了四明（今宁波）的杨守阯太史为世美堂写了"世美堂"匾、《世美堂记》作贺。可见气派好大。后来归有光多次赞扬这座老宅。在《世美堂后记》中，他写道："成化初，筑室百楹于安亭江上，堂宇闳敞，极幽雅之致"。在《思子亭》中，他写道，"嘉靖壬寅，予始携吾儿来居江上，二百六十里水道之中也。江至此欲涸，萧然旷野，无辋川之景物，阳羡之山水；独自有屋数十楹，中颇弘邃，山池亦胜，足以避世。予性懒出，双扉昼闭，绿草满庭，最爱吾儿与诸弟游戏穿走长廊之间。"

成化年间是在 1465 年到 1487 年，明宪宗皇帝朱见深，1464 年继位，1465 年改年号为成化年。王致谦来安亭盖房造屋是在成化年初，应该在 1470 年前。推断王致谦其时正值青壮年时期。算他这一年是 35 岁。王致谦出生应该在 1435 年前后。王夫人与归有光结婚是在 1533 年，这一年，王氏 18 岁，王氏出生应该在 1515 年，由此，我们可以知道，王致谦与王氏的年龄相差 80 年，以 20 岁为一代，相差四代是基本符合的（我国古代的辈分排列为：玄孙、曾孙、孙子、儿子、父亲、祖父、曾祖父）。所以，王致谦不可能像有些书上写的是王氏的父亲或者是爷爷，而是父亲的爷爷。这依据是成立的。

王夫人与归有光于 1535 年初结婚，1538 年 10 月生女儿"二二"，关于二二，归有光有一篇《女二二圹志》，文章不长，摘录如下：

女二二，生之年月，戊戌戊午，其日时又戊戌戊午，予以为奇。今年，予在光福山中，二二不见予，辄常呼予。一日，予自山中还，见长女能抱其妹，心甚喜。及予出门，二二尚跃入予怀中也。既到山数日，日将晡，余方读《尚书》，举首忽见家奴在前，惊问曰："有事乎？"奴不即言，第言他事，徐却立曰：二二今日四鼓时已死矣！盖生三百日而死，时为嘉靖己亥三月丁酉。余既归为棺敛，以某月日，瘗于城武公之墓阴。

呜呼！予自乙未以来，多在外，吾女生而既不知，而死又不及见，可哀也已！

由此可见，二二死时才 10 个月，一岁都不到。

1539 年 2 月，王夫人生儿子"子祜"。这是归有光的第二个儿子。

1542 年 9 月，王夫人生第二个儿子"子宁"。这是归有光的第三个儿子。

1551 年 5 月 29 日，王夫人在与归有光做了 16 年夫妻之后，因病去世。

归有光是个性情中人，王夫人的死，又一次给他带来了巨大的创伤。归有光与王夫人的情感与别的夫人不同，王夫人除了一般女性都有的勤劳温柔体贴之外，王夫人还是一位知书达理的知识分子。归有光这样评价王夫人："王孺人为宋丞相魏国文正公后，父早卒，母沈太君教之甚修谨。年十八来归。同甘苦者十有七年，知书史，尝治毛诗，同大义于有光，语之辄能了了"，"与吾妻非独伉俪之情，别有世外之交"。魏夫人不仅仅是他的妻子，也是他的"世外之交"，是他学问上的同道。王夫人除了在家侍君之外，还为归有光收集好多民间书籍。"以余好书，故家有零落篇牍，辄令里媪访求，遂置书无虑数千卷。"这样一个朝夕相伴的爱人走了，归有光怎么能不怀念她。伤心之余，归有光请人为王夫人画了一幅肖像。归有光并写诗赞美王氏："涕泣而为作赞曰：哀窈窕，思《关雎》，杳不见，乘云霓。堕明月，遗轻裾。风萧萧，惨别离。来陈宝，景帝珠。何珊珊，是耶。"此文大意是：夫人身材窈窕，美丽的容貌让我想起诗经里诗句。可是我再也看不见你，你乘白鹤驾着霓云，住到月亮里去了，留给我几条裙子让我思念。我的心像荆轲刺秦王一样，只有萧萧西风，凄哀的别离之情。

王夫人是归有光心里分量最重的一位女性。

四、归有光和他的第三位夫人费氏

1552 年 12 月，在王夫人死后一年半，归有光又和他一生中最后一位妻子费氏结婚了。

1554 年五月，费氏生了归有光的第四个儿子"子骏"。

有光入城御倭，费孺人娩身才三日，仓促携家，舟行半里许，一奴遽呼疾之，置婴儿于怀，行布裳裹之，掷入舟中，盖即新生子也。

世道混乱，兵患无穷，费氏生下儿子才三天，就逃荒离开了安亭，回到昆山城里去了。

1563年，58岁的归有光与费氏生下了归有光的第五个儿子"子慕"。

1565年，归有光60岁，"春三月，有光应礼部会试，成进士"。归有光拼搏一生，终成正果。可惜入仕太晚了，六年之后，他走完了壮志未酬的坎坷人生路。

归有光对费氏没有太多文字记载，归有光1566年2月2日赴长兴任职，费孺人随行，一直在归有光身边相夫侍君，直到归有光终老。

归有光死后，他与王夫人生的两个儿子归子祜、归子宁参与整理归有光遗文。第五个儿归子慕为万历十九年（1591年）举人，两次被逐，隐居江村，死后赠翰林待诏。孙子归昌世，为著名篆刻家、书画家、文学家，与李流芳、王志坚合称昆山三才子。曾孙归庄，为明末书画名家，明亡后曾于昆山起兵抗清，事败隐居，拒不事清，晚年致力整理归有光全集。

近阅史又发现，归有光与费孺人生过三个儿子子骏、子慕，还有一个叫子萧。据高攀龙有文字记载，写归子慕照顾弟媳的事，"养其子之孤者，养其弟妇之寡者"。归子慕为第五子，其弟就必然是第六子了。可惜我在嘉定图书馆联网找遍全国各大图书馆，没有找到任何可查资料，只能为本文留下一个大大的遗憾！

（2016年10月20日）

试论归有光的性格模型

在中国的文学史舞台上，归有光是一名有点可怜又很尴尬的人物。他自幼苦读，熟知历史，精通经术，效法《史记》，反对古法，创导简俗之风，影响一代文人，被冠以"明文第一"。他孜孜不倦，立志光宗耀祖，八上公车不提，到 60 岁考上进士，做嘉兴县令，官运不畅。他心怀大志，胸藏正义，为民为官，身正影直。他热爱祖国，体恤民心，抗倭寇昆山城内身先士卒。治水利，写《三吴水利录》，"救灾民无算"。一生凄苦悲哀。

文学上仅有的一点成就，也是在他死后数十年后由钱谦益等人捧出来的。且数百年来褒贬不一，又百般争议。三妻一妾，除最后的费氏外，均半道去世。几个女儿更是夭折于幼婴之龄。大儿子 16 岁刚有成才之望，不幸突然病逝。一次次打击，一场场磨难。让他一生悲苦之境不断。仕途的不顺，更让他在晚年精神上备受压抑，最后竟郁郁乎死于任上。

无论从归有光的情感生活还是他的仕途成就看，归有光的一生都是失败的。他在文学史上的名望，前不如关汉卿、施耐庵、罗贯中，后不如蒲松龄、方苞、曹雪芹。他既没有传世巨著问世，也没有经典诗词流传。他自幼读书于南宋辞人刘过的墓旁，却没有一点刘过的豪放旷达。他与同时代的徐文长相比，更没有徐渭的那种狂放不羁。他的文章纤巧袖珍，囿于家庭琐事、个人情感。缺乏豁达大气，缺乏豪迈气概和纵然宣泄的畅爽，不为后人喜欢。他的命运虽坎坷但不惨烈，他的人生虽刻苦却不辉煌，他的文章虽有了名，却又备受争议！

下面，我从归有光的人生轨迹出发，试探归有光的性格模型。我从三个方面进行解读。

一、性情内敛，疏于交际，人脉不旺

可以说，这是归有光人生中最致命的弱点。归有光个性内向是自幼养成的。归有光祖上是官宦人家，是个大家族。"吾家自高、曾以来，累世未尝分异"。到了归有光出生，人口已达百人。但是，这么一个大家族里，几乎没有人能有出息的。"归氏至于有光生，而日益衰，源远而未分，口多而心异"。"率百人而聚，无一人知学者，率十人而学，无一人知礼义者。贫穷而不知恤，顽钝而不知教。死不相吊，喜不相庆。入门而私其妻子，出门而诳其父兄。冥冥汶汶，将入于禽兽之归"。一个曾经辉煌的豪门富贵之家，已经四分五裂。没有人爱读书，没有人讲礼仪，叔伯父兄之间，互不来往，形若陌路。一个大宅院，东一道篱笆，西一道墙。相互分割，各自为政。"迨诸父异爨，内外多置小门墙，往而是。东犬西吠，客逾疱而宴，鸡栖于厅。庭中始为篱，已为墙。凡再变也"。

归有光的父亲归正是个聪明人，深知归家无望，当归有光降生后，即对自己的儿子抱有极大期望。归正将一间南阁子略作打理后，用作书房（后归有光为这间南阁子起名"项脊轩"，著有《项脊轩志》）。在归有光五六岁的时候，归正就将他关在这小阁子里读书。书房太小了，只有一丈余。"室仅方丈，可容一人居"。归有光在里面读书，长年以往，知识确实长了不少。十岁能写《乞醯论》，获得老师的极高赞誉。然而这种封闭式的教育从另一方面使归有光养成了单身独处的习惯。要么埋头读书咏经，要么"仰面数屋椽耳"。中国有句古话叫"三岁定八岁，八岁定终身"。这种严格的童年生活习惯，对归有光的性格形成具有极大的影响。归有光长大成年之后，一直喜欢孤独清静的生活，他除了常常偶尔邀上二三好友，到离家不远的马鞍山（昆山玉峰山）上的一所破庙里读书外，他甚少与人交往。无论在亲友之间，还是在社会上，甚至晚年走上仕途在官场上，他都不善交际。他的三位妻子的娘家，都有着丰富的人脉资源，他根本不去利用。第一任夫人魏氏嫁到归家时，归家很穷。到魏氏死，魏氏娘家的人发现归有光家原来这样穷，感到意外。但归有光从不向他们求过帮助。自己的兄弟之间他也一样少有沟通。他八上公车，考试不第，按常理，凭他的学识才华，他早该为官，跻身高层。但他就是缺少伯乐。在长达 20 多年的仕途拼搏中，他从不求助任何人。在考举人时，他的考官对他甚为赏识，认为他应得第一，因考虑到外来学者众多，怕被议论，才让他屈居第二。应试考都有朝廷委派职位很高的考官督考，归有光有机会可以与他们交好，只要有人举荐一下，引起朝廷重视，他的成绩肯定够得上 30 名之内，那就可以留在京城做官了（体制规定，进士前 30 名可以留在京城做官，不用做地方官）。但归有光就是一个死木疙瘩，没有这方面的灵活头脑。以至于初入仕途，就备受打击，命运坎坷。

归有光一生囿于一个不大的自娱世界。归有光性格内向的表现不仅仅反映在青少年时代，直至老年，他到了长兴当县令，还是本性不改，办事问案不在官堂之上，而在卧榻之侧。"一切驰解，虽儿妇人，悉至榻前与语"。"所幸士民信其一念之诚，儿童妇女，皆知敬慕。深愧无以使之不失望耳！再一沂断，以诚心求之，此心自觉豁然清明"。看看，一个做不了大事的小官吏形象跃然纸上。可以说，这样的官，朝廷绝对不会喜欢、重用。一个朝代，人才济济，将才辈出，归有光的性格既不能为朝廷所喜欢，也不可能在官场上树立他为官的威慑力。历史告诉后人，只有亲民的心愿，没有护民的手段；只有百姓的拥护，没有官场权威，他是做不成大事的。只有两者的结合，才能成就一番事业。显然，归有光不具备这方面的天赋！

与他同时代的少年王世贞，比归有光小 20 岁，却早归有光 12 年就考上了进士。我们看王世贞，17 岁中秀才，18 岁中举人，22 岁中进士。官府进士每三年考试一次，可以说，王世贞多是一次成功。而归有光 35 岁中举人，60 岁中进士。有句成语叫"一举成名"，就是赞誉第一次参加京考就成功的天才。归有光考了九次才考上。在当时文坛，王世贞有点瞧不起他，归有光不服，反骂王世贞是"妄庸巨子"。王世贞则坦然以答，"妄则有之，庸则未敢闻命"。旁人在评归、王两人的矛盾时，众说纷纭。但我的看法是，归有光有点倚老卖老，他以年龄之长，应对王世贞的年少得志。桐城派支派湘乡派的领袖人物曾国藩评价过归有光，说他"因功名晚达，见闻有限，情志稍狭"。缺少相互切磋的师友，文章境界不高。有经学、史学、词学三长之称的全祖望更是称归有光文章与高山大岳相比，不过是丘壑之见。

二、囿于小家，溺于亲情，文无大气

归有光是一位性情中人，他的文学成就也集中体现在这一方面。在归有光的一生中，他亲历了众多的亲人在他眼前死去，他的祖母、外公、父亲、结发妻子魏氏、既是妻子又是文友的王夫人。还有为他生了两个女儿的小妾寒花，与前两位夫人一样，都是死在 30 岁之前。他很喜欢的女儿如兰和二二更是死在婴幼儿时期。归有光最最宝贝、寄予厚望的长子子孝 16 岁时病逝，归有光时年 43 岁。可谓中年丧子。这一系列的死亡接二连三，确实对归有光精神上的打击很大。从写作角度讲，这些悲剧为他的情感抒发提供了条件，作为一个性情中人，归有光有了用武之地。他的情感抒怀在他的散文中得到了充分的展示。精彩的笔墨到处可见，他用一句"当年栽下的枇杷树，今已亭亭如盖矣"生动地表达了他十多年后依然怀念魏夫人的情感。在《女二二圹志》中，归有光写二二的活泼可爱："一日，予自山中还，见长女能抱其妹，心甚喜。及予出门，二二尚跃入予怀中也。"一个"跃"字，可谓是表达得淋漓尽致。接下来，写他对二二死的惋惜，"呜呼！予自乙未以来，多在外。吾生女既不知，而死又不及见，可哀也已"。虽三言两语，已情到深处。"可哀也已"，悲痛至极。一个"已"字，可谓精到。《寒花葬志》中，归有光也是先写寒花的活泼可爱，再写对寒花的怀念。"婢初媵时，年十岁，垂双鬟，曳深绿布裳。一日，天寒，爇火煮荸荠熟。婢削之盈瓯。予入自外，取之食，婢持去不与。魏孺人笑之。孺人每令婢倚几旁饭，即饭，目眶冉冉动。孺人又指予以为笑。"（当初寒花陪嫁来我家时，年方十岁，低垂着两个环形发鬟，穿一条深绿色布裙。一天，天气很冷，家人用文火煮荸荠，寒花将已煮熟的荸荠一个个削好皮盛在小瓦盆中，瓦盆已盛满了，这时我刚从外面进屋，想取荸荠吃，寒花却拿开，不给我吃。我妻看着就笑了。我妻经常在吃饭时叫寒花倚着小矮桌一起吃，每次吃饭时，她两个眼珠慢慢地转动着。我妻又指给我看，觉得好笑。）写出寒花陪嫁来归家后温暖、和谐、幸福的气氛；调皮、活泼的寒花，也赢得了夫人的喜爱，富有画面感，有强烈的感染力。

写他长子子孝的死，归有光用了设问手法。这一年，归有光外舅家（在今江苏千灯）死了人，归有光带着全家去赴丧，没想到16岁的儿子子孝突然染了急病，没几天就死在了外舅家。这件事对归有光打击很大，他痛心疾首，悲从中来。在为儿子写的墓志铭《亡儿（曾羽）孙圹志》中，抒发他痛失儿子的悲绝之情："余穷于世久矣，方图闭门教儿子……而天又夺之如此，余亦何辜于天耶？"他责问上苍，老天爷，你如此残忍地夺走我的儿子，夺走我的希望，我在哪里对不起你呀？写得悲哀凄怆、痛之入骨！

正是归有光的情感困扰，造成了他过于沉湎于个人的私人情感，而缺乏忧国忧民、为民呼唤的激越情怀！

三、困于自我，情志促狭，以诗为证

归有光自幼的家教环境形成了他的孤寂内向的性格。"余自束发读书轩中，一日，大母过余曰：'吾儿，久不见若影，何竟日默默在此，大类女郎也？'比去，以手阖门"，"人往，从轩前过。余扃牖而居，久之，能以足辨人"。

另一方面，他的这一性格又局限了他的社会活动圈子和社交能

力。归有光自己说过，"余少不自量，有用世之志，而垂老忧困于闾里。益不喜与世人交"，"余性少出，不能数至共馆"，"余生海滨，足迹不及于天下"，他的性格更趋女性化。在他身上找不到李白那种"仰天大笑出门去，吾辈岂是蓬蒿人"的自信和豪气。

归有光在诗词方面也有同样的弱势。他的诗歌与历史上的那些大家相比，无论从作者的胸怀、气度，还是文章的豪放旷达，归有光都不是高山，只是小丘。不是大河，只是小溪。

归有光一生写过的诗词不少，能查阅到的有 77 篇，如将《偶惑四绝》《颂任公四首》《海上记事 14 首》等篇分别计数，约有 100 余首。我从中挑出比较典型的三首，与读者一起解读。第一首《山茶》：

> 山茶孕奇质，绿叶凝深浓。
> 往往开红花，偏在白雪中。
> 虽具富贵姿，而非妖冶容。
> 岁寒无后凋，亦自当春风。
> 吾将定花品，以此拟三公。
> 梅君特而洁，乃与夷叔同。

诗言志。古今中外的诗人，不能例外。归有光的这首《山茶》诗，同样是一首归有光借花抒怀的诗，开头四句，写山茶花花红叶绿，可惜不开在春天里，而是在寒冷的冬天开放。"偏在白雪中"。一个"偏"字，写出了归有光对山茶花的生存环境的惋惜、不平与同情。暗指自己的生不逢时。中间四句歌颂山茶花的高贵内秀，充满生气与活力。实际上也在暗喻自己身出名门，勤学有才，正当青春，年轻有为。末两联用了典故，"吾将定花品，以此拟三公"。三公，指天子手下的三位大官太师、太傅、太保。"论道竞邦，燮理阴阳，兹唯三公"。归有光将山茶花与梅花比喻成花中之王，品位高洁。"梅君特而洁，乃与夷叔同"，夷叔，是指古代的伯夷与叔齐相互推让，不肯登位做官的故事，这里用来赞美梅花与山茶花的美好情怀。整首诗作者运用通感手法，借山茶花比喻自己，暗喻自己怀才不遇的情怀。

既然要将山茶花与梅花相提并论，却不写梅花傲雪迎春的风骨，而去抒发自己怀才不遇的情怀。

我们再读他的《京邸有怀》：

帝国云天上，乡关渺何许？

城头日色黄，隔壁闻吴语。

匆匆有所思，默默久延伫。

人情别离好，共处谁怜汝？

归有光这首诗写于嘉靖十五年（1536），这一年归有光 31 岁，刚过而立之年。正当青年。12 月，计偕北上（举人赴京考试称计偕），正式考试是在第二年的 3 月。因路途遥远，交通不便。怕延误了考试，归有光每次都会提前几个月上路，这首诗是归有光到了京城，还没参加考试，尚在游历京城时的有感之作。

这首诗的前四句，用自己家乡与京城的对比作为铺垫。北京是皇宫，宫殿恢宏，气派豪华。而家乡是在"荒江"之侧，人烟稀薄。京城里的阳光照在城头上，连城墙也与金子一色了。归有光在 20 岁游南京时写过《钟山行》，里边有"钟山云气何苍苍！中有殿阁琉璃闪烁黄金黄"之句。这一方面写金色的阳光，另一方面也是用金子比喻皇权的高贵，表达出作者的向往之情。对比自己在昆山这座小城里，一天到晚就听到一些乡人的唠叨之声。通过这一对比，作者抒发的是一种感慨，表面看是感慨京城与家乡的差别，实际上是在表达能到京城做官的愿望。第三联写的是作者通过对比后在思考。"默默久延伫，"好长时间不说一句话，站在那里，思绪绵绵。末联是结论。思考良久之后的结论是什么呢？是"人情别离好，共处谁怜汝？"这等消极的人生观让读者感慨！归有光这时候最希望得到什么？他最希望别人同情他，可怜他，帮助他。最好是来年 3 月考上贡生，能到京城做官，从此可以光宗耀祖，脱离苦海！

咏物也好，游记也好，归有光在诗里抒发的情感，都极具个人主义的狭隘性。

我们再来看归有光的《乙卯冬留别安亭诸友》诗：

> 黾勉复行役，殷勤感故知。
> 悠悠寒水上，猎猎朔风吹。
> 弹雀人多笑，屠龙世久嗤。
> 往来诚数数，公等得无疑。

1555 年春，50 岁的归有光正月从昆山回到安亭，这一年倭寇犯乱，战事不断，国内严嵩专权，江浙有好几名官员因反对他而被杀。7 月，安亭沈果死。沈果是归有光的连襟、王夫人妹妹的丈夫。沈果比归有光小七岁，也是一名小有名气的文人。称归有光既是姐夫，又是老师，也是朋友。沈果的死，归有光很痛心，他帮着料理完丧事后，还为沈果写了《沈贞甫墓志铭》。时近冬天，归有光又要离开安亭，动身去京城，参加他的第六次贡生考试。这是他在离家之前，与安亭的朋友们作别时，写下的一首诗。

"黾勉复行役，殷勤感故知。"首联写一次又一次去京城考试，十分辛苦，如行役一般。我这样勤奋，一定能让我的祖上都为我感动。

"悠悠寒水上，猎猎朔风吹。"颔联写天气，时值冬季，水寒风急。归有光一路上多用船少用车。在舟行途中，水寒风急是很苦的事。归有光以天气喻自己艰苦拼搏。

"弹雀人多笑，屠龙世久嗤。"颈联中的"弹雀"和"屠龙"是典故，"弹雀"指做事反复无常，"屠龙"指怀才不遇。作者借故自嘲，说自己做事不专注，导致胸有大才而无用武之地。

"往来诚数数，公等得无疑。"尾联写与朋友们的情谊：我与大家的密切来往是真诚的，你们可不能对我有二心哦！

全诗依然以自我抒怀为主。诗,立意狭隘,氛围孤寂,作者自卑自怜,怨气横生。一副小人物的胸襟情怀,惟妙惟肖!

我们不用去举岳飞、戚继光这样的民族英雄的诗词,"八千里路云和月""一剑横空星斗寒"。这样的气概,这样的胸怀,归有光是不可能具备的。我这里就举一例。归有光出身昆山,自幼读书在马鞍山上(也叫玉峰山,在城北亭林公园内),他一定知道马鞍山的东半山是宋代诗人刘过的墓。刘过一生不仕,喜游历山川名城,广交天下豪杰为友,他喜欢喝酒,狂放不羁,又穷困潦倒。这样的一个人,他的胸怀情志也是归有光不可比拟的。如刘过的《夜思中原》一诗:

> 中原邈邈路何长,文物衣冠天一方。
> 独有孤臣流血泪,更无奇杰叫天阍。
> 关河夜月冰霜重,宫殿春风草木荒。
> 犹耿孤忠思报主,插天剑气夜光芒。

诗人遥望中原,怀念汴京,思绪绵长,感慨深沉。"路何长","天一方","冰霜重","草木荒","流血泪",忧国情怀无比浓烈。"插天剑气夜光芒"之句,豪气凛然极具英雄气概!

归有光被钱谦益称之为"明文第一",我以为这是过誉之词!归有光的文章有独到之处,但缺乏大家风范,这也是不争的事实。

(2016 年 7 ~ 10 月 31 日)

王旦其人

　　写王旦，是因为王旦与安亭有关。

　　王旦是谁呢？王旦是宋真宗赵恒当皇帝时期的宰相。宋真宗是宋朝自宋太祖赵匡胤、宋太宗赵光义之后的第三位皇帝。大家都熟悉寇准。寇准也是宋真宗当皇帝时的宰相。王旦在历史上名望虽然没有寇准高，但他却是寇准钦佩的长者、同僚。更是皇帝宋真宗爱之有憾、恨之无奈的人物。王旦的"信"与"畏"来自于他的胸怀度量与忠贞廉洁。而这些，正是今天的我们所需要传承与发扬的。

　　现代人关注王旦的人不多。史书上有关王旦的介绍也不多。在野史中更少见。我最近因细读归有光，在查阅史料时，发现了一些有关王旦的故事，对它作了一些梳理重辑，将一些史载与野史上的相关文字集在一起，重新整合，编成故事，向读者介绍。

故事一　王旦的度量

　　王旦出生于后周显德四年（957），因其生于凌晨，故取名旦，字子明。在宋太宗时期已在朝廷做官。到了宋真宗时期，更是受到宋真宗赵恒的器重，一路提拔，39岁时任兵部郎中，手中已经握有大权。王旦43岁。任知贡举，拜给事中，同知枢密院事，实际上已位居宰辅，跻身于北宋统治核心。景德四年（1007），王旦49岁。任工部尚书、同中书门下平章事，正式登上宰相之位。后来寇准与他同朝当宰相。旧时的左丞相与右丞相多称为宰相。当时王旦任职中书省，寇准任职枢密院，中书省负责朝政，枢密院负责军事。两人是赵恒的左手与右手。两个人之间理应同心同德，辅助皇帝治理好国家。但寇准的肚量明显不如王旦。有传说，王旦在皇帝与他谈起寇准时总说寇准的好，把寇准的功绩与人品大加赞赏。相反，寇准在皇帝面前却老是要说些王旦的不好。有一天，宋真宗故意试探王旦，说："卿虽称其美，彼专谈其恶。"王旦听了，一点也不生气，反而谦虚地说，这是正常的呀！我任宰相时间这么久，处理的政事那么多，粗疏之处也必然多。寇准任宰相时间虽比我短，但他忠诚直率，敢在皇上面前实话实说，这也是我敬重他的原因呀！赵恒听了，很是感动。在性格上，王旦沉稳老成，寇准率真执拗，两人完全不同。有一次，中书省的文件送到枢密院，因为文件不合格式，寇准就将此事告知了宋真宗。王旦为此受到了皇上的指责。而相似的有一次，是枢密院的一些文件送到了中书省，王旦发现了相同的错误，这些文件也不合格式，按理，这是一次再好不过的以牙还牙的报复机会。但王旦却将这些文件叫人送回到枢密院，跟他们说了这些文件不是这种格式的，让他们修改后再送回中书院。寇准为此事感到非常内疚，自责自己有小人之心，度量不如王旦。

还有一件更让寇准感恩王旦的事情，有一段时间，寇准被宋真宗免去了枢密使的职务。寇准很沮丧，找到王旦，想请王旦帮忙，弄个"使相"的职位。谁知王旦拒绝了他，王旦说："将相之任，岂可求耶！吾不受私情。"令寇准非常失望。但在随后的官员任命中，寇准却意外地被任命为"武胜军节度使"。这个职务，正是他梦寐以求的"使相"。他又惊又喜。心想还是皇帝了解我，相信我。有一次，皇帝例行找大臣谈话，轮到他时，他向皇上表达了感恩之心，皇帝告诉他，是王旦推荐的。寇准惭愧感叹，内心感激王旦。从此，寇准对王旦更加钦佩有加，在心中一直以王旦为师长。王旦素来体弱，到了晚年尤甚，但皇帝对他信任，虽然身体不好，还不断地封他官位，让王旦不胜重负。后来，王旦不得不向皇上提出辞呈。皇帝不同意，王旦每年三奏，要求退位，并不断向皇上举荐人才，在他举荐的众多人中，只有两人没达到宰相之位。可见他举荐的都是国家的栋梁之材。王旦死后一年，寇准也被重新聘为宰相。

王旦在考虑国家大事时，不掺杂个人的私心，不为名，不要利。只要是人才，他不计个人恩怨，秉公举荐。

故事二　爱护官员，勇于担当

有一次，宫中发生火灾，损失很大，却找不到起火原因。王旦急忙去见皇帝，真宗很惋惜地对他说："这里是两朝积累下来的宝贵财富，朕不妄加花费，一朝之间全部烧尽，太可惜了。"王旦回答说："陛下富有天下，财物丝帛不足忧虑，所忧虑的是政令赏罚的不适当。我备位宰相府，天灾如此，我应该被罢免职务。"接着上奏表待罪，真宗认为既然找不到火灾原因，那就是天火，应该由皇上自己承担责任。于是降下诏书"责己罪"。后来有人说是荣王宫的火所蔓延而致，不是天灾，请求设置狱案弹劾，因此牵连而死的恐怕要有100多人。王旦觉得如此不妥，就去找宋真宗说：开始发生火灾时，陛下已经下过"责己罪"了，已诏令天下，我们也都上奏章待罪了。现在再去归咎于他人，怎么能表示皇上的信用呢？应该把受此牵连定为死罪的人统统免去罪责。宋真宗想想也对，于是下诏书为这些官员免去了罪责。

故事三　既有原则，又有策略

在寇准为相之前，宋真宗想提拔南人王钦若为相，与王旦商量，王旦说："王钦若遇到您陛下，是他的大福。您赐给他的地位和财富已经十分丰厚，您应该将他安排到枢密院找个事做，这样，两府就平衡了。根据我在朝的经验和见识，祖宗各朝还没有用过南人，虽然古人会称这种做法叫立贤无方，但我们做这样的决定也是符合列朝的规范的。"宋真宗听了，觉得有理，可别犯了先祖的惯例呀！于是，打

264

消了自己的念头。

　　之后，有一次，王钦若与陈晓叟和马知节在枢密院为奏事发生争执，皇上很恼火，把王旦叫去，让他处理，王旦先是好心劝说，但王钦若心里怀恨王旦，不听王旦劝导，继续喧闹不停。马知节流着眼泪说，我就是希望与王钦若一起下御史府。王旦终于忍不住，叱责王钦若退下。宋真宗也大怒，要将王钦若下牢狱。王旦觉得皇上处理事情不妥，会让众臣心寒。于是找到赵恒，对他说："陛下要将王钦若打入中狱，给他定什么罪呢？"宋真宗说："因愤愤争执无礼。"王旦说："陛下拥有天下，权力至高无上，若手下大臣因一点小事发生争吵也要坐牢，恐怕会让外戚的人知道后笑话。这会影响我们的强国在外戚中的威望，降低对外戚的威慑力量。"赵恒就问："那你的意见如何？"王旦说："先把他们召到中书省，由我来传达陛下对他们的宽容。然后再警告他们，警示他们今后的行为。等过了这段时间，等他们在别的事上犯了错，再处罚他们，也不迟呀！"皇帝听从了王旦的建议，过了一个多月，王钦若还是被罢免了，但没有留任何后患。

故事四　侍君一侧，自保有方

　　王旦一生，侍君 18 年，为相 12 年。直到老死，一直在朝廷做官。古人有伴君如伴虎的说法，也有了严子陵隐居钓鱼坛的传说。王旦因为忠心朝政，原则性很强。皇帝宋真宗对他心里也有三分惧怕。但是，王旦也有灵活性，他处理与皇帝之间的关系也很巧妙，有两件事可以窥见一斑。一次是，宋真宗当皇帝不久，宋真宗承继的是宋太祖和宋太宗开创的大宋江山，他自己没有什么文治武功。做了皇帝后，他觉得自己整天住在开封城里有点郁闷，就想起了秦始皇、汉武帝等古代一些有作为的皇帝都要到泰山去封禅，以展示自己的文治武功，于是，宋真宗也想去泰山封禅。

　　在朝堂上，宋真宗对大臣们说出了自己想要去泰山封禅的打算。宋真宗的话刚说完，立刻就遭到了宰相王旦等人的反对。而且，在以后的接连几天里，王旦等大臣不断上奏，劝告宋真宗取消去泰山封禅的打算，这让宋真宗非常不开心。他闷坐在皇宫里，想了很久，想出了一个主意。

这一天，宰相王旦忽然接到了宋真宗的一道圣旨，让他到宫中赴宴。王旦接了圣旨后，君命难违，急忙入宫赴宴。宴席非常丰富，山珍海味，应有尽有。王旦暗暗担心，如果宋真宗提出要去泰山封禅的事情，自己该怎么回答才好。谁知，直到宴席结束了，宋真宗根本就没有提到泰山封禅的事，王旦暗自松了一口气。王旦谢恩完毕，刚要走，这时，宋真宗叫住了他，说他为国事日夜操劳，十分辛苦，要赐给他一坛美酒，让他回家品尝。皇帝赐酒，王旦不敢不要，他跪下叩头谢恩，然后拜辞，带着酒走了。回到府中，王旦见宋真宗赐的御酒封得很严实，他想，这一定是一坛上等的好酒，就高兴地把酒坛口打开，不料，酒坛里面装着满满的珍珠。王旦吓了一跳，他不敢声张，叫家人仔细收藏起来。王旦知道，这是宋真宗希望王旦能带头支持他去泰山封禅而向他送礼了。王旦仔细分析了皇上的苦衷，作了换位思考，觉得封禅对提高皇上的威望确有好处，就同意了。过了两天，王旦四下联络了一批文武官员共同上奏，请求皇帝去泰山封禅。宋真宗非常高兴。不久，宋真宗就带着文武官员和随从，离开了京城开封，往山东泰山封禅去了。

还有一次，真宗曾经出示枢密院、中书门下二府以御作《喜雨诗》，王旦纳入袖内回去说："皇帝的诗有一字误写，不知是不是进献时更改了？"王钦若说："这样写也是可以的呀！"但是，事后他又秘密上奏此事。真宗听了，心里不高兴，问王旦："昨天诗有误字，为什么不来上奏？"王旦说："我得到诗没有时间看两遍，有失上陈。"说完，假装惶恐，再次跪拜谢罪；众臣都跟着跪拜，只有枢密使马知节不跪拜，说："王旦疏略，不辨明错误，真是宰相之才。"真宗看着王旦而笑。其实，大家都心知肚明。王旦的"难得糊涂"用的真是时候。可见王旦的聪明。

故事五　王旦的遗嘱

王旦病危期间，皇帝派内侍去探望，一天多达三四次。有时，皇帝还亲手自己和药，并同山药粥赐给他。可见宋真宗对王旦的感情之深。王旦与杨亿向来交好，有一天请杨亿到卧室内，请他撰写遗表。他对杨亿说："辱为宰相辅臣，不能用将尽之言，替宗族亲戚求取官职，只叙述生平遭遇，希望每天亲自处理各种重要政务，进用贤士，稍减忧劳之心。"又告诫子弟："我家盛名清德，应致力于俭朴，保守门风，不得太奢侈，不要搞厚葬把黄金财宝放入棺柩中。"王旦的高风亮节，由此可见。

遗表呈上，真宗为之感叹，于是临幸王旦的住宅，赐给五千两银子。王旦写奏状辞谢，稿子末尾自加四句说："更加害怕多藏财物，况且没有什么用处，现在想要散发施予，以平息罪责祸害。"马上让人抬他到宫内小门，真宗诏令不准。回到家里时，王旦已经去世，终年 61 岁。

王旦死后，皇帝赵恒亲临其家表达悲伤，停废上朝三天。赠王旦太师、尚书令、魏国公，谥号文正，又另外停留发丧哀悼。几天后，皇上送张将军前往镇守河阳，按照惯例，应为张将军饮酒饯行，因王旦刚刚去世的原因，皇上没有举行宴乐。

为了表彰王旦生前的功德，朝廷对王旦的儿子、弟弟、侄儿、外孙、门客、常从，十多人授予了相应的官职。众子守丧期满，又各自进升一级。之后，皇上听说王旦在奏稿上自加的那四句话，取来看了，流了很长时间的泪。乾兴初年，诏令配享真宗庙廷。等到建造墓碑，仁宗用篆书写碑头说："全德元老之碑。"可见王旦是中国历史上并不多见的忠臣良相。

后　记

　　介绍王旦，是因为这个人与安亭有着悠久的姻亲关联。这位宋真宗手下的宰相，在他的后裔中有一位叫王致谦的风流侠士，成化年间，这位风流侠士在安亭镇安亭江的井亭桥南边，河西的一侧，一口气盖了100多间房子，置田40余亩。王致谦有一个曾孙女叫王氏，是明代的大文豪归有光的第二任妻子。王氏是安亭历史上少有的名门望族之一。作为安亭人，我对与安亭相关的历史人物都会感兴趣。这没办法，因为我是安亭人。

震川书院考

关于震川书院，介绍的文章很多，但都是零星介绍，且都是各取所需，找不到一篇完整的介绍。多年来，我在大量阅读网上相关博文和收集各种资料的基础上，比较完整地汇编成此文。为读者查阅时提供一点方便。受篇幅限制，许多地方，只能点到为止，请读者见谅！

一、书 院 的 起 源

书院始于唐代。根据史书上记载，唐代有两种场所被称为书院：一种是中央政府设立的藏书、校书之所。还有一种是民间书院，是唐末年间出现的一种教育组织形式，是私学教育发展的最高形式。五代十国以来，由于战争频繁，官学衰废。一些士大夫选择山林名胜之地，建屋立舍，聚徒讲学，研究学问。这就是书院的起源。中国的书院起源于唐而盛于宋。我国最著名的四大书院，应天书院、岳麓书院、白鹿洞书院、茅山书院，都建于北宋。书院产生的大体原因有以下几点：

1. 官学衰落，士子失学

"安史之乱"以后，社会由盛转衰，形成了藩镇割据的局面。各地方节度使拥兵自重，相互征伐，战争不断，造成官学日趋衰落，士子普遍失学的状况。一些笃学之士便在山林名胜之地建屋立舍，藏书授书，聚徒讲学。朱熹在《衡州石鼓书院记》中说："前代庠序之教不修，士病无所于学，往往相与择胜地，立精舍，以为群居讲习之所。"

2. 禅林影响

西汉末年，佛教传入中国。到了唐代，佛教的重要派别禅宗广为流行。佛教徒在山林名胜之地建立禅林精舍，从事坐禅和讲授佛经。对书院的影响很大。

3. 私学盛行

我国有着源远流长的私塾传统。早在春秋战国时期，私学就是一种重要的教育组织形式。秦后历代，私学得到蓬勃发展。它与官学相并行，在教育教学上积累了丰富的经验，在教育管理上形成了许多独具的特色。汉代之后，私学遍布中国城乡的各个角落，尤其是在社会动荡、官学无法维持的情况下，私学则作为官学的补充，发展更为迅速。

4. 雕版印刷术的发达

唐末五代以后，雕版印刷被广泛地采用，印书、藏书之风流行。雕版印刷术的发明，也是书院得以产生并迅速发展的重要原因。宋王朝为了把书院掌握在官府手中，加强朝廷对书院的影响和控制，采用"赐匾""赐书""赐学田"等手段。可以说没有活版印刷术的发明，书院发展是不可能的。

5. 名师讲学，推动了书院进一步发展

"山不在高，有仙则名；水不在深，有龙则灵。"名师在书院讲学，提高了书院的教学质量和书院的名望，扩大了书院的影响力，不仅使旧有的书院在规模上进一步扩大，而且还催生了许多新书院的诞生。

书院到了明代，情况就有了变化。明初时，宋元留存的书院，多被改建为地方学校和社学。成化、弘治皇帝以后，书院又逐渐兴复。嘉靖十六年（1537）明世宗以书院倡邪学为由，下令毁天下私创书院。第二年又以书院耗费财物、影响官学教育再次禁毁书院。到了嘉靖末年，内阁首辅徐阶提倡书院讲学，书院得以恢复。但到了万历七年（1579），首辅张居正掌权，在"统一思想"的名义下，下令禁毁

全国书院。张居正去世后，书院又开始盛行。天启五年（1625）魏忠贤下令拆毁天下书院，造成了"东林书院事件"。崇祯帝即位后书院又陆续恢复。其间书院总数达到 2 000 所左右，其中新创建的就有 1 699 所。明朝的书院分为两类：一种重授课、考试的考课式书院，同于官学；另一种是教学与研究相结合，各学派在此互相讲会、问难、论辩的会所式书院。后者多为统治者所禁毁。

到了清代，清初统治者抑制书院发展，使之官学化。顺治九年（1652），顺治皇帝明令禁止私创书院。雍正十一年（1733）书院重又兴起。先在各省城设置书院，后各府、州、县相继创建书院。乾隆年间，官立书院剧增。绝大多数书院成为以考课为中心的科举预备学校。至光绪二十七年（1901）则令书院改为学堂，长达 1 000 多年的书院制度就此结束。

二、《震川书院》诞生的前因后果

清朝初年，统治者唯恐私学的讲学活动会导致反清复明，故而加以抑制。其间几经反复，到了道光年间，书院再次兴盛起来。震川书院的建造就是在这个时期。道光皇帝是一位难以评价的人物。他在位时，清朝已经日益衰弱，为了挽救清朝，他勤政努力，整顿吏治，整理盐政，通海运，平定叛乱，严禁鸦片。他本人厉行节俭，勤于政务，应该是一位不错的皇帝。

道光皇帝还是个文人皇帝，他对读书写诗教育是很重视的，他自己琴棋书画样样精通。震川书院的建造，就是由道光皇帝下的御批。震川书院的建造得益于另一个人——陶澍。

陶澍（1779—1839 年），字子霖，号云汀。湖南安化人，清代经世派主要代表人物。陶澍当时任江苏巡抚（相当于今天的省委书记），军政大权一把抓。有一次，陶澍进宫拜见道光皇帝。道光皇帝前几天刚读过《震川文集》，看到归有光写的天属类散文，篇篇都是情悲意切的故事，心里一直牵挂着归有光的后人。见到陶澍，就向陶澍问起这件事。陶澍答应回去后马上调查。回到南京后，陶澍就去了昆山，委托昆山知县去打听，昆山知县后来只打听到归家后裔中有个叫归天于的人，却是个屠夫。这事让陶澍有点唏嘘感慨。就想在归有光早年办学的"世美堂"老宅盖一间纪念堂。有一次，他从南京出发去杭州督兵，顺便弯道去了一次安亭，找到了当时安亭一个小有名气的人张鉴，便与张鉴商量此事。张鉴是归有光的崇拜者，他告诉陶澍，"世美堂"早已荡然无存。而他自己在安亭的菩提寺旁边已经盖了一间房子，叫"归公祠"。祠内供奉着当年菩提寺长老德坤和尚为归有光画的肖像。张鉴还在那里创办"会文所"。张鉴告诉陶澍，当年，归有光在安亭办学13年，说文布道，以教启智。所以，他想传承归有光的这一做法，在"会文所"招一些学生，请先生教他们读书识字。陶澍一听，拍手叫好，说："你做得好，正合我意。"于是，陶澍与张鉴商量，就在"归公祠"旁边再造一些房子，扩建"会文所"，办成书院，名称就叫"震川书院"。他要张鉴一手规划，设计建造。张鉴马上面露难色，说，我没有这么大的经济实力。陶澍略作思考，给张鉴出了个主意。他说，这样，我来号召昆、嘉、青、新四县的官吏富商捐款，你在"震川书院"立一块碑，将捐款的人和钱数刻在碑上，为他们留名，让后人颂扬，捐款的人一定不少。张鉴听了，很满意，就爽快答应了下来。为此，陶澍特意请张鉴吃饭。跟随陶澍一起来的那些官员，不能入席，全部侍立两旁。可见陶澍对这件事是非常认真重视的。其后，陶澍就去了杭州督兵，规划建造震川书院的事，就全部落到了张鉴身上。

三、关于张鉴

其实，张鉴既不是一名地方官员，也不是著名的豪侠志士。他少年时去钱庄当过学徒，见过世面，是个文化不高但能说会道的人。他喜欢有学问的人，对归有光十分崇敬。他的性格也很有文化人的那种不可侮的孤傲！但他本人不是文化人。据清人王德森在《创建震川书院记》一文中介绍。张鉴小名叫张宝三，是个奇人。他识字不多，常雇用一名书记，平时他讲，书记录，连信件来往也是这样。但他口才很好，说起话来，有条不紊，成理成章。与贵人游，即席飞花行令，古诗成语应对不穷。人亦翩翩无俗态，不知其未尝读书也，又豁达豪爽。

当时昆山县令王应奎，以清高刚直致称，闻知张宝三的情况后，说他不过是个地方小土豪，言语之间瞧不起他。张鉴知道后，遂即赴昆山，拜见县令王应奎，王应奎见了昂首仰视，不屑一顾。张鉴见他傲气十足，以言相对。只讲了几句话就打动了县令，王应奎随即为之倾倒，盛宴待之。离别时，王应奎亲自以礼送出堂屋，并答应捐邑田700亩，以资书院膏火。民国十三年（1924）冬，军阀混战，书院被毁，此时张鉴已死，老宅衰废，破屋中居住的是张鉴的儿媳（陈文述孙女），别人都叫她二少奶奶。闻亦能诗作文，负楚行吟。原来张宝三有个儿子，名不详，号拜庚，在书院内以拓碑为生。

就是这张宝三，受命巡抚陶澍委托之后，全力以赴，在菩提寺边又征用了11.7亩土地，亲自规划，参照归有光古宅的模样，设计了亭台楼阁，池石花木，假山凉亭，请人画了图纸，一一安排好后，亲自送到了南京，将图纸与征地文件一应交给了陶澍。陶澍收到后，十分高兴，不敢怠慢，立即写了奏章送到京城，1828年道光皇帝下了御批。张鉴由此开始了震川书院的建筑工程。从1828年开工，历时三年，到1831年竣工。震川书院终于建成。

竣工之日，张鉴在书院内大摆筵席，显贵云集，观者蜂拥，来书院的路上，行人拥挤、马车被堵，连周围的河道都被舟楫堵塞。小小安亭，一时万人空巷。文人吟咏，书家挥毫，箫管凌云，笙歌达旦。安亭一时盛极，此空前盛况历史少有。

此后，陶澍对张鉴更是待如上宾。对他以门生礼见，并带他同去阅兵，巡视海疆。凡所到之处，各地官员，见有位青衣便帽的人站在陶澍背后，不知为何人也，亦只好致礼唯敬，不敢怠慢。当时，张宝三的声誉一时闻于大江南北。

道光十四（1835）年，时任江苏巡抚林则徐视察吴淞江时，顺道来书院："初一日，甲子，执，吴橘生观察由上海来，嘉定令与震川书院各董事俱来迎，有国子生张鉴字吟楼者，自丙戌岁承建以至于今，始终不倦。余接见毕，即肩与登岸"（林则徐日记）。可见张宝三之声望矣！

王德森《创建震川书院记》文："书院之成，确有诸多机遇，诸多巧合。如果缺之其一，就没有今天的震川书院。这是张宝三之功矣。"

四、震川书院原来格局

书院西与菩提寺相连，南为和尚浜溪流；对岸为大照墙，东与因树园相通；北有和尚浜小溪。书院门首镌刻"震川书院"四个篆字。由院门入内，过一天井，即为平房，中间是茶园。由平房东边进去是归公祠，祠中供奉归有光塑像，上悬匾额"继韩欧阳"四字。由平房中而进是一置有乾隆手迹石刻的御碑亭，砌于"樊轩"壁中，在廊壁间镶嵌有石碑数十方，其书法大多出自钱大昕、王鸣盛等名家之手（至今尚存五块）。御碑亭后为"茹古堂"。由堂再进就是藏书楼和多文阁。藏书楼后有一座假山，山上有亭。自东廊而进，有小弄一条，过小弄即入因树园。弄口有"渐入佳境"四字。所谓佳境即指因树园。因树园也建于道光八年（1828），是巡抚陶澍在建震川书院同时，令工匠在书院东面建成此园，虽不是院产，但因与书院相通，成了书院书生读书憩息的胜地。园中陈列有道光皇帝御书"印心石屋"匾。园中有畏垒亭、陶庵、清晖小树、别有洞天、留云洞、藕香深处等胜景。

五、震川书院内最主要的四块石碑

1. 道光皇帝的三块碑
震川书院内有三块道光皇帝的石碑，人们通常只知道震川书院建时，道光皇帝有一道御批。但御批到底是哪些文字，没有记载。而另有一块道光皇帝的"印心石屋"匾御碑，陈列于畏垒亭中。此外，还有一块，跟震川书院无关。知道的人也许更少，简略介绍如下：

那块御碑上刻的是一首道光皇帝送给张鹏翀的诗。张鹏翀（1688—1745），字天扉，又字抑斋。嘉定人。雍正丁未年（1727）进士，张鹏翀性情随和，学养渊博。擅长诗与画，喜读庄子《南华经》，人称"南华散仙"。深研六经，著作颇多。间或有空，则作画赋闲，潇洒闲逸。唐人郑虔擅长诗、文、画，有人说他像郑虔，可称诗文画"三绝"。1745年张鹏翀回家休假，乾隆帝赐白银百两并诗一首。以增加他归乡的光彩。没想到张鹏翀行到德州，染上疾病，中途去世，终年58岁。

那块乾隆御碑长79厘米、宽70厘米。上面刻的就是这首诗。张鹏翀去世后，他的后代将乾隆御笔诗刻石碑珍藏在原震川书院御碑亭内。今又移至畏垒亭中。碑文如下：烟花迟节令，三月仲春如。诗句天公赋，归帆风力舒。门无新署凤，家有旧藏书。香案需供奉，休耽五柳居。乾隆乙丑御笔。

2. 陶澍为震川书院落成写了具有古风韵味的碑文，刻石于震川书院。碑文如下：

午过安亭镇，岸柳春风香；萦行小江曲，古寺医修篁。云自赤乌年，归然鲁灵光。往者项脊生，读书此寺旁；长虹韬气焰，独鹤参回翔。遗编守淳古，四海有文章。其时王李辈，声势殊鸥张。先生抢寂寞，竖子任披猖。独携二三子，讲学来荒庄。辛使鹿角折，尊之韩欧阳。于韩偶揖让，于欧绰相当。千秋一知己，泪洒张茶乡。兹寺亦零落，薛荔补围墙。重是先生迹，杰构起书堂。仍皆鲁诸生，承藻荐吕筐。我行为荒度，奔走汔未康。历观水利书，先生议独详。太湖三万顷，吴淞引其吭。利导有定势，小快嘅曲防。不怨载太湖，岂为农之庆；斯真通儒言，堪以福维桑。编题揭共阁，未足资表扬。一读畏垒记，慨然起彷徨。

这块碑今立于湖心亭西侧绿化带，碑石原文没有标点。

（2016 年 9 月 1 日）

附：小舅的文人情怀

王敏洁

　　小舅出这本作品集是我的倡议，其中的很多作品也是由我一字一句敲打上去的。那时，工作比较清闲，一个人占据着偌大的办公室，周围安静得只有键盘的哒哒声。舅舅笔下那隔着一个时代和一代人的情怀和故事，便这样有意无意地敲在了我的心上。

　　后来舅舅请我写些读后感，很奇怪，憋了很久却依然无法落笔。其一，舅舅的文友们的文学评论造诣颇深，我实在自惭形秽；其二，那些故事，那些主人公的生存环境与命运挣扎，对我们这一代人来说无疑太遥远了，由于认识上的陌生，情感上也就无法产生共鸣，写起来便也没有灵感的生发。

　　读小舅的作品，我的脑海里会跳出一些看似不相干的情景来。

　　那是我很小的时候，和妈妈、外婆去看在市区工作的小舅，晚上就住在小舅的宿舍里。清晨，天刚蒙蒙亮，透过床头的窗看见一群鸽子划过灰蒙的天空，留下漂亮的弧线，还有鸽群低弱的笛声。接着，汽车声、开门声、人语声、锅碗瓢盆声……这个城市就在这些声响中醒了。小舅的作品，就是我脑海里的这样一个一个场景，这些场景里人的生存状态以及生存心态。

　　我的小舅无疑是个才子，利用业余时间，写出了 30 多万字的文学作品。许多作品因为保管不慎而失散。这里收录的 20 多万字，都是小舅妈保存下来的。小舅每发表一篇作品，小舅妈就会把那份有小舅文章的报纸或杂志收起来放进一个小木箱里。那个小木箱，是小舅自己用几块废木板钉的，一尺半见方，高不过一尺，上面有一条很宽的缝，那是小舅用来放衣服的。现在看来，也亏了这个破箱子，竟保住了这么多的好文章。

在收录的作品中，有好多作品都是获奖作品。如《缓期执行》，写一个时代的困惑。《迟到》刻画小人物的心理扭曲惟妙惟肖。前者在全国 11 个省市联合举办微型小说比赛中获得一等奖。后者在全国邮电系统文学年度评比中获得二等奖。小舅在艺术上的造诣也很高，《姐姐》用唯美的手法写悲剧故事，读来令人唏嘘。在面朝黄土背朝天的农村，能出这样一个人也是挺另类的。华东师范大学中文系教授李劼读了小舅的《驼子》，说过这样一句耐人寻味的话，想不到这么一个小小的邮局，一个机修工能写出这样的小说来。言下之意是不可多得的。

和他从小一起长大的小伙伴不一样，小舅敏锐又多情，豁达也任性。在我的印象里，他从来不是一个疾病缠身的 70 岁老人，反而散发着鲜活的、倔强的生命张力。我觉得，那是一颗毕生追求"遵循内心、恣意而活"的灵魂。

二表哥说，小伯是我们唐家最有情怀的人。我深以为然。

小舅生过大病，换了肝脏，算是鬼门关前走过一回了。大病后，他开始学起画画来了，不多的时间里，他的画已经有模有样了，老一辈的人，都喜欢用一句"学啥像啥"来形容他。小舅的悟性是很高的。面对生与死这样的大事，他也带着顺其自然的随意。他曾经说过："这个世界太乱了，早点过清静的日子也不错。"听他说这话的时候，我感到一阵心酸，原来他早已看穿：人，本来就是这个世界的匆匆过客。

豁达的小舅，在我眼里，一生都带着叛逆的反骨。命运，似乎并没有给他一手好牌：满腹才华，却被体制束缚；孤勇创业，却遭遇事业低谷；踌躇满志，却一身病体。但是，请不要用常人眼光去评论他的人生，因为对于一颗追求心灵自由的灵魂来说，没有什么比按自己的想法活过一场更痛快了。

别人常说我和小舅像，都会写文章。之前，我不以为然。因为没有人知道，其实我不喜欢写文章，不爱好文学，更没有多少人文情怀。但今天，当我从大公司辞职投入创业团队时，我才第一次真正感觉到我和小舅的相像。我们都不喜欢按部就班，我们都不喜欢将就妥协，我们都想把内心滋长出来的那些设想搬到现实里来走一走。原来，我也有反骨。

我在市区，小舅在安亭，其实并不常常相见。然而，就像我对他说的："有你在这里，即使不常常见，对我们来说也是不一样的。"所以，也请小舅多保重，有老一辈在，家才是不一样的家。在我的心里，前辈，是我们身后的一座山，有他们在，我们的路会走得更加踏实！

（2016 年 10 月 10 日）

后　记

　　出这本书，有点意外。一生喜欢写作，却从未想过出书。2014年12月11日，我因肝脏衰竭而生命垂危，在妻子与儿子的坚持下，我接受了手术治疗。手术由上海中山医院范院长亲自操刀，术后情况良好。但这次手术预示着生命的末端已经出现。大学毕业的外甥女王敏洁率先提议我将我的作品汇编出书，说是给家族史留个纪念。并在百忙中将我发表在各种报纸杂志上的作品在电脑上打成word文档。并分类汇编，费了大量心血。在此，我首先要感谢我的外甥女王敏洁。

　　这本书出版的另一个原因是家人的支持。妻子与儿子、儿媳也极力主张我出书，我揣摩他们的意图，一是基于我对文学的爱好，他们想为我圆一个梦，毕竟出两本书的费用也不低；另一个原因是留一份精神财富于下一代，从家族史看，这也是一笔文化遗存，虽无金钱的功能，却有传承启智的作用。在以后的家族史上，也是一杆标尺。可以丈量后人的文化高度，希望不断地被超越。

　　出书要有人写序。我有几位文学同道，与我有数十年的深交，便将任务分交于他们，他们是上海作协第三期诗歌青创班学员——原《时装报》编辑仲嘉宪，网络诗歌红人任曦。仲嘉宪是诗人，对诗歌与诗歌理论有很高的造诣。任曦早年习钢笔速写，后又专攻书法，近十年来又迷恋于摄影，独闯雅鲁藏布江源头，喜欢旷野、古街、老屋、人体造型摄影，配以诗一样的美文，在网络引来许多粉丝。两位都与我有数十年至交，并时有聚会，畅聊天下。这次出书，他们都为我写了序。

今年将书交于文汇出版社时，为了压缩文字，遂将他们的文字精简于我的自序中。为此，既向两位好友表示道歉也向两位好友表示感谢。

　　前面的自序，实际上是仲嘉宪先生为我综合完成的，他执意不肯署名，就以我自序的名义行文了。在此，我为好友仲嘉宪先生的谦逊表示我的衷心感谢！

唐友明

（2017 年 11 月 18 日）

图书在版编目(CIP)数据

枫林秋深 / 唐友明著. —上海：文汇出版社，
2018.6

ISBN 978 - 7 - 5496 - 2603 - 8

Ⅰ.①枫… Ⅱ.①唐… Ⅲ.①中国文学—当代文学—
作品综合集 Ⅳ.①I217.2

中国版本图书馆 CIP 数据核字（2018）第 108768 号

枫林秋深

作　　者 / 唐友明
责任编辑 / 吴　华
封面装帧 / 王　峥

出 版 人 / 桂国强

出版发行 / 文汇出版社
　　　　　上海市威海路 755 号
　　　　　（邮政编码 200041）
经　　销 / 全国新华书店
排　　版 / 南京展望文化发展有限公司
印刷装订 / 保定市铭泰达印刷有限公司
版　　次 / 2018 年 6 月第 1 版
印　　次 / 2021 年 1 月第 2 次印刷
开　　本 / 960×640　1/16
字　　数 / 250 千字
印　　张 / 18.5

ISBN 978 - 7 - 5496 - 2603 - 8
定　　价 / 69.80元